米象

百年江南·范小青中短篇小说集

范小青 著

四川文艺出版社

图书在版编目（CIP）数据

米象 / 范小青著. — 成都： 四川文艺出版社，
2020.1
（百年江南·范小青中短篇小说集）
ISBN 978-7-5411-5527-7

Ⅰ.①米⋯ Ⅱ.①范⋯ Ⅲ.①中篇小说—小说集—中
国—当代②短篇小说—小说集—中国—当代 Ⅳ.
①I247.7

中国版本图书馆CIP数据核字（2019）第214750号

BAINIANJIANGNAN FANXIAOQINGZHONGDUANPIANXIAOSHUOJI

百年江南·范小青中短篇小说集

MIXIANG

米 象

范小青 著

出 品 人　张庆宁
策划统筹　崔付建　陈　武
责任编辑　范菱薇　宋　玥
特约编辑　罗路晗
责任校对　汪　平
封面设计　叶　茂

出版发行　四川文艺出版社（成都市槐树街2号）
网　　址　www.scwys.com
电　　话　028-86259285（发行部）　028-86259303（编辑部）
传　　真　028-86259306

邮购地址　成都市槐树街2号四川文艺出版社邮购部　610031
印　　刷　山东泰安新华印务有限责任公司
成品尺寸　149mm×215mm　　开　本　16开
印　　张　19.5　　　　　　　字　数　217千
版　　次　2020年1月第一版　印　次　2020年1月第一次印刷
书　　号　ISBN 978-7-5411-5527-7
定　　价　38.00元

目 录

人　情

一

　　大婶婶是在七年前到刘家来帮佣的，那时候刘家的孩子还没有出世，现在刘小冬已经上学了，时间真是很快。大婶婶在东家做事情是尽心尽力的，这一点东家也是有数的。东家对大婶婶也不薄，在小冬上了学后，东家夫妇常常说，真是亏得阿姨帮忙，要不然，这个小孩还不知怎么把他拖大呢。这倒是一句真心话，东家夫妇生小冬的时候年纪都不轻了，他们是插了队，后来又考了大学，再工作几年，然后才结婚生小孩。医生曾经担心这个孩子的出生不会很顺利，所以东家夫妇对这个孩子真是十分的疼爱，简直不知要拿他怎么办好了。他们身边没有老人，也不懂得应该怎么照顾小孩子，这一切，关于怎么养大一个孩子的所有的事情，可以说都是大婶婶帮他们做起来的。现在小冬虽然还不能算已经长大成人，但是他已经是一个小学生了，比从前也懂事得多了，见了人也知道要讲礼貌，放了学也知道先回家把作业做好了再玩。在小冬刚生下来不久，大家来探望产妇，见到他们家请了一位上了年纪的保姆，也有人是有一些想法的。他们认为年纪大一些的人，在生活上懂的可能多一些，但是在对小孩子的教育方面恐怕不是很理想，说有些老太太带出来的孩子脾气性格就像老太太的样子，这是很伤脑筋的。这些话对大婶婶的东家夫妇也是有一定影响的，但是当时他们还没有顾及孩子的教育问题，急需要解决的是孩子以及大人的生活问题，所以也没有想到要换一个人来做，只是想到时候再看，如果确实对孩子的教育有影响，等孩子稍大些再换也来得及。可是大婶婶这一做就做得走不开了，不要说孩子根本离不开她，就是东家夫妇，这么两个大人，也觉得家里不能没有大婶婶。至于小冬的教育问题，在小冬还小的时候，看起来确实是有一点不如人意。小冬很任性，没有上进心，但是这也许并不是小冬一个孩子的特点，这似乎是这一代孩子的共同性。大家都说，我们的孩子也是这样，或者说我的孩子你们是没有尝到味道呢。既然是这样，那么小冬纵使有许多缺点，做父母的也是完全可以原谅。何况小冬的许多缺点在小冬上了学以后，家里大人也没怎么说他，他居然慢慢地也懂得什么叫自觉什么叫争气。说到底教育是教育，一个孩子的成长还有许多其他的因素，这恐怕是不用怀疑的。

现在小冬已经开始走上人生的道路，一切进行得顺利，东家夫妇觉得欣慰，他们感叹当初找人帮佣是找对了人。在同事和邻里之间，常常听说保姆的种种不是，也常常听说三天两头换保姆的苦恼，他们就越是觉得大婶婶是一个十分难得的好保姆。凡是有亲朋同事们上门来坐坐，他们总是要说到大婶婶的，说大婶婶几乎等于是他们的恩人。这样说着说着，大婶婶的名气也传出去了，许多人都知道刘建成家里有一位很好的保姆。也有人家里需要用保姆，就找到这边来，委托大婶婶帮助物色，好像觉得既然大婶婶是这么好一个人，那大婶婶介绍的人也不会差到哪里去的。这种想法很有道理，但也未见得就是真理，大婶婶也曾经回自己家乡动员了一个老姐妹出来，到人家去做，可是做了几天下来，就觉得不行，东家不满意，她自己也不开心，后来就回去了。所以凡是有人要来托大婶婶找人，大婶婶总是比较谨慎的，也不给人家肯定的答复，只是答应试一试。

　　尽管东家一再地说大婶婶怎么的好，从经济上讲他们对大婶婶也是相当关照的。大婶婶对这一些也很感激，但是在大婶婶的内心，她并没有忘记自己的身份，她始终很清楚自己是什么人，用从前的话说，只不过是一个免讨饭，大婶婶是不会忘乎所以的。大婶婶在这里做了这些年，她基本上没有为自己或者自己家里什么人的事情麻烦过东家，这也是东家很满意的一点。大婶婶很知趣，不像有一些人家的保姆，做了没有几天，就有各种各样的要求提出来。倒不一定是自己的什么事，一般老太婆也不会有什么大事情，多半是家里儿子、女儿或者别的什么亲属的事情。这些事情大都比较难办，或者是要请东家介绍工作，或者是要帮忙搞点什么平价物资，还有的想要解决户口问题——那是更不好办的了，等等所有这些事，大婶婶从来没有向东家提过。大婶婶并不是没有子女亲属，大婶婶的家人也是很多的。她有三个儿子一个女儿，分别都已经成家，加起来大大小小几十口人，哪能什么事情也没有。大婶婶的子女们也未必都像大婶婶这样知趣，他们既然有老娘在外面做人家，多多少少总想着能沾点光，这也是人之常情，主要是大婶婶这一关卡得比较紧。大婶婶跟他们事先都已经说明白，叫他们不要为那些事情去找她，即使找了她，她也不会向东家开口，也是白搭。大婶婶虽然是一个老太婆，但是话说出来她是不会收回去的，子女们也就死了这条心；退后一步想想，只当老娘没有出去帮人家，这样一想，也就能想开了。说到底，大婶婶既然是一个比较开通的人，她的子女也不会怎么蛮缠。

今年开春时，大婶婶的小儿子兴根造新房子，到城里来找大婶婶，希望能请东家代买一些平价木料之类。那一天东家夫妇都不在，兴根就留下一张纸条，上面写着什么什么规格的木头多少数量，叫大婶婶交给东家，大婶婶说："这恐怕不行，东家又不是吃这碗饭的，他们单位又不卖木头。"

兴根说："这是你拎不清，城里人总是有路子的，不吃这碗饭，他总吃那碗饭，互相之间是可以调节帮助的。你的东家是坐机关的，坐机关的人常常是路路通的。"

大婶婶说："你什么都知道。"

兴根笑着说："不知道我怎么来求人呀。"

大婶婶本来想当时就回绝他，但是她看儿子兴致勃勃的样子，她的心软了一下，就没有说什么把那纸条收了下来。

大婶婶后来旁敲侧击问了一下东家，东家也没有多说什么，只是叹了口气，说："现在这些都是很难办的。"

大婶婶就把那张纸条藏起来，一直没有跟东家说起。

过了些日子，兴根又来，问结果怎么样，大婶婶说："没有希望，我上次跟你说的，他们不吃这碗饭，没有办法的。"

兴根也没有怎么失望，只是说了一句："城里也没有什么花头么。"

兴根回去以后就一直没有再来，大婶婶也不知道兴根的房子弄得怎么样，常常在念叨，但是又抽不出时间回去看看。有一日在街上碰到一个同乡的老太福宝，也是在外面帮人的，福宝见了大婶婶，说："哎呀，你个老太婆，做人家把自己家也做得不要了，你儿子造新房子你不回去，前一日进屋你怎么也不回去。"

进屋是大婶婶他们那地方的一种风俗，造了新房子，要择个好日子举行一个仪式，就是进屋。那一日所有的亲戚朋友都是要来贺喜的，但是兴根却没有来告诉大婶婶，那样的场面大婶婶不去，人家难免会有一些想法。大婶婶听福宝这样说，她又不能说是兴根没有告诉她，只好含含糊糊地说这里走不开什么的。福宝说："你这个人真是死心眼的，东家待你再好，总归是东家。"

大婶婶说："这和东家没有关系的。"

福宝只是朝她笑。

大婶婶不想多说这事情，她问福宝："你不是在东中市那边做的么，怎么跑到这边来了？"

福宝说："我哪里像你，做死一个人家的，我是常常要换人家的。"

大婶婶说："常常换人家有什么好。"

福宝说："这你就不明白了，做一家，总要叫他们帮一个忙的，帮过一个大的忙，人家一般是不肯再帮第二次的，我再换一家做做，再求人家。"

大婶婶摇头，说："你一个老太婆哪有那么多事情要人家帮忙的。"

福宝说："哪里是我的事情呀，全是那帮讨债鬼，我也是给他们盯得没有办法，现在我已经弄了两个出来做了，还有两个盯在屁股后面。"

大婶婶说："为什么一定要出来做呢，现在乡下的厂也很好的。"

福宝说："你又外行了，在乡下的厂里做，做一世还是个农民，出来做虽然暂时是做临时工，但是以后就有希望。"

大婶婶又摇了摇头，说："现在城里的农民工多得不得了，要等到转正成正式工，不知要轮到哪一年哪一月呢！"

福宝说："那是下一步，到时候再想办法。其实大婶婶，你不晓得，他们都说你太老实，做了这些年，力出了这么多，一点要求也不提，真是便宜了他们。"

大婶婶想想，自己对东家真是赤胆忠心的，但是现在要她去向东家开口提什么要求，她又觉得开不出口来，也许时间长了已经成了习惯，大婶婶只是付出，从来没有想到要争取些什么。

她们又说了一些闲话，就分头回去了。

过了些日子，兴根突然又来了，大婶婶见了他，说："你们连进屋也不告诉我一声，进屋我不去，人家要骂的。"

兴根说："过去的事，就不要再说了！你没有去人家也没有说什么，只是说你对东家赤胆忠心，说你好么。"

大婶婶知道兴根为上次的事情不很开心，也没有跟他多计较。

兴根喝了茶，说："今天来，倒是有件事情，你跟他们说说，我造房子欠了不少，还不知什么时候能还清，我们厂里这一阵效益不好，到年底，不知能拿几个小钱，我想调个厂，到皮鞋厂去，那里的收入很好的，抵我们现在几倍还多。"

大婶婶说："我怎么跟东家说得上，厂是在乡下的，东家在城里做事，他不会认识那边的厂长。"

兴根笑起来，说："这一次我是打听好了才来的，你想推也推不掉，皮鞋厂是归轻工口的，你东家不是在轻工局吗，管得正好。"

大婶婶说："他也不过是一个一般的干部呀。"

兴根说："一般的干部也行了，我又不是要进城里的大厂，只是到乡办的厂里去，一般干部说说也足够了。"

大婶婶犹豫不决。

兴根说："老实说，你做了这些年，我们几个真是没有给你找什么麻烦的，你说是不是？这一次你是无论如何要说话的。再说，你在这里做了这些年，帮了他们这样大的忙，他们这点人情面子总要给你的。"

大婶婶再也没有什么话好说，她心里也觉得这一次要是再不给儿子出一点力，人家真是要骂她。即使别人不说什么，她自己良心上也有点过不去。

兴根在东家夫妇下班前就要走，兴根每次都是这样的，这也是大婶婶关照过的，没有什么特殊的情况，她叫他们尽量不要留在主人家吃饭。几年下来，大家也都习惯了，总是到了钟点的时候就走。可是这一天大概兴根来得也迟了一些，坐了没多久时间就差不多了。兴根要走，大婶婶突然有点舍不得他走，这在大婶婶还是很少有过的情形。她对兴根说："你也是很难得在这里吃一餐饭的，今天就吃一餐吧。"

兴根奇怪地看看母亲，说："今天怎么？"

大婶婶正要说什么，东家刘建成，已经站在门口了。

大婶婶说："先生你回来了。"

刘建成朝兴根看看，说："哟，你来了，怎么站在这里，不是想走吧？"

兴根说："正想走呢。"

刘建成说："你说得出，到了家怎么给你走，总要吃了饭再走，以前你也来过好几次了吧，没有一次是吃了饭走的，也太把我们当外人了。我一直说的，你妈妈是我们的恩人呢，我们这一家全亏了她的帮助呢。"

兴根说："你们对我妈也好。"

刘建成说："主要还是她好，来，来，坐下。"他一边换了拖鞋，一边给兴根发了一支烟，又说："你是老几，是老二？"

兴根笑起来。

大婶婶说："他是老四，最小的一个，叫兴根。"

刘建成说："最小的呀，今年造了新房子的是你吧？"

兴根点头。

刘建成说："现在乡下农民，也真是不得了的，你那房子花了几万吧。"

兴根说："四万。"

刘建成说："是不是很漂亮？"

兴根说："外墙都用的马赛克。"

刘建成啧啧嘴。

　　这时候东家太太杨玲也回来了，见了兴根也很高兴，说："你们是要常来看看你妈妈，她很牵记你们的。"

　　兴根笑着说："她哪里牵记我们呀，她不许我们来的，我们平时也不大敢来看她的。"

　　杨玲说："阿姨，这就是你不对了，儿子、女儿要来看你，你怎么……"

　　大婶婶只是笑，说："我是不让他们来，乡下人，不懂规矩的。"

　　刘建成说："我们也做过乡下人，我和杨玲都插了十年队呢。"

　　大婶婶说："那到底是不一样的，你们到底是城里人。"

　　刘建成和杨玲都笑，说："阿姨的思想很顽固的。"

　　再过一会儿小冬也回来了，大家一起吃饭，吃饭时小冬问了兴根许多乡下的事情，大都是一些小动物啦什么的，后来说好下次兴根来，给小冬一定带两只小兔子来，小冬很开心，说："那你下次什么时候来？"

　　兴根说："你说呢？"

　　小冬说："过两天，最多过一个星期啊。"

　　大家都笑，说现在城里的小孩子见不到那些东西，真是很稀奇的。

　　饭后他们又说了一会儿话，不多会刘建成和杨玲都要去上班，临走时，杨玲看看兴根的脸色，说："你是不是有什么事情，有什么事情你说好了，你妈妈在我们这里就像是自己人，你也不要拘束。"

　　不等兴根开口，大婶婶抢在前面，说："没有什么事情，他只是来看看我的。"

　　东家夫妻俩对视了一眼，好像不大相信，刘建成说："真的，有什么事你尽管说好了，我们也都明白，你妈妈在我们这里做了好多年，很少叫我们帮助办什么事的，不像有些人家的保姆，事情多得不得了，你有事，尽管说好了，我们总是要尽力而为的。"

既然东家夫妇说得这样，看上去也确实是诚心诚意的，不要说兴根，就是连大婶婶也觉得可以把事情说出来了，大婶婶朝兴根看看，兴根说："既然这样，我就不客气了。"

这时候，墙上的钟响了一下，刘建成和杨玲同时"呀"了一声，刘建成说："我们要迟到了，真是对不起，兴根你有什么事情，跟你妈先说说，等下晚我们回来由你妈再告诉我们，一样的，你放心好了，只要是我们能帮上忙的，我们一定会尽力。"

说完他们夫妻就双双出了门去，留下大婶婶和兴根在屋里，兴根一时不知说什么，大婶婶看看他，说："他们已经说到这地步，你放心回去好了，等他们下班回来，我就跟他们说。"

兴根说："好吧。"

大婶婶送兴根到门口，兴根说："那我过一个星期来听回音。"

大婶婶说："一个星期恐怕太急了一点，就是托人总还要打几个弯的，你不要盯得太急了。"

兴根说："那他们的小孩说是要一个星期内带兔子来的。"

大婶婶说："小孩子的话也不好当真的，你没有注意小孩子说的时候，他们都没有反应呀，我跟你说，难得来是很客气的，要是来得太勤了，不讨好的。"

兴根说："我知道了，我不来也可以，要是有了消息，最好请他们写个信给我，也不要很长的，几句话就行，也不会耽误他们很多时间的。"

大婶婶说："好吧。"

兴根走出一段路，大婶婶又把他喊过来，说："兴根，有件小事情，你下次来不要忘记了，帮我在乡下供销社买两块头巾，就是我头上这种包头用的。"

兴根朝大婶婶的头上看看，说："头巾，这里没有卖呀，还要到乡下去带？"

大婶婶说："这里都是那种三色的条子头巾，我包头一直是用这一种，当中白的，两边有两条彩条，我喜欢这一种。"

兴根说："你也是的，还非要那一种啊。"

大婶婶说："托你买两条头巾，你不耐烦了。"

兴根说："好吧好吧，我买来就是。"

大婶婶目送着兴根走远去。

到下晚东家夫妇都下班回来，刘建成说："阿姨，兴根回去了啊？"

大婶婶说："回去了，你们一走，他也走了。"

刘建成说："其实就是住个一夜两夜也无所谓的，他也是难得来。"他一边说一边回头问杨玲："是吧？"

杨玲说："是呀，书房里的大沙发拉开来就好睡。"

大婶婶说："哪能呢，这样已经很讨烦了。"

刘建成说："阿姨你老是这样，我一直跟你说就是自己人，你还是老客气。"

大婶婶笑笑。

刘建成想了想，又说："呀，刚才急急忙忙上班，也忘了给兴根带点东西回去，家里吃的什么很多，下次一定不要忘记了。"

杨玲说："就是，我们不大记得事情，还是叫阿姨自己记着，家里来了人，千万不要客气，留一顿饭，带点东西走，这是起码的。"

大婶婶说："真是不好意思的。"

接下来刘建成就和杨玲说起了单位的什么事情，说过单位的事情又说说世界的形势什么。大婶婶一边做晚饭一边等着他们问她兴根的事情，可是他们好像已经忘记了，一直吃过了晚饭也没有再提兴根一句。

吃了饭大婶婶洗了碗，刘建成叫她过去看电视，大婶婶应了一声，没有过去。

刘建成过来看看她，说："阿姨，你是不是身体不好？"

大婶婶说："没有不好。"

刘建成说："你有什么心事？"

大婶婶看着东家，东家完全是一副真心关心她的样子，一点也不是做出来的。大婶婶摇了摇头。

刘建成想了想，出去把杨玲叫过来，杨玲也朝大婶婶看了一阵，说："阿姨，有什么事情你说呀，不要闷在心里，闷在心里对身体不好的。"

他们正不知大婶婶是怎么回事情，小冬过来说："阿婆是想她的儿子，是不是？"

刘建成这才想起来，一拍脑袋说："你看我这个人，真是该打，怎么一下子把兴根的事情忘记了，回来也没有问一问，也是单位的事情太烦。"

杨玲说："我也是，中午说的事情到下午就一点不记得了，真是的，这记性实在是差。"

　　于是在东家夫妻的再三追问下，大婶婶把兴根的要求说了出来，他们一听笑起来，刘建成说："就这么件事呀，小事一桩。"

　　大婶婶说："兴根说，皮鞋厂是归轻工的，你是在轻工局的，所以……"

　　刘建成说："皮鞋厂确实是归轻工的，但是他们那里恐怕是乡下办的皮鞋厂吧，或者甚至还是村办的，说起来是要归乡镇局管的，我们轻工，主要是管的城里的厂。"

　　大婶婶心里一紧，说："那是管不着啦？"

　　刘建成说："虽然不是直接管，但是也和轻工是有一点联系的，再说乡镇局那边，我也是有人的，找找他们，也是不难，反正你放心，这件事情就交给我办了。"

　　大婶婶这才松了一口气，先谢了东家夫妇。刘建成说："不要谢我的，要谢还是应该我们谢你呢！"

　　杨玲也说："就是。"

二

　　东家夫妇为了兴根的事情真是很认真负责，他们在大婶婶说了这件事以后，有好几天下班回来，别的事都不说，总是先说怎么找人怎么托人情的问题。大婶婶心里十分感激，她说："真是很难为你们了，你们都是很忙的，我知道，我这事情反正也不是很急的，等你们空下来再说。"

　　可是刘建成和杨玲他们都觉得这事情是不能拖的，要办就要抓紧办，他们总是和大婶婶一起商量怎么办，大婶婶觉得东家真是把她也当成自己人的。

以刘建成的意思，是要去找乡镇局的局长，他觉得这样的事情为了省去许多的扯皮的麻烦，干脆直接就送到局长那里；只要局长说了话，下面的人也就没有别的什么话好多说的；即使有些意见什么，最多也不过在背后嘀咕嘀咕罢了，总不敢去向局长提什么看法。

大婶婶觉得东家说得很在理，只是不知道这乡镇局的局长东家是不是认识，是否熟悉，还要不要再转别的人托人情。刘建成好像明白大婶婶的担心，他说："你不要担心的，乡镇局的局长和我是一级关系，我们原来插队就是插在一起的，我也难得向他开口求什么事情，求到他，相信他总要给一点人情面子的。"

大婶婶听了就很不过意，说："倒是为了我，你才去向人家开口的，真是不好意思。"

刘建成说："话不要这么说，我帮你，你也帮我，这样才是有来有往，要不然总是你帮我们，我们也是不过意的呀。"

大婶婶说："真是碰到了你们这样的好人家。"

这时，一直没有表态的杨玲说话了，她说："我倒要给你这个主意泼一点冷水，沈局长这个人，大家叫他铁面虎，你也是知道的，据说许多人找他求人情，他都不给面子的。"

刘建成说："我跟他的关系不一般。"

杨玲继续泼冷水，说："你跟他，也不过就是一起插队那一点交情，后来好多年也不来往谁知道他还记不记得你，还认不认你呢。"

刘建成说："不会的，我们当年那一段交情可不是一般的交情。"

杨玲说："你不要说，我听人家说的，上次沈局长的一个侄子求他办事情也被他一口回绝了的，弄得沈局长的哥哥在外人面前抬不起头来。"

　　刘建成听杨玲这样说，有点不高兴，说："照你这样说，这忙我们就帮不上了，就不要帮了。"

　　大婶婶看他们夫妻有点小意气，连忙说："不要紧的，不要紧的，兴根也只是随便问问的，不一定非办的，不能叫你们为难的。"

　　刘建成说话就有一些气在里面，他说："我这一次偏要帮上一个大忙，偏要找他沈家里，看他怎么回头①我，看他好意思开这个口，你也不要挡我，挡了也没有用，我是去定了的。"

　　杨玲说："你这个人真是拎不清的，你这话说出来，好像是我不肯帮阿姨的忙！其实不要以为只有你愿意帮阿姨的忙，我也是想帮忙的，只是我要比你更注意一点实际效果，讲究一点策略，把事情做得更稳当一些罢了。"

　　刘建成说："什么叫更稳当一些？"

　　杨玲说："我的意思，第一步不一定先找沈局长，可以先托一托下面科里的人。你认识的老李，我认识的蒋芬都可以拜托他们的，先从他们这里入手，把下面的路子通得差不多，到时候再找沈局长，就说下面都已经说好了，就看你局长大人一句话了，也堵住他的推托。要不然，他很可能说，这事情要看下面具体经办人员的意思啦什么的，现在下面先摆平，他上面也就不好再推托什么。在下面也是一样，找老李、蒋芬他们时，就跟他们说，上面的路子我们会想办法，不要他们承担什么，他们只负责下面的事情就行，这样也就挡住他们把事情往上推的可能。我这样考虑，你说是不是比你考虑得全面一些稳妥一些呢。像你这样直接找沈局长，莽莽撞撞，万一

────────
　　① 回头：拒绝的意思。

在沈局长那里一下子碰了壁，你连再回旋的余地也没有，那样就麻烦了。"

杨玲一番话说得十分在理，确实比刘建成考虑得更周全些，刘建成笑着说："还是女人的心计好呢。"

大婶婶在一边听了，也觉得杨玲的办法是可靠的，她感激地说："真是谢谢太太。"

杨玲笑了，说："阿姨，你又要说什么谢不谢了。"

大婶婶也笑了起来，她实在是说惯了嘴，改也改不过来，而且大婶婶也天生是这样的脾气，人家帮了她一点，她总是心里不过意得很，不知道要怎样报答人家感谢人家才好。

总体方针定下来，先找刘建成的熟人老李和杨玲的熟人蒋芬，这两个都是在乡镇局的科里做事，李是正科，蒋是副科，都是有一些小权的，至少在科里说话是算数的，找到他们两个，请他们共同出力，估计下来问题不会太大了，但是用什么样的形式向李科和蒋科开口，以什么样的办法请李科和蒋科帮忙，这又是另一个要讨论的问题，刘建成说："李科那里，我负责，弄条把烟就行了，我和他，搭得够的。"

杨玲想了想，说："小蒋那边，怎么办呢？送东西，送些什么呢，没有什么合适的。"

大婶婶连忙说："要破费什么，我来出钱就是，不能再叫你们破费的，你们给我找人想办法，已经是很不好办的了。"

刘建成和杨玲都说大婶婶不该说这样的话。大婶婶说："我是真心话。"

刘建成说："真心话就更不应该这样说，送一些小东西，难道我们也送不起？还要叫你出钱买，真是的，再说这两个也是我们的朋友，就是不托他们的人情，送点东西给他们也是应该的，用不着你操心的。"

大婶婶不好再说了。

杨玲说："其实家里东西倒是不少，待会儿挑挑看，有什么合适的。"

刘建成说："家里现成的东西恐怕不一定行，我们这边有的，他们那边估计也都是有的，不要把重复的东西送人，那不讨好的。"

杨玲说："这倒是的。"

刘建成又考虑了一会儿，说："要是不送东西，也是有别的办法的，比如请他们回来吃饭，边吃边谈，饭吃好了，事情也谈妥了，这不是很好么。"

杨玲说："这也是个办法。"

刘建成说："就是请回来吃饭家里忙一些，主要是阿姨和杨玲你们要辛苦一些，到时候我可能要陪客人说说话，抽不出身体来相帮的。"

大婶婶连忙说："我不辛苦的。"

杨玲也表示，采办什么都由她包下了，她还可以给大婶婶做做下手。大婶婶听他们夫妻俩这样为她的事情操心安排，真是什么事情都愿意包下来由她一个人做了。

这样就说定了，由刘建成去请老李，杨玲跟蒋芬说了，约好一日，客人就上门来了。

先来的是女同志蒋芬，蒋芬一进门就往厨房去，看厨房里忙得很，她笑着说："杨玲，今天请什么大客人，这么隆重。"

杨玲也笑，说："什么大客人，就是你这个大客人啦！"

蒋芬说："算了吧，我怎么是大客人，我们只是来做做陪客吧，你老实说，是不是。"

杨玲说："老实说，就是你这个大客人。"

蒋芬说："真的？那我真是受宠若惊了。"

正说着老李进来了，一看蒋芬在，说："今天请蒋科吃饭，我们来做做陪吃。"

蒋芬马上说："李科说话怎么反过来说，今天是请李科的，我们只是蹭吃呀。"

老李说："哎呀，能做蒋科的陪吃实在是很荣幸呢。"

蒋芬说："李科现在真是越来越厉害了，我们甘拜下风的。"

他们就这样你一句我一句地说着，也不知道是真是假，开始刘建成也没有怎么在意只是笑着听他们乱说些闲话，到开饭让座时，老李说："蒋科朝南坐。"

蒋芬说："为什么我朝南，我没有这个资格的。"

老李说："怎么会，蒋科现在是我们局里最有前途最有希望的科级呀。"

蒋芬说："李科真会寻开心，我们局里最有希望是你李科，这是大家都有数的，李科是什么样的人物，就是论资排辈，提副局，也是非李科莫属的。"

老李说："什么论资排辈呀，现在是最不讲这一套的了，再说我算是什么人物，蒋科才算是一个人物呢，蒋科年轻有为，这也是有目共睹的呀。"

一直到这时候，刘建成才发现自己可能犯了一个错误，他事先没有了解清楚老李和蒋芬的关系到底如何，相处得怎样，就贸然把他们拉到一起，请他们一起为他帮忙，这也许是个失误，但是现在知道这一点，已经太迟，一切要看事态的发展了。

好在菜上来后，老李和蒋芬没有再就原来的话题继续下去，他们的兴趣转到酒菜上来，对酒菜一一进行评价，刘建成这才松了一口气。

杨玲在厨房把下手的事情做得差不多，大婶婶一再叫她不要待在这里，叫她到外面去陪客人。杨玲也确实是有点累了，就出去了。大婶婶在里面忙着，一边听着外间说说笑笑，她心里好像踏实了许多。

对大婶婶一道道送上来的菜，老李和蒋芬都不失时机地评说一番，他们认为大婶婶的手艺实在是不错，不比饭店的厨师差。他们又说到大婶婶的为人，说早就听说刘家有一个很不错的保姆，今天看到了果真是名不虚传的。感叹刘建成、杨玲找了这么好一个人，又说现在外面找一个能贴心的好保姆真是很不容易，能找到大婶婶这样的人，也真是刘建成、杨玲的福气呢。

刘建成、杨玲也都说是，他们找一个机会就把大婶婶的事情说了，老李和蒋芬这时候都有了些酒意，听他们说了这事，都哈哈笑起来，老李说："你们真是的，为了一个保姆还这样。"

刘建成说："她帮了我们的大忙，我们也应该帮她一下的。"

蒋芬笑着说："你们要帮她一些忙，你们自己也足够有能力的，还要找我们呀。"

杨玲说："就是因为我们没有办法才找你们的么。"

蒋芬说："好说。"

杨玲到厨房把大婶婶叫出来，大婶婶一出来，老李就喷着酒气对她说："阿姨，你放心，这是小事一桩。"

蒋芬也说："包在我身上。"

大婶婶连连说："太麻烦你们了，太麻烦你们了，真是不好意思，真是不好意思。"

刘建成对大婶婶说："他们答应了的，总会办成的，他们两个，本事大着呢。"

大婶婶说："那就好，那就好。"

杨玲也很开心，对大婶婶说："给我拿张纸来，你把兴根的大名，还有什么乡什么厂都说一说，我写下来。"

大婶婶说了，杨玲一一记下，又重抄了一份，交给老李和蒋芬一人一份，老李和蒋芬看了一下。

老李说："金胜，好像没有什么印象么，大概不是很大的厂吧。金胜，这个金胜皮鞋厂是乡办还是村办？"

大家朝大婶婶看，大婶婶说："乡，乡……我也不知道，兴根没有跟我说呀。"

刘建成说："不要紧的，不管是乡办还是村办，都是归他们管的。"

老李说："那可是不一样的，如果是乡办，就是归到蒋科那边了。我看，这金胜多半是乡办的，蒋科，你就帮了办一下吧，在你说来，小菜一碟。"

蒋芬说："你凭什么就能肯定是乡办，再说即使是乡办你也是能管的，你的路子，谁没有数，恐怕早已经超出你们那一科的范围了吧。"

老李说:"我的路再多,也是不及你蒋科的呀,你蒋科是沈局的红人,在沈局心目中,恐怕也只有你蒋科而没有我们这些人的吧,沈局对蒋科的言听计从,这也是众所周知的么。"

蒋芬听老李这样说,笑脸也挂不住了,说:"李科你说话也不要太豁边,你自己呢,你的一本账,又有谁不清楚似的,说别人怎么怎么,你自己怎么不看看自己。"

老李也有点变脸了,说:"蒋科你今天既然这么说,我倒要和你说说清楚,我的什么一本账……"

不等老李再往下翻,刘建成站起来,他的脸有点红,生气地说:"我请你们来是请你们帮忙的,不是请你们到我家来争权夺利的,你们要吵就出去吵,我的忙你们肯不肯帮,肯帮最好,不肯帮就拉倒。"

刘建成这样一发火,两人倒笑起来,老李说:"你生什么气呀,我们当然是要帮你的忙,不帮你的忙,我们来做什么呀。"

蒋芬也说:"是呀,我们吵我们的,跟你又没有关系,你的忙我们也不敢不帮呀,谁不知道你后面是有人撑着的呢!"

刘建成和杨玲对视了一眼,没有说话。

最后把老李和蒋芬送走,到外面老李和蒋芬又一再叫刘建成和杨玲放心。老李说,一个乡下人要进乡下自己办的厂,真是不费吹灰之力的,不比从前,什么时候跟他们乡的头头说说,就解决了。

刘建成说那就要多多拜托了。

蒋芬想了想说:"跟乡里的头头说恐怕反而太远了,要可靠一些,还不如跟乡里管工业的头头说,那样更直接一些。"

老李听了,又有些不乐了,正要说什么,刘建成说:"我不管你们用什么办法去找人托人情，我到时候只是找你们说话。"

老李和蒋芬异口同声地说："一句话。"

送走老李和蒋芬，回进来，看见大婶婶坐在那里发呆，刘建成说："阿姨，你不要往心上去，他们就是那样的人，平时闹惯了，到别人家里也是这样，真是没有办法。其实跟你的事情是不搭界的，一点也不会影响帮兴根进皮鞋厂的，我既然托到他们，总是有一定把握的，你只安心在家里等回音就是。"

大婶婶听了，点点头，到厨房收拾碗筷。

过了些时候，一直不见有什么回音，大婶婶每天看看东家夫妇的脸色，也看不出什么来，好像根本没有过这件事似的。大婶婶想这也是正常，他们都是工作很忙的人，不可能一直把她这件事挂在心上的，大婶婶没有别的办法，只好耐心地等下去。

有一日福宝找上门来，说是没有什么事情，过来坐坐说说闲话的。她告诉大婶婶她现在的人家真是很不错，事情少工资高，又是什么什么的好处，还说正在帮她老三想办法进城里的什么厂。福宝十分得意，最后说："人家都说你大婶婶找了家好人家，其实我看也不见得有多少好的。"

大婶婶本来是不想告诉她兴根要进皮鞋厂的事情的，实在被她说得有点不服气了，大婶婶说："我们东家，正在帮我们兴根办进皮鞋厂，皮鞋厂你知道吧，很能赚的。"

福宝说："皮鞋厂我怎么会不知道，我家一个侄子就在里面做领导么，对了，你们兴根，你是什么时候托的东家呀。"

大婶婶说："是两个月前吧。"

福宝一听，说："哎呀，你误事了，我前天回去，听说这一阵皮鞋厂已经停止进人了，就是这半个来月的事情吧，你们东家误了你的事了。"

大婶婶说："不会的吧，我们东家说得很肯定的。"

福宝说："说得肯定有什么用。"

大婶婶也有点担心起来，问福宝："怎么就停止进人了呢，不是说还要大发展的么，大发展怎么能不要人呢。"

福宝说："说是有台湾老板投资什么钱了，所以以后进人都要台湾老板说了算的，一般的人就算是做什么干部他也不买账，台湾老板很厉害的，铁面无私，谁说好话也没有用，一点人情面子也不给的。"

大婶婶说："怎么会呢，他们怎么没有跟我说起呢。"

福宝说："这还用问，肯定是他们觉得不好向你交代，就不跟你说了，事情就让他拖下去，拖到时候你们也觉得没有意思，就算了，要不然，哪有说了两个月的事情，一直不给你回音的呢。"

大婶婶说："这倒也是的。"

福宝说："你们东家，也真是的，很狡猾的啊！"

大婶婶摇了摇头，她不知道说什么好。

福宝说："城里人就是这样，表面上看起来跟你很客气，说起话来很好听，我那东家其实也是的，骨子里是很坏的。"

大婶婶说："我们东家不是坏人，我是有一说一有二说二的，他们对我是真心的。"

福宝笑了起来，说："大婶婶，你这个人啊。"

这一天东家夫妇下班回来，大婶婶等他们吃过晚饭，在看新闻联播之前，她问刘建成："是不是，兴根那事情，没有希望了？"

刘建成一愣，回头看看杨玲，杨玲摇摇头，说："谁说的？"

大婶婶说："我听说那边厂里现在已经停止进人了。"

刘建成说："停止进人，为什么？"

大婶婶说："说是台湾老板来管事了，进人要归台湾老板管的。"

刘建成和杨玲又对看了一眼，刘建成说："就算是搞合资企业，也不会不进人的，在人事方面一般都还是这边管的，台湾老板只不过总体上过问一下，总不见得进个把工人还要台湾老板批，那是不可能的，也不知是谁跟你说的这些，真是缺乏常识。"

大婶婶听他这样一说，倒有些不好意思，说："我也是心里不踏实，时间已经有两个月了，也不见回音。"

刘建成说："什么，已经有两个月了，我怎么觉得才不多几天呢。"

大婶婶说："是两个月了，那日子我记得很清楚的。"

杨玲说："恐怕是有两个月了，阿姨不会记错的，我也记得，那一次他们来吃饭，我还穿着单毛衣呢，现在都快到冬天了。"

刘建成说："日子真是快。"

杨玲说："那两个人也真是的，这么长的时间了，也不来说一声。"

刘建成看看大婶婶的脸，说："阿姨你不要急，这两个人还是比较负责任的，一直不来，也可能是好事情，说明有希望，要是没有希望，人家恐怕早就来回头了，一直不来说明正在工作呢。"

大婶婶说："那就好。"

杨玲对刘建成说："不管怎么样，明天你给老李打电话，我给蒋芬打电话，问一问，催一催。"

刘建成说："好的。"

新闻联播开始，他们就看电视了。

大婶婶到小冬屋里，小冬正在做作业，见大婶婶进来，小冬说："兴根叔叔说过几天就给我带小白兔来的，怎么到现在还不来呀。"

大婶婶说："就要来了。"

小冬说："是不是你叫我爸我妈帮兴根叔叔找工作，找不到兴根叔叔生气不来了？"

大婶婶笑了，说："小孩子不要瞎说，怎么会呢，兴根叔叔不会生气的。"

小冬听了没有再说什么，低头又做作业。

过了一些天，一日大婶婶早上到外面买菜，突然有个五十来岁的妇女叫住她，问："你是不是在刘家做的那个保姆？"

大婶婶说："是的。"

那妇女说："我是，我是……福宝是你们一起的吧，福宝现在就是在我家里做。"

大婶婶"噢"了一声，说："福宝的东家。"

福宝的东家一副愁眉苦脸的样子，她看了看大婶婶，说："哎，我就是找不到你这样的好人，福宝那个人，哎，怎么说呢。"

大婶婶说："可能刚来不习惯，做习惯了就会好的。"

福宝的东家说："也许吧，不过有件事情我想请你帮帮忙，你不要对福宝说你们东家对你怎么好，你跟她说了她就回来寻我的麻烦。我们家，你不知道，跟刘家是不好比的，上有老下有小，还有一个瘫子老娘在床上，我们是苦人家呀。"

大婶婶点点头，说："我知道了。"

福宝的东家又说："还有，我们一个瘫子在家，家里是离不开一个人的，请保姆就是为了叫她在家里照顾病人的，可是她现在老是往外跑，又说是你叫她出去玩什么的。"

大婶婶说："这从来没有的，我从来没有叫福宝出来过。"

福宝的东家说："没有就好。"

福宝的东家又说了一些拜托的话，说过之后就急急地走了。

大婶婶看着她的背影，心里有一种说不出的滋味。

三

到了农历十一月，大婶婶的女儿、女婿来了，大婶婶的外甥订婚办酒席，要请大婶婶回去看一看，这也是女儿、女婿对大婶婶的尊重，请客的时间还没有定下来，他们来就是要征求大婶婶的意见，看大婶婶哪一阵比较空一些，可以抽开身回去一趟。

其实要说空，大婶婶一年到头也是没有什么空的。这个家里，几年下来，已经对现在的生活方式养成了习惯，成了一种定式，好像一家人都已经离不开大婶婶了。即使没有什么重大的事情，离开了大婶婶，一家人就觉得没了魂似的，所以大婶婶平时真是很少回家。好在家里也没有什么大事情，大婶婶的老头子，早就过世了，几个子女都是另立门户，大婶婶在家不在家影响不是很大，但是每年到过年前那一段时间，为大婶婶究竟是回家过年还是留在城里过年，总是要讨论一番的。从东家来说，当然希望大婶婶不要回去的，年前的事情很多，现在分和送的年货也真是越来越多，光是大青鱼，一年就是十几二十条的，其他鸡鸭什么，都是要人收拾要人清理的。

东家夫妇两个人的班一直要上到大年夜才算正式放假，所以这一段时间大婶婶实在也是走不开的。忙完年前的活，大婶婶也还是走不开，新年里，客来客往比较多，家里请客，没有大婶婶也是弄不起来的。还有东家夫妇要出门给别人拜年，或者到别人家吃饭去，不想带着小孩子讨麻烦，小冬也是要有人看管着的。反正所有一切都摆在那里，很明显，大婶婶是不能回去过年的。但是从大婶婶这一头来着想，在外面一年做到头，临到过年还不能回去和子女一起团聚，大婶婶有时想自己真不知是为了什么，但是大婶婶心比较软，有时明明已经下决心要回去过年的，被小冬可怜巴巴地叫一声"阿婆"，说阿婆你走了我怎么办，大婶婶的心就软下来了，所以已经连续有好几年大婶婶没有回去过年。家里子女都说老太婆做人家做得连自己家也不认识了。

这一次女儿、女婿特意过来叫大婶婶．大婶婶是不能再不去了，再不去，不说别人就是大婶婶自己也是要骂自己了。

中午东家回来吃饭，大婶婶把事情说了，大婶婶说："这一次我一定要回去了，这个外甥是我最喜欢的，从小是我带大的。"

刘建成和杨玲都说："应该回去，应该回去。"

大婶婶说："你们排一排时间，看哪几日可以走开的。"

刘建成朝杨玲看看，杨玲说："要去最好早一点去，早一点去了也好早一点回来，年脚跟事情较多呀。"

大婶婶的女儿说："这次我妈去了，恐怕要等过了年再出来了，是不是，妈。"

大婶婶说："最好是。"

刘建成和杨玲都有些着急，刘建成说："再商量商量，看能不能……"

杨玲也说:"小冬马上要放假了,放他一个人在家里,我们真是不放心。"

大婶婶想了想,说:"回去到过了年来时间是太长了一些,不要说你们不放心小冬,我也是不放心的,我早一点回去,在家里少住几天就来。"

刘建成和杨玲都松了一口气,笑起来。

大婶婶的女儿、女婿也笑,女儿说:"我妈可真是忠心耿耿的呢。"

刘建成和杨玲都说:"就是,你妈真是大好人。"

说着,杨玲转身进了里屋,过了一会儿出来,把大婶婶拉到一边说道:"你也有好些年没有回去了,你一直说想弄一副耳环的,这三百块钱,你拿着,去买吧,带回去,也出出风头。"

大婶婶不肯要,说:"上次买戒指你们已经贴了一大半,这次不能再拿了。"

杨玲说:"你不要就是看不起我们,我们虽然不是什么大人家,但是这点钱还是有的。"

大婶婶不好再推托,就收下了。

过了几日,大婶婶就回去了。

大婶婶的女儿嫁得离自己家比较远,因为时间比较紧,大婶婶是直接到女儿、女婿家去的,也没有来得及先回自己那边看看,别的倒也没什么看头的,她最不放心的是兴根,自从上次来托了进皮鞋厂的事情后,兴根一直也没有来过。大婶婶问女儿知不知道兴根的情况,女儿因为离得远,也说不出来,大婶婶就更不放心了,但是好在女儿、女婿给几个兄弟都带了信过去，想起来他们都是要来的。

大婶婶到了女儿、女婿这边，就有不少人来看她，大家都知道大婶婶现在帮了一家好人家，弄得大婶婶自己也像是城里人了。大家过来一看，果真大婶婶的样子跟乡下老太婆已经不大一样了，衣服什么也洋气得多，手上是铜箍戒，耳朵上也有了环子，再看皮色什么，白净得很，说出话来也是一口的新名词，大家都说，大婶婶真是好像重投了人生了。

大婶婶给外甥媳妇准备了见面礼，别人也不知那红纸包里是多少，只是瞎猜猜，说来说去，说那红纸包里有一千块，有人过来问大婶婶，大婶婶只是笑，说："听他们瞎说，我哪有那么多。"

大婶婶越是不肯承认，别人就越以为是真的，弄得外甥媳妇那边也早早地听说了，新媳妇的小姐妹们都很羡慕她，新媳妇脸上着实很光彩。

到了请酒那一日，大婶婶的几个儿子、媳妇都带着小孩来了，大婶婶把早已经准备好的见面礼一一发给孙子、孙女，大家都很开心。媳妇见大婶婶金光闪闪的，心里难免会有些非分之念，但是毕竟不好直截了当地开口说什么，只是旁敲侧击。大婶婶也不是没有感觉，但是她只能装作不明白，要不然，两件黄货三个媳妇还分不匀呢。

等了好半天，一直不见兴根和兴根媳妇来，大婶婶问大儿子叶根，叶根说："我也不知道。"

大婶婶说："你怎么这样，你们在一个村里，怎么连自己兄弟也不知道关心关心。"

　　叶根正要分辩，大媳妇插上来说："哟，话也不能这么说呀，兴根也不是小人了，为什么要我们关心他呀，就算他是要人关心，也轮不到我们呀，做娘的也没有怎么关心，我们挤在前面又算什么呀。"

　　大婶婶张了张口没有说出话来，她看了大媳妇一眼，走开一点。

　　二媳妇看大婶婶走近了她，就说："妈，你不要急的，兴根蛮好的，说不定一会儿就来了。"

　　大婶婶说："我不急，他又不是小人了。"

　　可是一直到酒席开了，兴根夫妻还是没有来，大婶婶问女婿到底有没有带到信，女婿说肯定带到的，大婶婶叹了口气。

　　大媳妇在一边笑着说："兴根也可能有点不开心呢，他想进皮鞋厂进不去呀。"

　　叶根阻止女人说话，可是大媳妇偏要说，她问大婶婶："听说是妈帮兴根办的事情，怎么的，一直没有办成功呢？"

　　大婶婶说："办事情也不是说成就成的，总要有一点时间的。"

　　大媳妇说："时间也不短了吧，别人家想进皮鞋厂的比兴根晚托人情的也都早已经进去了，就是兴根进不去。"

　　叶根说："你不要这样说，你怎么知道兴根进不去。"

　　大媳妇横了男人一眼，说："你懂什么，就算进了皮鞋厂又算得了什么，人家前村的福宝把儿子、媳妇的户口都解决了呢，那才叫真本事呢。"

　　叶根说："你听他们吹。"

　　大媳妇说："不信你自己去问问。"

　　大婶婶说："我是没有本事。"

大媳妇说："呀，妈也不要谦虚了，没有本事怎么几年工夫浑身就金光闪闪了。"

大婶婶说："你只看我戴了些东西，我们这样的人，说到底，只不过是免讨饭。"

女儿、女婿和两个儿子见大婶婶有点伤感，连忙把话题拉开去，说起一对新人来。

女儿、女婿这边的事情办完后，大婶婶就要直接回城里去，她又放心不下兴根，想回家去看看，但是因为路比较远，再赶过去住上一两天，东家约定的时间就要超期了。大婶婶想来想去觉得自己不能失信，她虽然心里惦记着兴根，但还是准时回到刘家来了。

临走前大婶婶到女儿那边的乡供销社去买头巾，正好那一种头巾缺货，女儿说："下次来了货我给你买了带过去就是。"

大婶婶说："不用了，你这边也不大方便，我已经和兴根说过了，他出来会给我带出来的，那边供销社长年有货的。"

女儿说："那也好。"

大婶婶第二天就回来了。进门一看，家里真是乱成了一团，今年的年货又比往年更提早了，已经弄来了好多，都没有清理，只是堆在厨房，有的已经有点变质，有了异味。大婶婶到的时候，家里没有人，大婶婶揭开锅盖看，大概是早上吃的，干不干稀不稀，烂糟糟的，大婶婶不由得笑了。

大婶婶没有来得及歇一歇就忙起来，到中午东家夫妇下班回来一看，已经是完全变了模样，他们高兴地喊了"阿姨万岁"，大婶婶也很高兴，几天不见，倒是有些想念他们了，大婶婶连忙问起小冬怎么样，杨玲说："你走了，天天叫阿婆的，晚上睡觉也睡不着，说一定是我们叫你走的，要我们赔他的阿婆呢。"

大婶婶说："真是很贴肉。"

杨玲又说："怎么不是，在他嘴里，哪里还有爸爸、妈妈这样的称呼，喊起来都是喊阿婆，明明眼睛看着我，嘴里也是喊的阿婆，真是笑死人。"

刘建成说："孩子是最无私的，他知道谁对他付出的最多。"

听东家这样说，大婶婶心里很感动，眼睛也有点发红了。

后来东家夫妇又主动问起兴根的情况，大婶婶说这一次没有见到兴根，也不知为了什么没有到姐姐家去吃酒。

刘建成朝杨玲看看，杨玲说："兴根可能不大高兴了，是不是？"

大婶婶说："不会的，兴根一直是很懂事的。"

刘建成说："这事情也是要怪我们，没有抓得紧些，我和杨玲都催过老李和蒋芬了，那边说早已经托了人情，估计也快要有消息了，总不会弄到过了年吧，要不明天我再去催催老李。"

大婶婶说："不要老是去催人家，老是盯人家也是为难的，过年也没有几天了，看起来也要到年后了。"

刘建成叹了口气，又说了一句"怪我"。

到了腊月二十往后，眼见得就更忙乱，大婶婶每天要处理好多东西，人弄得很吃力，还是福宝会找清闲，过不了几天，又来了。

大婶婶说："你又来了，你还是不要往我这里来吧，你们东家以为是我叫你来的呢。"

福宝说："我是不怕她的，现在是她求我，不是我求她，她想不要我做也没有那么容易，她一时要找人还找不到呢。"

大婶婶说："不管怎么样，你那边事情多，你也不好老是往外面跑的呀。"

福宝说："我管他呢。"

大婶婶说："你这个人。"

福宝坐下来，四处看看，说："你们东家很有钱，是吧？"

大婶婶说："我也不大清楚，我是不管他们钱不钱的。"

福宝说："他们不都是在机关里做的么，照说坐机关的只有几个死工资，哪里会有这么多的钱？我那一家也是坐机关的，就是个清水衙门，真是清汤寡水的，一点花头也没有。这几天看着别人家大鱼什么的往家里拖，他们倒好，到现在也不过送了两条鱼来。"

大婶婶说："鱼多了也是烦人。"

福宝冷笑笑，说："要是没有鱼送来你就不会说这样的话。"

大婶婶说："那倒也是的。"

福宝说的话虽然可能是随便说说的，但是倒引起了大婶婶的一点想法，东家的钱的来源，大婶婶确实是弄不明白，看看两个人死工资也没有多少，说说一家人家的开销也是很大，钱到底是怎么来？怎么安排？大婶婶实在也是想不明白。

她说："其实我也是不明白，城里人的钱，来路好像很多的。"

福宝一笑，说："那当然，要不然他们哪里够用，你就给你们东家算算，恐怕不要说一个月的开销，就是用半个月也搭不上呢。"

大婶婶想了一下，果真是这样，大婶婶说："是的。"

福宝说："你这人也真是老实，在他们家做了七八年，也没有把他们的底细摸一摸。"

大婶婶说："我要摸人家底细做什么！"

福宝说："你真是，摸摸清，他们有什么短处你可以抓住的，万一到时候不对了，你也不用怕他们对你不好。"

大婶婶说："他们不会对我不好的。"

福宝朝大婶婶看看，说："那就算了。"

她们说了一些别的话，福宝告诉大婶婶她马上要回乡下去了，大婶婶说我已经回去过了。

后来福宝朝大婶婶头上的头巾看看，说："怎么，你包了这种三彩条的，不好看的，你是不是没有那一种的用了。"

大婶婶说："我的两条都洗了，天气阴，不肯干。"

福宝说："你要用，我去给你拿一条过来，我那里买了好些呢，你先用着。"

大婶婶摇摇手，说："不用了，我已经跟我们兴根说过，他出来要给我带来的。"

福宝说："对了，说起兴根，你帮他到底弄成了是吧？"

大婶婶说："你说什么？"

福宝说："哟，你还瞒我呀。"

大婶婶没有再说什么，她想福宝肯定是在人家做得不开心，跑来说说她，也好出出气似的，大婶婶也没有跟她计较。

到了年二五这一天，兴根突然来了，带了一大篮的年糕，这是年二四家里蒸的糕，送一些来给大婶婶和东家尝尝的。

大婶婶见了兴根，很开心，她看着那一大篮的年糕，不知怎么着，竟觉得有点对不起兴根，本来应该是她给兴根他们做些年糕的，现在反过来由兴根他们做了来送给她，大婶婶说："城里有东西吃的，不用麻烦了。"

兴根说："城里有东西吃我也知道，但是这是一点心意呀。"

大婶婶见兴根并无半点生气的样子，他好像已经忘记叫大婶婶的东家帮他进皮鞋厂一直没有弄进去的事情，好像从来就没有这事情似的，大婶婶想问问，又怕开出口来引起兴根不快活，所以一直憋着没有敢说。

到东家夫妇下班回来，他们看到兴根来，也都有点不好意思，不等兴根说什么，刘建成就说："兴根，真是很对不起你。"

兴根说："什么？"

刘建成说："就是上次你来托我们的，进皮鞋厂的事情呀，我们已经托了人情，可是到现在一直还没有确切的回音。"

兴根张大了嘴。

刘建成继续说："不过你也不要灰心，还是有希望的，现在办事情是不大容易，也许过了年就会有好消息来。"

大婶婶也说："是呀，我想过了年肯定会有说法了。"

兴根张大了嘴突然哈哈大笑，笑了半天，他说："你们，你们这些人，真是，笑死我了。"

大家发愣，看着他，不知笑的什么。

兴根说："皮鞋厂我已经进去了呀，就是上次姐姐家里办事情的时候事情就差不多了，正好那一日厂长要出差，叫我跟他一起去，我总不能不去吧，所以姐姐那里也没有去成。"

大婶婶说："那叶根他们怎么都不知道。"

兴根说："我也没有必要告诉他们呀，自己进去就好了，告诉他们做什么。"

大婶婶说："你怎么这样，连自己哥哥也这样。"

兴根又笑了，说："其实我是叫玉珍告诉叶根的，她也没有去说，

036 / 米　象

结果弄得大家不知道怎么回事，回来我骂她的。"

大婶婶长长地出了一口气，说："进去了，进去就好。"

刘建成和杨玲在一边不知说什么好，有点尴尬的样子。

大婶婶又问兴根："怎么这么容易就进去了呢。"

兴根说："不容易的，我也托了不少人情的，现在我的工作很好，跑供销，很活路。"

大婶婶回头看到东家夫妇的脸色不大好，连忙对兴根说："你也要谢谢刘先生和杨太太的。"

兴根说："那当然，托人办事情，不管成不成，谢总是要谢的。"他一边对刘建成、杨玲说"谢谢"，一边又给刘建成派了一根烟。

兴根说了谢谢，刘建成和杨玲的脸更是挂不住，刘建成接了烟一看，说："是大中华，现在乡下真是不一样了。"

兴根说："那是，不过话说回来，乡下人也是要靠靠城里人的，要不是你们城里人帮乡下人办办厂，改改革什么的，乡下人到现在恐怕也还不知道大中华是红的还是黑的呢。"

兴根这话说得比较中听，刘建成也笑了起来，说："你们的气派也大起来了。"

兴根说："我这次来还是要想请你们帮忙的。"

刘建成说："什么事，你说吧。"那口气好像进厂的事没有能帮上，这一次是一定要帮的了。

兴根从包里拿出两双皮鞋，说："这是我们厂的产品，刘先生能不能帮忙想想办法，能推销一些那是最大的帮忙了。"

刘建成说："你们的产品还要出来推销，不是说已经合资了么？"

兴根笑了，说："合资只是一个意向，没有谈成。"

杨玲拿那双皮鞋看，一男一女，样子都很好，颜色也不错，杨玲说："这鞋子不好销吗？"

兴根说："现在做皮鞋的实在太多，竞争激烈。"

刘建成也把皮鞋拿来看看，想了想说："这是样品吧。"

兴根说："样品另外有，这两双是送给刘师傅和师母的，样品在这里。"

刘建成看了看样品，说："我先收下，不过话说在前面，正如你说的，皮鞋厂太多，竞争激烈，我也没有百分之百的把握。"

兴根一笑，说："那当然，我也是采取全面开花的办法，十网打鱼九网空，只要有一网打着就很不错了。"

刘建成说："你们现在确实是很像样子了。"

后来大家就一起吃饭，请兴根也喝一点酒，刘建成在家平时是不大喝酒的，一般在外面的酒席上喝得比较多一些，如果回来再喝，那是要伤身体的。所以杨玲规定只能在外面喝，回来就不喝了。其实刘建成在家里也是一点酒兴也没有的，一个人喝，哪里喝得起什么兴致来。今天兴根来，既然请兴根喝一点，刘建成也就陪着喝了。

喝着喝着，刘建成就想起上一次请老李和蒋芬来吃饭的事情，想着想着，刘建成就有点来火，对杨玲说："下次碰到那两个家伙，不要理睬他们。"

杨玲也知道刘建成说的是哪两个家伙，杨玲说："他们是不像话，可是你说不理他们，我看也犯不着。"

刘建成说："什么叫犯得着什么叫犯不着？"

杨玲白了他一眼，正要把他的酒杯拿开，大婶婶已经把兴根带来的年糕蒸了一下，切成小块，端出来。刘建成和杨玲每人吃了一块，都说好吃，又香又糯，在城里是吃不到这样好的糕。

兴根笑着说，这是我老婆的手艺，比起我妈来差得远了，我妈做的年糕，是几个村子都知道的。

杨玲听了，说："哎呀，我们还真不知道呀，反正家里也有现成的粉，过年就请阿姨做吧。"

刘建成也说："是呀。"

大婶婶说："只要你们喜欢吃，我就做。"

吃过饭，兴根就要走，临走时，兴根说："这皮鞋，你们先穿着，要是觉得好，下次我再带些来，这两双也不知道合不合你们的脚，我也不知你们的尺寸，只是根据你们的个子，大体上估计了一下，可能不适脚，可以再换的。"

刘建成说："不用再麻烦了。"

兴根说："这不是麻烦，这是我们的工作。对了，你们脚的尺寸告诉我，我记一记，下次就有数了。"

杨玲说："我是三十七的，他是四十一的。"

兴根记下了，又说："还有你们同事、亲戚什么的，要是需要，就别客气，跟我说就是，我们别的没有什么，既然办了皮鞋厂，皮鞋总还是有得穿。"

刘建成和杨玲都一再感谢兴根。

兴根又说："对了，如果有别的人可以帮我们推销，托人情的开支全由我们来好了，你们千万不要客气。"

刘建成和杨玲同时说："不客气，不客气。"

兴根说："现在看起来，要办点事情，人情还是很重要的，就比如我妈在你们这里，我上门来就好说话了，是不是？"

　　刘建成和杨玲点头称是，他们一直把兴根送出了老远，回进来，杨玲对刘建成说："这一次你要放点心思在身上，不要再像上次那样，拖拖拉拉，弄得很难为情的。"

　　刘建成说："那当然，穿了人家的鞋子，总是要给人家去跑的。"

　　大婶婶听他们说话，突然想起一件事情，连忙追出去喊住兴根。

　　兴根吓了一跳。

　　大婶婶说："兴根，头巾呢？"

　　兴根说："什么头巾？"

　　大婶婶说："上次我叫你到乡下供销社买的。"

　　兴根说："忘记了，事情那么多，哪里还记得什么头巾。"

　　大婶婶叹了口气。

　　兴根朝她头上看看，说："你这不是蛮好的么。"

　　大婶婶本来想说："我不喜欢这一种。"可是她看看兴根急急忙忙要走的样子，没有再说什么。

　　下晚小冬放学回来，看到桌子上的糕，说："谁送糕来？"

　　大婶婶说："兴根叔叔送来的。"

　　小冬笑起来，说："小兔子呢？"

　　大婶婶一愣，后来她说："冬天没有小兔子。"

米　象

米象概况。

注解：米象，贮藏谷物的主要害虫，鞘翅目，象甲科。成虫体长 2.3—2.5 毫米，深赤褐色……摘自辞海。（省略部分主要介绍米象身体上的一些斑纹以及米象的体态特征，由于米象虫体太小，这些特征肉眼较难认清，故略去）

俗称：蚌子。（像日本小女孩的名字）

特性之一：米象的爬行方向，永远向北。（为什么不向南爬？）

特性之二：繁殖快，年生 2—5 代。（幸亏是虫子）

关于米象的一点想法，虫体和虫名倒挂，虫体极小，而以"象"冠之，鲜明的反差。

一

发生在 50 年代初的一件事情。

先说一说 50 年代初关于粮食的一些情况，算作背景或者算作别的什么，或者什么也不算。

在 50 年代之前，杨湾镇上有一些米行，四乡的农民收了粮食都到米行来交粮。交粮主要是有两方面的原因，一是交地主的租米，再就是拿种出来的粮食换一些钱去，购一些日用品回去，比如洋火、洋油，收成好的年头，还能买些花洋布、小洋镜，女人们是会很开心的。关于这方面的情况，叶圣陶老先生曾经在他的一篇非常好的小说《多收了三五斗》里有过相当精确也相当生动的描述，这里如果再作绘述，纯属多余，就此打住。

这是说的 50 年代以前的事情，那时候的米行都是私人开的，到了 1949 年，情况就发生了很大变化，这些大家都是明白的。

1949 年春天，解放军南下部队到了杨湾，接管了小镇杨湾的全部政府机构，同时成立了杨湾镇粮管所。这是一个全新的部门，当一个政权刚开始建立起来，粮食实在是头等的大事，当然到以后政权巩固了，粮食仍然是头等的大事，这是后话。

解放大军气势磅礴，一发而不可收，他们在杨湾这样的南方小镇，是不能停留很长时间的，一方面部队继续出发，一方面就有一部分同志留了下来，新的政权需要人。

老关就是在这时候离开部队，转到地方工作的。关于老关的转业老关是怎么想的，现在再追述这样的往事已经没有什么必要，老关自己恐怕也早已经淡忘；但是有一点是可以肯定的，当时如果老关自己没有提出到地方工作的要求，部队是不会把老关留下来的。

老关在跟随部队南下到了南方小镇杨湾时，这个北方农民突然就萌发一股强烈的思乡之情，由此就产生了厌战情绪。但是革命尚未彻底成功，中国尚未全部解放，在这样的时候最需要的是继续革命的战斗精神，产生厌战情绪是很危险很不好的。所以，部队首长一旦觉察到老关的这种想法，就对老关进行思想教育，从道理上讲老关都是明白的。老关虽然没有什么文化，但毕竟在部队里干了好些年，受党的教育也受了好多年，基本的觉悟老关总是有的。但是老关怎么也摆脱不了那股思乡的感情，部队就决定让老关留下来参加地方工作。

虽然老关产生了一些不应该产生的思想情绪，这并不能证明老关就不是一个好兵。其实老关当兵当得相当出色，他勇敢善战，不怕吃苦，不怕牺牲，从一个小兵成长为连长，大家是有目共睹。所以在部队作出老关留地方工作的决定后，大家都是依依不舍的。

就是老关自己也没有想到会把他放在一个陌生的南方小镇，老关的思乡，思的是自己的家乡、老婆孩子、乡里乡亲，他对南方小镇杨湾根本是没有什么感情的。

但是现在的老关已经没有别的出路，对于这个陌生的南方小镇，不论他是有感情还是没有感情，他都要在这里驻扎下来，也许几年，也许几十年，也许就是一辈子。

部队首长在和老关作最后的一次谈话时，首长说："小关啊，让你到粮管所，你的责任不轻啊，你明白吗？"

老关说："我明白。"

首长又说:"抓住粮食,就抓住了一切,你懂吗?"

老关说:"我懂。"

首长放心地笑了。

老关是明白的,他自己是农民出身,他知道粮食对于一个政权的意义,老关也知道自己肩上的担子有多少分量。

部队开走了,留给老关的是一无所有。

没有人,没有钱,没有经验,没有房子,没有一切。

老关向镇长汇报,镇长也是刚从部队转下来的,他面临的一切和老关面临的一切完全一样,镇长对老关说:"房子,你自己到镇上找,只要不违反政策。"

老关到镇上到处看房子,可以派作公用的房子并不多,充了公的大地主的房子,已经被镇政府用去了,老关找来找去,只有一座观音庙可以考虑。事实上老关也没有考虑,就把粮管所放进了观音庙。

观音庙的规模还是比较大的,前后两进,共有庙宇十多间,做一个小镇的粮管所,从房子面积来说是绰绰有余的,老关也已经心满意足了。

接下来老关就要考虑人选的问题,派给老关的实际上只有一个,也是部队上来的,是一个女同志,叫许秀花,是部队文工团的,因为怀了孕,即将生产,不能再跟着队伍南征北战,就留了下来。就许秀花本人的工作能力和实际水平来说,老关并不怀疑,老关相信能在部队上工作的人也一定能在地方上做好工作。但是许秀花临产,至少在几个月甚至半年一年的时间里不大能派大用场,还有更重要的一个原因,许秀花是烈属,她的丈夫不久前在一次战斗中牺牲了,许秀花即将产下的孩子就是烈士的遗孤，以后对于许秀花以及许秀花的孩子都是要特别关照的，这一点老关也是有思想准备的。所以老关很明白，他要用人，只有就地取材。在杨湾小镇，当时报名参加工作的年轻人很多，老关牢记着部队首长的嘱咐，抓住粮食才能抓住一切，老关在选人的问题上是相当谨慎相当认真的。

最后老关确定了两个人，一个小陶，一个小余，两人都是共青团员，高中生，家庭出身也都不错。老关对小陶、小余是很满意的，尤其是小陶，老关是很看重他的，他觉得小陶虽然文化比较高，但是为人却很谦虚，思想觉悟也比较高，老关认为这两条是非常重要的。

在50年代初，杨湾镇上有三家米行，万成、万顺、万家，由于各种原因相继关门倒闭，老关就把这三家米行接过来。三家米行共有先生、学徒十几个人，大部分的先生因为自己年纪大了，一时对新的东西比较难适应，主动提出不再留任做事，老关也不勉强他们，人各有志，老关相信这个。和老先生们相反，大凡年轻的学生意，都是很愿意到粮管所做事的，虽然这些人比较杂，但是老关还是全部留下他们来。老关认为他们虽然年轻，但毕竟吃过几年米行饭，多少是有一点经验的；至于思想觉悟什么，可以慢慢地改造，慢慢地教育，来日方长。

还有三位先生是愿意留下做事的。说一说这三位先生。

戚先生，五十多岁，米行老板，经验丰富，为人精明，会逢场作戏。老关对他的印象尚可。可是在50年代初的镇反运动中，戚先生出了大问题，贪污军粮，被就地正法，老关为此作了深刻检查。

陆先生，四十多岁，从学生意开始，吃了三十多年米行饭，很骄傲，看不起人，老关对他的印象不如戚先生。在50年代后期，陆先生说了一些不应该说的话，当时粮库出了虫害，所里动员大家灭虫，陆先生说，这种米象有什么了不起，不值得这么大惊小怪，真正可怕的是另外一种米象。别人问另外一种米象是什么，陆先生说，是人！他说谎报产量，明明没有那么多的粮食，非说有那么多的粮食，这里面的空缺在哪里，就是在米象的嘴里。陆先生因为这些话被判了刑，从此就永远地消失在这个还没有开始的故事里，给陆先生安排的唯一出路就是后来陆先生死在他乡劳改农场，如果不是这样安排，如果让陆先生在几十年后平反昭雪，落实政策，那么陆先生势必又要回到杨湾，也回到本文中来。多写一个人物，就要多编一段故事，多编一段故事，就要多一份才能，如果作者没有更多的才能，就只有和陆先生在此别过了。

现在只剩下潘先生。潘先卒，年纪不大，不到三十岁，读过大学，水平比较高，又有比较丰富的实践经验，觉悟也比较高，愿意接受新事物新思想，三位先生中老关是最中意他的。既然戚先生和陆先生先后都要离开本文，那么在这三位先生中，潘先生无疑是故事的中心人物了。

正是这样。

故事开始的时候，潘先卒先生已经是退休老人。

50年代初到底发生了什么事情，其实说起来也没有什么大不了的，在以后的许多年中，这样的事情应该是很多也是很正常的，那就是米象。

应该是在深秋的一个阴雨天，杨湾镇粮管所的仓库保管员小陶手里拿着一根铁皮签，铁皮签里有一支老式的温度计，小陶跑到老关的办公室，慌慌张张地说："主任，米象超标了。"

老关说："什么米象？"

小陶说："就是蛘子。"

老关说："是蛘子，就叫蛘子，我们的工作是为人民服务的，说话要注意群众化，记住了？"

小陶不好意思地点点头，脸微微有点发红。

老关看小陶这样子，他笑了，他觉得自己没有看错人，小陶确实是一个谦虚好学的青年。老关说："你说蛘子怎么？"

小陶说："我刚才验了，超标。按规定二两谷里不能超过三只蛘子。"

老关说："是不是超过了？"

小陶点点头，心事重重。

老关说："有了虫害，这是大事，这一批粮食是要作军粮的，万万不能出问题，你赶快找人除虫。"

小陶有点为难的样子。

老关说："几位先生呢，你找一找戚先生他们。"

小陶说："最好主任去一下。"

老关说："好。"

老关就和小陶一起去看戚先生和陆先生。

戚先生听小陶说过，他摇了摇头，没有说话。

陆先生说："我在米行做了几十年，也没有这样的事情。"

陆先生这样说，好像是在批评现在不如从前，老关听了心里就不大高兴，但是他没有表现出自己的情绪，老关知道和从前的人打交道是要小心一点的。

戚先生想了想，说："怎么会呢？怎么会出蚱子呢？"

陆先生说："怎么会？我早知道会出虫的，这地方这么潮湿，交的粮水分又大，不出虫才是怪事。"

在收粮的时候，陆先生确实是有过这样的想法，但他并没有提出来，没有跟老关或者所里别的领导说，现在他放马后炮，老关说："你当时怎么不说。"

陆先生淡淡地一笑，说："我说了有用吗？"

老关被问住了，他说："好了，现在不是找原因，而是要对付蚱子，你们二位，是有经验的。"

戚先生说："陆先生是内行。"

陆先生说："内行也没有用，药都用完了，我拿什么东西熏虫。"

老关说："你们想想办法。"

陆先生说："我想不出办法。"

小陶很着急，说："那怎么办？那怎么办？"

老关看陆先生的脸色，心里很气，但是他也不好说什么，因为没有药这是事实，老关回头对小陶说："走。"

小陶就跟着老关走出来，一出来老关就"呸"了一声，说："什么鸟。"

老关是一口的北方口音，说"什么鸟"时，乡音又特别的重，小陶差一点笑出来。

老关看看小陶，说："早知道这样的东西，当初还不如不要的好。"

小陶不好表态。

老关又问小陶："潘先生呢？"

小陶说："生病了。"

老关拍一拍脑袋说："看我这人，忘了。"

收粮的时候粮管所人手很紧，特别是一些重活没有人做，潘先生自告奋勇帮助捆谷，出了汗，把衣服脱了，又受了凉，感冒，在家休息。

老关就和小陶一起到潘先生家去。潘先生正请了医生在看病，这医生是杨湾镇上很有名的汤先生。汤先生和潘先生本来就是邻居，可算是一对莫逆之交。后来两人都到外地上了大学，一个学医，一个学商，再后来又都回到家乡杨湾做事，相交甚好。

老关和小陶找上门去，潘先生尚在病中，他听说米象超标，就从床上起来，要跟老关他们一起到仓库去看。

潘先生的态度和戚先生、陆先生完全不一样，这使老关心里很感动，连忙叫他再躺下，老关说："潘先生，不用你起来的，只是想来向你讨个办法。"

潘先生说："药用完了，是不是？"

老关说："是的。"

潘先生说："不要紧，可以自己配制。"

老关连忙问："潘先生你会配制？"

潘先生点点头。

老关出了一口气，说："潘先生，真是要谢谢你了。"

潘先生看了老关一眼，说："主任你说哪里话，怎么谢我呢，这不就是我的事情么。"

老关连连点头，心里还是把潘先生谢了许多回。

正好懂医懂药的汤先生也在，后来潘先生就和汤先生一起配制了熏蒸米象的药,这一次的虫害就比较顺利地灭除了。

事后小陶写了一篇文章,表扬潘先生的,在报纸上发表,潘先生的名字许多人都知道了。

潘先生,潘先卒,先卒大概就是身先士卒的意思。潘先生的长辈当年在给潘先生起这个名字的时候,一定不会想到以后潘先生会成为共产党的粮食干部,但是这个名字却是意味深长的。

在50年代初,潘先生还没有成家。他有一个相好,是姚记典当的二小姐。姚记典当在50年代成为政府供销社的商店,姚二小姐就做了商店的营业员。姚二小姐长得很漂亮,她自从做了营业员,接触的人多起来,后来就嫁给了镇上的一位干部刘区长。那时候杨湾镇还不叫镇,是一个区,叫做杨湾区,刘区长是杨湾最大的干部。

姚二小姐嫁了别人,潘先生心里肯定是有一些失落的,但是他并没有表现出这种失落。别人和他说起姚二小姐的事情,潘先生总是说我和她是不般配的,脾气也不投,还是不做一家人的好。

但是潘先生心里到底是怎么想的,别人都不大清楚。老关见了潘先生就说:“她有什么了不起,小姐,中看不中用,我给你介绍一个人。”

潘先生起先以为老关只是随便说说而已,不知道老关却是真的当一回事情,他要给潘先生介绍的是许秀花。

尽管潘先生从来没有想到自己会和共产党的干部许秀花有什么结果,但是后来的事实证明,老关的媒人做得还是相当成功的。一年后,潘先生和许秀花就结婚了。许秀花带着烈士的遗孤,后来又生了一个孩子,潘先生对这两孩子都很好,一视同仁,为此许秀花很感激潘先生,虽然说起来在夫妻之间根本不该用上“感激”这样的字眼。

姚二小姐嫁了共产党的干部，潘先生则娶了共产党的干部做老婆，两人也算是扯平了，一切就要看以后的发展了，说到底也就是看他们自己的造化。

概括地说50年代初发生的事情就是出了虫害，是米象，潘先生为除米象立了功，其中没有什么惊天动地的事迹，也没有什么你死我活的斗争，一切都按正常的秩序进行。至于潘先生的婚事，则是后一些的事情，以现在这样的叙述程序，时空概念难免有些混乱，已经说过本文故事开始的时候，潘先生已经退休，他老了，别的人当然也一样老了，姚二小姐早已经过了更年期，当年的小陶现在在县粮食局当局长。老关是离休干部，他没有回自己的家乡养老，却在南方小镇杨湾扎了根，决定不再走开，从这一点多少能够看出老关对于南方小镇杨湾也已经不是当年的零度感情，现在老关对于南方小镇杨湾肯定是有许多复杂的感受和想法。

二

粮管所是一个什么样的单位。

可以这样说，粮管所是国家政府管理粮食的部门。

粮管所的职能是什么。

回答这个问题先要确定时间概念。在50年代初，粮管所的职能范围并不很大，基本是等于一支粮食采购队伍，把四乡农民的粮食收起来，再送出去，其中间隔的时间大都很短，所以在粮食保管的工作方面任务也不是很重。

现在的情况就不一样，现在一个乡或一个镇的粮管所，它的职能范围是相当大的。一般说来，至少有这样六个方面的工作要做：购、销、储、运、调、加工。由这六个方面的工作伸展开去，又带来更多的工作。比如在粮食加工方面，不止有粮食加工厂，还有食品厂、面粉厂等。所以现在的粮食部门和从前确实是有了比较大的差别。仅从人数这一点上看，就是今非昔比的。从前一个小镇上的粮食部门，工作人员至多在十个左右，现在的情况则很难统计。对于一些下属企业的人员，是统计在内还是不统计在内，这一直是一个可以争论的问题，因为企业的人员是没有定数的。如果一个企业发展得好，扩建起来，即使是在一个小镇上，容纳几百号人也是很正常的。如果将这些人都统计在粮食部门内，那么粮食部门的人员数膨胀开来是很惊人的。

当然问题的关键并不在于统计还是不统计，只是以此说明现在在一个南方小镇，粮食部门的规模和范畴都不是从前可以比拟的了。实际上不可比拟的还不仅仅是人数的问题，从其他角度比如从工种这方面来说，发展和变化也同样惊人。现在在一个粮管所，工种至少有这么一些：

验粮员，这是收粮的第一关，验粮食的水分比率和粮食的质量。

司磅。

开票。

登记。

这是在粮食进库以前。

粮食进库，又有堆仓员，指挥农民把粮食放在什么地方，这也是缺少不得的。

仓库保管员。

助理保管员。

保管组长。

化验员。

防化员。

等等。

再看一看粮食部门职工的工作编制的性质，也是多姿多彩。

国家干部编制的：正副主任，会计，统计。

全民职工编制。

集体职工编制。

在册临时工。

计划内临时工。

计划外临时工。

费用工。

季节工。

等等。

很难对此现象做出更公正更确切的评价，但是这种现象是一个历史的趋势，势在必行，这不用怀疑。

南方小镇杨湾也和南方其他的许多地方一样，随着这一股大潮走进了一种越来越混杂越来越庞大的状态。可惜的是，现在在杨湾的粮食部门，多半是一些新人了，很难再找出一两个熟悉的面孔来。

如果故事应该跟人走，那么还是应该说一说人。

关于潘先卒先生退休以后的生活情况。

虽然潘先生已经离开了杨湾镇的粮食部门，但是潘先生给杨湾粮管所留下了很多东西，比如潘先生的工作精神，比如潘先生的工作经验，比如潘先生的工作水平等，一直到潘先生离开了粮食部门好些年以后，大家还能常常提起潘先生来，这应该说是很不容易的。

潘先生退休的时候粮管所的领导曾经提出要返聘潘先生再工作几年，潘先生经过反复考虑，没有受聘。潘先生说他已经在这一行做了几十年，真是做得很够了，不想再做了。潘先生这样说，别人也不好勉强他，潘先生就退休回家了。

现在潘先生在家里没有什么事做，平时和汤先生下下棋，忆忆旧，有时也到老关那边看看。老关身体不大好，潘先生常常叫了汤先生一起去，顺带给老关看看气色什么的。

许秀花现在在居民委员会做一些工作，也是可有可无的，但是她很认真很负责，她是一位老革命，为人又厚道，大家对她都是很敬重的。

还有一个人是当年的姚二小姐，姚二小姐的命运不如潘先生。她的丈夫早几年因为贪污国家粮款，被开除了公职，下放到农村，后来就去世了，把姚二小姐和三个孩子都留在了乡下。关于刘区长（后来是镇长）作为一个地方的领导到底是怎样贪污了大笔的粮款，他怎么可能贪污得到那一笔粮款，这里面也不是没有蹊跷的，不过那就是另外一个话题了。现在姚二小姐的孩子只有对着姚二小姐抱怨，他们怪她把他们从城里人变成乡下人，彻底改变了他们的命运。其实孩子们这样抱怨姚二小姐是没有道理的，姚二小姐很伤心，但是她也没有别的什么办法。她有时候上街来也到潘先生这边来坐坐，没有更多的话说，只是坐坐而已。姚二小姐唯一感到欣慰的是她的小儿子小辉有些出息。

　　潘先生有一儿一女，儿子是烈士的，早几年到外面读了大学就在外地工作安家了；女儿是潘先生亲生的，也已经嫁了人，就在杨湾镇上，离得不远，常常回来看望老人。

　　就这些。

　　这就是潘先生退休以后的基本情况。

　　故事还没有开始。

　　从题目看，应该说"米象"。米象是一种很小很小的米蛀虫，仅此而已。米象不代表任何别的什么意义，比如米象是不是暗喻人类是一种大米虫，不是。虽然从前大家习惯于把一些精明狡诈的米行先生称为"米象"，但是本文没有这样的意思。

　　故事开始在一个初夏的日子，潘先生的外孙女小仙正蹲在地上看着什么，她看了一会儿，就拍手叫起来："爬，爬，快爬，爬，爬，快爬。"

　　许秀花戴着老花眼镜正在做针线，她听小仙嚷嚷，问道："小仙，你说什么？"

　　小仙仰脸看看外婆，说："虫，虫子。"

　　许秀花朝地上看看，她看不清什么。

　　小仙就抓了一把米给她看。

　　许秀花说："哦，是蟀子。"

　　小仙又蹲下去看虫子，许秀花回头对潘先生说："今年米里蟀子多。"

　　潘先生戴上眼镜看了看，说："是多。"

　　许秀花说："去年水大，粮潮。"

潘先生说："和水大没有关系的。"

许秀花说："那为什么？"

潘先生想了想，说："恐怕粮太多了。"

潘先生说得不错，这几年农民的粮食是一年一年地多起来。从前农民种粮基本上是有一个规律的，叫作一年丰，一年平，到第三年肯定是要歉收的。可是自从 80 年代初实行联产承包以来，农民花在种粮食上的功夫大大减少，奇怪的是粮食产量却在年年增加，这还不仅是南方的情况，北方也一样。最近作者在东北看到交粮的队伍排出了几里地，交粮的农民眉毛胡子都结了霜，车上的粮食也盖着厚厚的一层霜冻。作者以为农民是赶半夜出来交粮或者已经排了一夜的队等交粮，一问，农民们说，一夜，半夜，哪有这么好的事情，我们已经等了三天三夜。这是事实，不是虚构。

到处都有丰收的喜悦，到处都有丰收的苦恼，各地的报纸都登载丰收以后各种矛盾尖锐突出这样的文章。

在杨湾地方，农民不习惯自己囤积粮食。南方的农民一般没有积粮的条件，加之气温高湿度大，如果自己囤积粮食，很容易发霉变质；所以一般至多留下一家人一年的口粮，多余的粮食都要想办法变成不会霉烂的钱，这是大家共同的心愿。但是在交粮与收粮的关系中，由于一些环节尚未理顺，一些渠道还没有开通，农民交粮卖粮还是一件比较麻烦的事情。

另一个方面，从粮食部门收粮来看，未必是他们不愿意多收粮食，只是因为许多障碍许多矛盾，使得粮食部门心有余而力不足，不能多收，也不敢多收。对农民来说有一个保管粮食的难题，对于粮食部门来说难题就更多，储存，要有宽敞的场地；保管，要有科学的方法；销售，要有畅通的渠道；调拨，要有国家的指标；运输，要确保交通工具；加工，也要有明确的目标。这其中只要有一环不通，其他工作就无法顺利地进行，发生比较大的问题也是很有可能的。就说保管这一关，出虫害，出鼠害，粮食霉变等都是难免。

如果收的粮食不太多，没有超出粮食部门的能力范围，那么出问题的可能性当然会小一些。因为粮食丰收，农民卖粮难，上级领导要求粮食部门尽最大的努力多收粮食，一旦收粮超出了粮食部门的能力范围，出问题的可能性就会大一些，情况就是这样。

粮店卖的米出蚱子，这说起来也算不了什么大事，有蚱子的米还是能吃的，蚱子吃过的米人完全可以跟着吃，只是米质差一些，米的营养恐怕也差一些。如果是一个认真负责的粮食部门，对于蚱子的问题是会重视的。杨湾镇粮管所历来是一个认真负责的粮食部门，所以相信他们会及时地处理好一些应该处理的问题。

潘先生在他退休以后仍然关心着单位的工作，这是十分难能可贵的。

他们正说着蚱子的事，姚二小姐来了。姚二小姐这几年跑潘先生家跑得比较勤，只要她上街来，总是要到潘先生这里来看看。她一般不说什么话，也不提什么要求，但是她的心思潘先生和许秀花都是知道的——小辉在商校读书，马上就要毕业，姚二小姐想拜托潘先生把小辉弄进粮管所。姚二小姐许多年来碰到过许多困难，但是她从来不找潘先生帮忙，每次都是潘先生和许秀花主动去帮助她的，这一次姚二小姐提出了这唯一的希望。

姚二小姐坐下来，喝着茶，不说话。

许秀花问她："这一阵还好吧。"

姚二小姐说:"有什么好的。"

许秀花说:"看你气色还好。"

姚二小姐摸摸自己的脸,叹了口气。

许秀花又说:"在这里吃饭。"

姚二小姐说:"不了,回去还有事情。"

许秀花说:"每次来你都这样。"

姚二小姐苦笑笑。

潘先生问她:"老二怎么样?"

姚二小姐说:"还是要进粮管所。"

潘先生说:"我上次去打听过,恐怕是比较难的。"

姚二小姐看着潘先生,眼泪汪汪。

潘先生并不是有意要推托,事实确实如此,进粮食部门,要比进别的部门难一些。一般在杨湾这样的小镇,要求最高的就是粮食部门,国家政府从来都没有放松过对粮食部门的重视。正因为如此,一旦进了粮食部门,各方面的条件也比别的单位要好得多,用老百姓的话说,吃共产党的粮食饭,饭碗是很牢靠的。

姚二小姐说:"我也跟他说,不一定进粮管所的,别的什么单位也可以,只要有碗饭吃,可是他不听,非要进粮食部门,也不知道他是怎么想的。"

潘先生听姚二小姐这样说,倒觉得有点奇怪,小辉怎么会有这样的想法。现在毕竟不是从前,从前在杨湾这样的南方小镇,年轻人如果要想从商学生意,家长一般都是要求学米行生意。那时候的米行在大家心目中的地位很高,一个人如果能够学了米行生意,是很受人敬重的,这是老思想。小辉是一个现代的青年,怎么也会像从前的人那样对这一行看得这么重，潘先生不能明白。

姚二小姐就这么坐着，喝茶，也不走，也不多说什么。这样的气氛很压抑，后来潘先生说："我再找老关说说，再努力一次吧。"

姚二小姐点了点头，不多一会儿就走了。

姚二小姐走后，许秀花说："你还是想办法帮帮她，看她那样子，真是，怎么弄得这样了。"

潘先生说："谁知道呢。"

人的命运确实是无法预料的。

下一天潘先生就到老关那边去，跟老关说这事情。老关听了，笑笑说："现在找我，太晚了呀。"

潘先生说："你说说话，总还是有点用的。"

老关说："我说话没用了。"

潘先生说："你试试看，行不行再说。姚二小姐那边，一次次地来，我也是没有办法了。"

老关看着潘先生，好像有些茫然，过了一会儿他说："我现在真是后悔了。"

潘先生说："什么？"

老关说："他们都说有权不用过期作废，真是说得太对了。"

说着老关和潘先生一起笑起来。

老关笑了一会儿，说："姚二小姐也来找过我的，我想能帮还是帮她一下，现在弄得也很可怜，哪里还有当年的样子。"

潘先生说："是的。"

老关笑着说潘先生："你对她还是有情有意的么？"

潘先生说："哪里话。"

老关说："我已经跟主任说过，看起来是没有用，只有去找小陶。"

潘先生说："找陶局长会有用的。"

老关说："试试吧。"

后来老关果真到县里去了一趟，找了小陶，事情就比较顺利地解决了。

小辉进杨湾镇粮管所。

出现了一个新的人物，小辉。

小辉到粮管所上班之前，先到潘先生这里来过，他来感谢潘先生和许秀花。

潘先生看着小辉，他长得像他的母亲，性格之中又比他的母亲多了一些沉静，潘先生很喜欢这样的年轻人。潘先生说："谢什么，你到粮食部门好好工作，会有出息的。"

小辉点头。

潘先生问他："你怎么想到要去这个单位做事呢。"

小辉说："我也不大明白，反正心里就是想到粮食部门做事，也可能小的时候常常听母亲说起你的事情。"

潘先生心里动了一下，说："你母亲说我什么。"

小辉笑起来，说："她把你说得很神的，说你左右开弓，两只手同时打算盘。"

潘先生也笑了，说："那算什么，现在都计算机了，两只手是比不过了，七只八只手也弄不过的。"

小辉说："那不一样，我一直是很崇拜你的。"

潘先生说:"你听你妈说的,她是随便说说的,你当真呢。"

小辉说:"不管怎么样,我到这里来做事,我妈叫我常常来请教你的。"

潘先生说:"你常来看看也好,有什么困难跟我说,你家又不在镇上,一个人在外,处处要小心。"

小辉说:"是的。"

潘先生又问小辉:"有没有跟你说放在哪个位置上?"

小辉说:"还没有谈。"

潘先生说:"你要有一个思想准备,一开始不会有很好的工种给你做,从前在米行学生意,大都是从掮米掮谷开始,一步一步做上去。"

小辉说:"我知道,我有思想准备。"

潘先生说:"这就好。"

小辉和潘先生说话的时候,许秀花就在一边看着小辉。小辉觉得许秀花的眼神有一种让他很难捉摸的内容,几次想问问许秀花有没有什么事情。但是许秀花一旦觉得小辉要和她说话,她就把眼睛避开了。这使得小辉更奇怪,他不知道许秀花到底有什么心思,也不好直截了当地问。

潘先生的外孙女小仙在一边叫嚷着:"爬,爬,快爬。"

小辉回头看她,小仙朝小辉笑,说:"你看虫子,它们很听话,都朝那边爬。"

小辉看了一会儿,发现那些被小仙捉出来的蝉子真是朝一个方向爬,他说:"很奇怪啊,都朝北爬。"

小仙说:"你知道它们为什么都朝那边爬?"

小辉摇摇头，说："我不知道。"

小仙高兴地笑起来，拍着手说："你真笨。"

小辉不好意思地笑了。

小辉看过潘先生，就到粮管所去上班了。

三

如果生活中的一切都按正常秩序进行，许多不应该发生的事情就不会发生，比如潘先生和小辉的关系，至多也只是一种偶尔来往的关系。潘先生退了休，而小辉才进粮食部门，他们基本上应该是两个接力棒手的关系，我跑完了我的路程，你再接着跑，永远不再相遇。

但是出了一件事情，许秀花中了风，潘先生家里碰到了困难，小辉知道后，就提出来住到潘先生家，帮助他们做一些日常的家务活。

这样小辉和潘先生就站在同一条起跑线上。

小辉到粮管所工作不久，就到了夏收的忙季，临时把所里一些年轻的身体好的人抽到粮库帮助收粮工作，小辉自然是要去的。

小辉到粮库帮忙，粮库让他做司磅工作，小辉工作尽心尽力，得到大家的好评。

一天小辉回来对潘先生说："粮库的空子很大呀。"

潘先生听了一愣，他看看小辉，说："你说什么？"

小辉说："交粮收粮这中间实在是有许多漏洞，一个司磅的，只要每一磅扣一点……"

潘先生又看了小辉一眼，说："你在想什么，你不要动歪脑筋啊。"

小辉说："我怎么会。"

潘先生是相信小辉的。

夏收以后小辉又回到所里，接了一件工作，是一件文事，别人都不大愿意做的，问到小辉，小辉说我来做吧。

县粮食系统要出一部县粮食志，分给杨湾所的任务很重，因为杨湾镇的粮食部门一直就是县里的一个重头，要杨湾所完成的有两方面的内容，一是写好杨湾粮管所自己的粮食志，再就是帮助县志写一个大事记部分。

像编方志这样的工作，说重要也很重要，说不重要也不怎么重要，对于小辉这样新来乍到的人来说，还是比较合适的。小辉可以通过这一项工作了解许多粮食工作的内容，比如历史，比如发展概况，比如各种变革等，这对小辉来说正是求之不得的事情，小辉很高兴能有这样一个机会。

以后相当长的一段时间小辉就放下手里的其他工作，专门抽出时间来编粮食志。小辉在不长的时间里，翻阅了大量的历史资料和记载，看了许多书，后来他在一份大事记的原始材料中看到了他父亲的名字。

1960 年

8 月

杨湾镇镇长刘成柱贪污粮款，撤职查办。

说一说发生在 60 年代初的一件事情。

初春的一个早晨,潘先生和往日一样空着肚子去上班,小风和小云哭着抱住他的腿,小风说:"爸爸,你不要走,我们要饿死了。"

小云说:"爸爸,你快去买米回来呀。"

潘先生就是一个管米的人,可是他家的大人孩子都没有米吃。许秀花在一边掉眼泪,她的身后,围着好几个大男人,都是许秀花家乡的农民,饿得实在没有办法了,知道许秀花的男人在南方小镇做共产党的粮食干部,都来投奔,可是等待他们的还是一个空空的米缸。现在他们被孩子的哭声感染了,这些北方的大汉,因为饿,居然也像小孩子一样痛哭流涕。

潘先生在出门的时候心里非常难受,他想今天无论如何要想办法弄一些吃的回来。

潘先生这时候还不知道等待他的是什么。

潘先生到了单位,才听说粮店发生了混乱,不知道是谁传出的消息,说粮店存库的米已经不多,引起了大家的恐慌,许多人拥向粮店。粮店的米确实已经告罄,已经向粮管所汇报过,要求马上调米来,可是粮库也已经空空如也。事情就很麻烦了,那一段时间,粮管所主任老关正在党校学习,两个副主任都不敢挑担子,没有人能出来管这件事。刘成柱镇长把两位副主任叫到镇上,责问他们怎么会造成这样的局面。两位副主任都说,今年的粮食调拨出去太多,自己留的太少,才会造成这样的局面。

刘镇长觉得奇怪,调拨粮食的事情他是知道的,这一年的总数是不可能超过前几年的,为了这个数字,他还和上级领导争了几回,说明杨湾今年是自身难保,无论如何不能再加码。后来上级也没有再坚持，就按照原来定的数字调拨。现在粮管所的副主任却说今年调拨数比往年大，刘镇长连忙找了报表来看，报表上的数字是和刘镇长知道的数字一致的。

这样就出了一个大漏洞。

实际调出的粮食要比应该调出的粮食多得多，刘镇长立即派人到县里去查，但是县里并没有多得一斤一两粮食。

一米渡三关，何况是在饿死人的年代。刘镇长知道问题的严重，急忙向外求援，可是谁也没有多余的粮食可以来援助杨湾，后果是非常严重的，杨湾镇饿死人的消息很快传遍了全县。

作为一镇之长，不可能对粮食调拨的事情这么糊涂，会不会刘镇长借实际调拨和上级需求之间的差距，把这些粮食（或者粮款）吞吃了呢？这种可能不是没有，最后就以这种推理为依据定了刘成柱的罪。

刘成柱说自己冤枉，事实上既没有可以证明刘成柱贪污的实据，也没有可以证明刘成柱清白的实据。但是在不该出人命的地方出了人命，这责任总是要有人负起来的，刘成柱总是难逃，即使是冤枉，也只好让他冤枉一回了。

一个人在他的一生中只要有这么一次风波，不管是冤枉还是不冤枉，他这一辈子也就完了，刘成柱就是这样的。

老关却逃过了这一次劫难，老关如果当时在家，当然是在劫难逃；但是老关逃过了，毫无疑问，这是命运的安排。

刘镇长出事后，潘先生又挑起了刘家数口人的生活重担。那么多的嘴对着潘先生张着，潘先生真是极尽了全力，后来他自己得了严重的营养不良症，差一点送了命。

发生在 60 年代初的这一切，小辉是没有一点印象的，因为那时候还没有小辉。小辉只是在以后的许多年中，常常听母亲说，母亲希望他们永远不要忘记潘先生。

小辉当然不会忘记潘先生。

几十年以后小辉在历史档案中看到了父亲的不光彩的名字，小辉心里是有所震动的，但应该说这震动并不是很大。这许多年来，小辉以及小辉一家人，对于小辉父亲当年发生的事情早已经麻木了，小辉家的命运转折就是从那时候开始的，对这一点，许多年来小辉早已经铭刻在心。

铭刻在心和麻木这是不矛盾的。

在小辉的记忆里父亲是一个很乐观的人，他虽然在人生的道路上栽了一个很大的跟斗，却没有意志消沉的样子。他在乡下靠种田过日子，没有抱怨，没有懊恼。在母亲有怨气的时候，父亲就会说，这有什么，我本来就是一个乡下人么，哪里来又回哪里去，这不是很好么。

只是在临终的一刹那，父亲突然改变了模样，他哭了。这一幅景象小辉永远也不会忘记。

现在小辉眼前又清晰地浮现出父亲的满是泪水的脸。小辉是否知道在他编写粮食志的过程中，还会遇到哪些熟悉的人和事，还会勾起哪些辛酸的或者是甜蜜的回忆，还会出现哪些问题，小辉现在并没有过多地考虑，他只是在努力地做好自己的本职工作。

这一天小辉下班回到潘先生家，汤先生也来了，他正在给许秀花把脉。小辉听他对潘先生说："肠胃还是可以的。"

潘先生叹了口气，说："人也就是这样了，也不指望什么了。"

小辉到厨房帮潘先生的女儿潘云做晚饭，潘云说："又要在这里吃饭。"

小辉笑笑。

潘云说的是汤先生，汤先生是一个人过的，每次到潘先生这边来，都是要在这里吃饭的。

一起吃饭的时候，汤先生看米饭里有蟓子，他说："今年的虫很多。"

潘先生说："是的，淘也淘不干净。"

汤先生说："早几年也是有的，你还记得么，有一年出了很多蟓子，你们粮管所没有办法了，还是我帮你们出的主意，分散到各人家去熏蒸的。"

潘先生想了想，摇摇头说："怎么还记得呢，这许多年这种事情是常常有的，哪能全记住呢。"

汤先生说："那倒也是的。"

小辉在一边听了这话，问道："把米谷分到人家去处理，不会出漏洞吗？"

汤先生说："小量的也是可能的，大的问题不会有。"

小辉问："为什么？"

汤先生看看潘先生，潘先生并没有想回答的样子，汤先生就说："总是要过称登记的么，一笔账记在那里，怎么会有问题呢。"

小辉说："要是没有登记呢？"

汤先生笑着说："你真是的，怎么可能不登记呢。"

潘云正在给许秀花喂饭，听他们说话，回头笑："要是不登记，粮库的人不知发成什么样子呢，哪里会像我爸，做了几十年，两袖清风。"

潘先生说潘云："你少说吧。"

潘云说："我是说你好，你怕什么，人家都说米行出来的人，都是米蛀虫，你怎么不做条米蛀虫，我们也跟着沾沾光呢。"

潘先生说："从小家里人就教育我，不义之财不可得。"

潘云笑："这思想不错，很进步。"

潘先生说："你这张嘴。"

这时候躺在床上的许秀花突然发出"唔唔"的声音，潘云过去听她说什么，听了半天听不清，有点急，说："哎，说不清就不要说了，急死人。"

潘先生也过去听，还是听不清。小辉凑过去，听了一下，说："她在叫潘风的名字。"

潘先生说："还是小辉听出来。"

潘云说："潘风，你想他，他又不想你，你瘫了，他又不是不知道，也不回来看看。"

潘先生说："不要这样说，小风也是工作忙，走不开来。"

潘云回头问小辉："奇怪了，你怎么能听出她的意思，我们反而听不出。"

小辉说："我是听明白的，我觉得很清楚。"

吃过饭，汤先生就告辞了。

小辉洗了碗，到潘先生屋里，潘先生说："小辉，你有事情？"

小辉犹豫了一下，说："我想问问关于我父亲的事情。"

潘先生说："你怎么突然想起这个。"

　　小辉告诉潘先生，他开始编写粮食志，已经看了不少资料，从资料中看到了父亲的名字。

　　潘先生说："过去了的事情，就不说了吧，免生气。"

　　小辉说："我不会不开心的，这么多年了，也没有什么大不了的。"

　　潘先生说："你能这样想就好，其实刘镇长实在是个好人。"

　　小辉说："你也这么说，我听好多人说过我父亲人是很好的，他们都为他可惜。"

　　潘先生说："所以你现在更要好自为之。"

　　小辉说："你们是不是都认为我父亲确实做了那件贪污的事情。"

　　潘先生想了想，说："话怎么说呢，也是很奇怪的，那一批米怎么就会没有了呢，又不是一袋米，是几千斤呢！"

　　小辉说："当时难道没有查。"

　　潘先生说："怎么会不查，查不到呀。"

　　小辉说："这确实很奇怪。"就在这时候小辉心里突然一动，他想到刚才汤先生说的从前把米谷分散到人家处理，如果确实有一批粮食分散出去却没有登记呢，或者，登记了以后没有收回？

　　小辉眼前又浮现出父亲临终时的浮肿的挂满泪水的脸。

　　第二天，小辉找出几十年记载的关于虫害和防治虫害的资料，可是里面只有虫害情况和防治虫害的效果，没有具体的防虫治虫办法，至于是否有过将米谷分散到人家去处理，也无从查考。

　　小辉到粮库去找老丁，向老丁打听，老丁现在是杨湾粮食系统比较老的人了。老丁告诉小辉，早些年有是有过这样的事情，因为那时粮食部门条件太差了，没有一定的场地，面对大批有虫害的或者是霉变的粮食，只有采取化整为零的办法，但是要他确切地说出是哪一年，哪一次，每一次分散多少粮食到谁家，他已经记不起来了。

最后老丁看小辉失望的样子，对他说："你可以问问潘先生，当年就是他管这些事情，他的记性非常好，我们都很服帖他，年轻的时候，潘先生简直就是过目不忘。"

小辉说："可惜他现在老了。"

发生在 70 年代初的一件事情。

交公粮的船一靠粮库的石驳岸，刘成柱就把小辉抱上岸，小辉站在上面看大人把船停好，跳上来，小辉说："我要吃。"

刘成柱说："先交粮，交了粮领你去吃。"

小辉不说话了，他是一个比较沉静的孩子。他看大人用米箩把谷子一下子一下子地掏上来，其中有他的爸爸，他们都被沉重的谷子压弯了腰。

小辉在粮库四周看看，他看到一个老人正在扫地，小辉走过去。老人说："你是小辉。"

小辉很奇怪："你怎么知道我的名字。"

老人笑笑。

这时候刘成柱见小辉走开了，就过来叫他，刘成柱看到那个扫地的老人，他"呀"了一声，说："是你，潘先——"

老人连忙摇头，说："潘先卒。"

刘成柱点点头，说："你在这里做这个。"

潘先卒说："做这个也好的。"

刘成柱还想说什么，那边喊起来，要验粮过磅了。

为了谷子的含水量，两个验粮员争执不下，一个说够标准了，一个说还差得远。后来有人指了指在远处扫地的潘先卒，说："叫老潘来看看。"

几个人就喊老潘，那边老潘听见喊，急忙过来，说："叫我什么事？"

大家说："叫你来看看这谷子。"

潘先卒低垂了眼睛，说："我不行的。"

两个验粮员中一个年轻些的说："叫你看看你就看看，为什么推三托四的。"

另一个年长些的也说："就是，心里明明以为自己了不起，嘴上还要假谦虚，你们这种人，我是最不要看的。"

潘先卒被他们这样一说，不知怎么办好了，撑着扫帚发愣。

两个验粮员看他这样，都不耐烦，那个坚持不收粮的说："哎呀，算了算了，收了吧，烦死人，什么水分大啦小的，关我什么事情。"

谷子就通过了验粮这一关，大家把谷子捅到磅秤处过秤，潘先卒也一起捅谷，刘成柱说："你一把年纪了，不要弄了。"

潘先卒说："我还能做。"

刘成柱叹了一口气，没有再说什么。

这一天回家后，小辉听到父亲告诉母亲潘先卒的情况，小辉没有用心去听，他还是一个很小的小孩，对于大人的谈话还没有什么兴趣，他只是在最后听到父亲的一句话，父亲说："他老了。"

父亲是说潘先卒老了，可是那时候小辉还不明白老是什么意思。

四

出了米象，群众有意见，有的直接写信来，也有火气大的，越级向上面反应，引起所里的重视。当然即使没有群众反映，关于米象，领导也是要重视的。

已经说过米象可以采取药物熏蒸的办法来灭除，其实更重要的问题并不在于灭虫，而在于防虫。出米象的毕竟是少数，还有大量的粮食需要防虫防霉，这才是一项更艰巨更繁重的工作；收的粮食多，水分的比率高，防虫防霉的要求也就更高一些。

小辉现在也被抽出来到粮库去督促工作，他在工作中慢慢地学会工作，同时也可以给他正在编写的粮食志充实一些具体的内容。

这一天小辉跟着主任到粮库检查粮温，检查粮温的办法是用一根温度计插在粮堆里，过十五分钟再看温度计，如果超出正常温度十度，就是不正常了，就要翻仓甚至晒粮了。

把温度计放进粮堆后，大家坐等十五分钟，心情也是有些紧张的。万一粮温高了，下面的工作就很麻烦很辛苦了。

主任说："测粮温的方法，这么多年还是这样。"

粮库的老保管员老丁说："从前潘先生在，从来不用温度计，潘先生手摸一下，就知道有多少度。"

主任一听有了兴趣，说："真有这么准，我也听说潘先生是很在行的，不过没有亲眼见过。"

老丁说："那是真的，有些小青年刚来的时候总是不服气，叫潘先生手测，测过后他们再用温度计测，总是不会超过两三度上下。"

　　主任叹息一声，说："像潘先生这样的有丰富经验的老人现在是越来越少了，现在的小青年，不肯用心呀。"

　　老丁听了，也说："是呀，现在的小青年，多半是不安心。"

　　主任说："其实像潘先生这样的，如果还能做做，是可以返聘他的，也不知道他们怎么就想不到这一点。"

　　主任说的"他们"是指他的前任。

　　老丁说："听说提是提过，潘先生可能不大愿意。"

　　主任说："人家恐怕也是看你诚心不诚心的，你随便说说，人家自然是不高兴；要是诚心请人家，总是要做一点工作，嘴上说说，恐怕不行的。"

　　老丁说："这倒是的，像潘先生这样的，一般是不大请得动了。"

　　主任说："我回头再找人商量商量，看怎么说，有许多技术性的东西，还是要你们老师傅带一带小青年。"

　　老丁看看小辉，说："小刘是很不错的，我听所里好几个人都说起过小刘的。"

　　主任也朝小刘看看，说："是的，像小刘这样，又有学历，又肯钻研，现在实在是不多见。小刘你自己要好好上进呢，很有希望的。"

　　小辉说："是的。"

　　十五分钟过去，把温度计拿出来看，还好，没有超温，大家松了一口气。又说了一些闲话，小辉乘着机会又向老丁提了一些问题，当然都是编写粮食志所需要的内容。

　　有一件发生在80年代初的事情。

　　粮管所在 50 年代初把杨湾镇的观音庙派作办公和仓库用地，当时当然是作为一个权宜之计，总是指望能在不长的时间内迁出观音庙，可是谁也没有想到这一住就是几十年。一直到 80 年代初，粮管所终于有了自己的新大楼，在粮管所搬迁的那一段时间，所里比较混乱。后来就发现失窃，在财会方面，失窃了一笔数字不大的现金；另外由潘先生保管的一些历史档案材料也不见了。这案子一直破不了，因为失窃的钱不多，公安部门不大愿意立案；潘先生保管的粮食方面的一些材料，说没有用却又不能不记载，说有用也不见得有什么大不了的用处，又不是什么机密文件，都是一些普通的粮食专业方面的内容，所以后来也就不了了之了。但是潘先生为此自责很长时间，还写了一份检查交上去。并没有谁让他这么做，这么多年下来，大家对潘先生的为人都是了解的。潘先生说，虽然你们不说什么，我心里总是欠上了这一笔债了，我做了这么多年没有出过什么纰漏，临到退休了，却出了问题，我心里这一笔债总是还不清的了。

　　大家越是听潘先生这么说，越是觉得潘先生对工作的责任心的难能可贵，以至到潘先生退休的时候，所里上上下下，对潘先生都是一片赞词和一份难舍之情。

　　失窃材料和部分现金的事情和小辉现在编写的粮食志没有什么关系；但是粮管所从观音庙迁出，搬进新楼这一件事情，是要写进粮食志的；至少对杨湾粮食部门来说，这是一件大事。

　　失窃的材料是一些什么样的材料，这个老丁不知道。因为大家都说那些东西没有什么大不了的，不知是为了安慰潘先生还是真的没有什么用处，反正大家都这么说，老丁也是这么想的。但是对于小辉这就很难说，他现在需要的是关于杨湾粮食部门的尽可能全面详细的记载，现在这记载拦腰截断，中间的一部分不存在了。这对小辉来说，他就遇到了一个难题，对这一段的粮食史，怎么写，以什么为依据，当然现在许多过来人还在，他完全可以从他们那里得到这一段历史。但是不知道为什么，小辉总是觉得有些遗憾，他好像有一种失去了依赖的感觉。

其实小辉大可不必有这种想法，从潘先生那里，从老关那里，从老丁那里，从别的许多人那里，相信小辉完全能够掌握他所需要的东西。

因为失窃而从此没有了的那段历史是 1960 年。

现在小辉的思路大家可能已经比较清楚了，小辉正是沿着他的思路一步一步走过来。

这样就出现了一个比较明显的问题，自从小辉到了杨湾镇粮食部门以后，原来的主要角色潘先生似乎就不再是一个主要角色了，对这一点，想来潘先生是不会见怪的。潘先生已经退休，他退休得比较彻底，人退了，心也退了，潘先生不会因为被小辉替代而有失落感或别的什么感想。

故事开始的时候潘先生已经退休，这就注定了关于潘先生的一切只能作为一种背景材料。

潘先生退休以后的生活和他几十年的生活大致相同，没有大的波澜起伏，最大的事情就是许秀花的病。许秀花中风以后，经过积极治疗和她本人的努力，恢复还是很理想的。现在许秀花一只左手已经可以活动，说话也能发几个简单的音节，不再是一开始那样"唔唔"不清了。

潘云因为工作忙，自己家里也有很多事情要做，没有更多时间来照顾她，所以照料许秀花的许多事情都由小辉承担了。小辉虽然年轻，但是照料病人很有耐心，比潘云更周到更体贴。许秀花心里感激，嘴上虽然说不出来，但是从她的眼神，从她的那一些简单的音节中，可以看出这一点。

一天下晚潘先生上汤先生家去了，小辉做了晚饭喂许秀花，许秀花突然用一只可以活动的左手抓住了小辉的手。

小辉看到许秀花眼睛里含着泪水，他愣了一下，说："你怎么，有什么事情？"

许秀花的眼泪淌了下来，她想说话，但是说不出来，只能说："对，对，对，不，不，起，起。"

小辉听出她在说对不起，小辉说："你怎么说这话，这么多年，我妈妈一直跟我说的，是你们家帮助了我们，我现在做一点力所能及的事情，这算不了什么。"

许秀花用力摇头，她的手松开了，指着床底，说："拿，拿。"

小辉不知道她叫他拿什么，弯腰往床底下看，有一只纸箱子在里面，小辉拖出来，问许秀花："是不是要拿这个？"

许秀花说："开，开。"

小辉就打开了纸箱子，里面是一些旧书，和一些旧本子。小辉翻着看了看，他的心里突然有了一种预感，他好像知道他会翻出些什么东西来，小辉的手也停下来了，他不敢翻了。

可是许秀花不要他停下来，她不停地说："下，下。"

小辉又往下翻，他看到了一本记事册，封面上写着1960年。

许秀花看小辉拿到了这本册子，眼泪又一次流了下来。

　　小辉在那本册子里看到了他预感的内容，那上面记载着 1960 年初春粮库的部分谷米出了米象，部分谷米有霉变的危险，分放到各家各户处理的事情。有一份名册，记的是谁家分摊了多少粮食，何时分去，何时收回，一一明目。

　　小辉看到了汤先生的名字，汤先生名下，记着三千斤大米，放进去是 2 月 10 日，拿出来是 2 月 15 日。

　　小辉看过册子里的内容，又把册子放进纸箱子，把纸箱子重新放到床底下，他看晚饭凉了，又去热了来喂许秀花。

　　第二天小辉就到汤先生家去，汤先生听小辉说是来打听 1960 年分散粮食的事情，汤先生觉得很奇怪，他说："这些事情你打听做什么？"

　　小辉说："我正在编粮食志。"

　　汤先生笑起来："什么粮食志，这样的内容也要编进去？"

　　小辉说："写不写还不一定，但总是多了解一点的好。"

　　汤先生说："这倒也是的，你要问 1960 年，我实在是记不得了。只是想起来有几千斤的米放在我家里的，好像是出了蚌子，要熏蒸，库里没有地方，只好大家分一点。是潘先生领了人来处理的。"

　　小辉说："后来什么时候运走了，你还记得吗？"

　　汤先生想了想，叹了口气，说："我这记性，实在是……"

　　小辉说："是潘先生带人来运走的吧。"

　　汤先生又想了想，一拍脑袋说："对了对了，是他来的。是一个晚上，船就停在我家后门口，船上几个大汉，我还记得不是本地口音。对了，我当时还问过潘先生，他好像也不清楚是什么地方的人，只知道上面来调粮的。"

　　小辉从汤先生家出来的时候，天已经黑了，小辉心里突然地涌起一股孤独的感觉，他甚至不知道是该回到潘先生家，还是不该回去。

　　关于1960年的粮食史，现在小辉还不能下结论，但是小辉可以作一些猜想推测，他已经有了比较充分的依据。

　　小辉不知道自己怎么会走到老关家门口，他在老关的屋子外面驻足了很长时间，小辉在想现在老关在家里做什么。

　　小辉也许想不到，现在老关常常想起从前的许多事情，他想起那些事情，就觉得很近很近，好像伸手一摸就能摸到的。老关想他经历过的叱咤风云的战争生活和艰苦卓绝的粮食工作，当然也包括米象，现在粮店卖出的米里出了米象，老关跑到粮店去问怎么回事。粮店里新来的职工并不认识他，让他碰了一鼻子的灰，说，你找主任去吧。老关很生气，说我找什么主任，我就是主任，结果被人家骂了几句老十三，憋了一肚子气回去。老关其实早就应该明白，他已经不是当年的老关了，可是老关总是不明白这样一个最简单的道理。

　　小辉终于还是敲了老关家的门，老关见小辉来，有点吃惊，老关说："小辉，你有什么事情？"

　　小辉说："没有什么事，我路过这里。进来看看。"

　　老关看了小辉几眼，说："你怎么会路过这里，你上下班的路走不到我这里的。"

　　小辉犹豫了一下，说："我从汤先生那边出来。"

　　老关又注意看了一下小辉。他没有问小辉到汤先生那里去做什么。

小辉喝了一口水，慢慢地说："我找汤先生，了解 1960 年的事情。"

老关叹息一声，说："他说得果然不错，你总是要去了解的。"

小辉问："你说的他，是潘先生。"

老关说："你知道的。"

小辉愣了好一会儿没有说话。

老关说："小辉，你是不是以为今天突然看透了他？"

小辉有些惊讶地看着老关。

老关说："1960 年的那一批粮食，我也是知道的。"

小辉说："现在我也知道了。"

老关说："你是不是以为你什么都明白了，你是不是以为那一批粮食是他拿去的？"

小辉看着老关，老关眼圈发红，顿了一会儿他说："其实潘先生是一粒米也没有拿到。"

小辉说："那粮食——"

老关说："是上面调去的，是给上面一些领导干部的。先是跟你父亲说，你父亲太耿直，不答应，后来就越过了他，直接和潘先生说的，只通过潘先生一个人，我是后来才知道……"

小辉说："这实在是难以叫人相信，这等于是在光天化日之下偷窃抢劫。"

老关说："本来实在也是很难做到的，正好出了米象。粮食分在各家，就有了空子。"

小辉突然笑了一下，说："然后就嫁祸于我父亲。"

老关摇了摇头，再也说不出什么。

这天晚上，小辉回到潘先生家里，潘云因为婆家来了客人，带着女儿回娘家来住，这时候已经把晚饭做好了。小辉进屋，潘云说："你来得正好，你喂吧。"

小辉就去盛了晚饭过来喂许秀花，潘先生他们在外间吃饭。许秀花看着小辉的脸，她也许想从小辉脸上看出一些内容来，可是小辉还是和平时一样，从他脸上实在是看不出什么。

许秀花又像前一天那样，对小辉说："对，对，对，不，不，起。"

小辉笑笑，又摇了摇头。

小辉喂许秀花吃了晚饭，回到外间，潘先生看了看小辉，说："她刚才跟你说话的，是不是。"

小辉说："是的，她常常跟我说话。"

潘云说："跟我们倒不大说话，要说起来也是糊涂不清的，跟你倒是很投缘。"

潘先生说："她跟你说什么？"

小辉说："她说对不起。"

潘先生又问："对不起什么？"

小辉没有回答。

等潘云走开时，潘先生问小辉："今天你回来得晚。"

小辉停顿了一下，说："我到汤先生那里去的。"

潘先生也停顿了一下，后来他长叹一声，说："小辉，你都知道了。"

小辉不置可否。

潘先生盯着小辉，说："你告诉我，你到底为什么一定要到粮食部门工作？"

小辉的眼前，又一次浮现出父亲临终前的景象，父亲浮肿的脸上挂满了泪水，他说："小辉，我是冤枉的。"

小辉用力点了点头。

小辉对潘先生说："我想一个人在他临死的时候是不会说谎的。"

潘先生说："是的。"

小辉说："我父亲在临死的时候告诉我，1960 年的事情是冤枉的。"

潘先生说："你就是为了这个原因一定要进粮食部门的，你现在达到了目的。"

从某个角度说小辉确实达到了目的，但是小辉心里却没有一点达到目的的喜悦，他只有沉重和压抑。

潘先生说："你已经知道是谁冤枉了你父亲？"

小辉说："冤枉我父亲的恐怕不是一个人，那是一个时代。"

潘先生听了小辉这话，慢慢地流下两行眼泪。

过了好半天，潘先生出了一口气，说："因为出了米象。"

小辉说："即使不出米象，也是同样的。"

潘先生点了点头。

他们再也没有说别的什么话，两人坐着，相对无言，夜已经深了，四周一片寂静。

这时候小辉听见小仙从梦中发出的声音，小仙说："爬，爬，向北爬，爬，爬，向北爬……"

春风吹又生

一

一切都很正常。

却得了一个很不正常的结果。

彩凤生了一个怪胎。

无论从哪个角度看，彩凤的出生，彩凤的成长，彩凤的发育等等都走在正常的道上。彩凤二十五岁结婚，座上喜，十月怀胎，就开始阵痛。

这确实很正常，或者说很普通，没有什么特别的地方，在这之前，彩凤在生理上也没有什么异常的感觉。当然，由于彩凤是头胎，彩凤没有这方面的体验，她或者把一些不正常的生理反应当作是正常的反应也是可能的。但是总的来说。彩凤是没有预感的，在九个月的日子里，基本上没有什么风波，只有一次稍稍有了一些小的波折，但是后来由于全家人的一致想法，小小的波折也就过去了。那还是在怀孕刚满七个月的时候，由银龙带着彩凤到乡里的卫生院去做了一次B超。做B超的目的当然是很明确的，看看彩凤肚子里到底是个男孩还是个女孩，其实要想看男看女B超在五个月时就能做出来，正是因为银龙和彩凤都不是特别在意这一点，所以一直拖到七个月，也是在彩凤的婆婆一再催促下才到卫生院去的。至于B超的结果，医生是不是可以公开，那是另外一回事情。婆婆说，你们注意医生的表情，从医生的脸上还有说话中能够看出来；如果是男孩，医生也会高兴，很可能说一些好听的话；如果医生一定不肯说是男是女，那多半是个女的了，这是彩凤婆婆的经验之谈。彩凤的婆婆早几年做过大队的妇女主任，关于生孩子方面的事情她看得多了。其实，银龙和彩凤如果真是很想知道孩子是男是女，也不是没有别的办法，银龙完全有能力疏通这方面的关系，这不用怀疑。当彩凤去做B超的时候，银龙和彩凤以及他们家里所有的人一定都在盼望得到一个好消息，尤其是彩凤的婆婆，抱孙心切，早已经溢于言表。家里还有一位老人，那是彩凤婆婆的婆婆，已经很老了，常常犯糊涂，只是对孙媳妇即将生下来的孩子始终保持清醒的头脑，老太太常常说起重孙什么。所有的人都盼望彩凤生下一个儿子来，这毫无疑问，其实类似的这种盼望现在几乎已经成为一种国民性的东西，这种想法分明包蕴着种种片面种种愚昧种种不科学，它的出发点早已经越出单纯的传宗接代的目的，它的起因也就不能用"只生一个"来概括了。这是题外话。

　　银龙、彩凤以及他们家里的老人，他们都希望彩凤能生一个男孩，这种想法很正常也是理所当然。既然许多人都有这样的想法，银龙、彩凤如果没有这样的想法，那倒是一种不正常。尽管所有的人都是这样的想法，但是有一点是可以肯定的，即使做 B 超做出来彩凤肚子里不是一个男孩，而是一个女孩，也绝不会有什么事情发生。银龙、彩凤以及家里的老人，他们会失望会沮丧会懊恼也会不高兴，但是他们决不会做出不应该做的事情，比如堕胎什么，那是绝不可能发生的。银龙、彩凤都是新时代的农村青年，高中生，他们都有一定的思想水平。彩凤的婆婆从前做过几年干部，虽然现在不做干部，但是基本的思想觉悟相信她还是有的，即使是老太太，已经有些糊涂，老人家也断断不会想到歪理上去。沈家的人从来都是摸着良心做事，也许说不上有很高的觉悟，至少也是人心向善，从善如流的。七个月的孩子已经是一个完完全全的生命，谁也没有权力扼杀，这一点他们都明白。

　　所以在银龙陪彩凤去做 B 超的时候，他们的心情相对来说还是比较平静比较超脱的。

　　医生给彩凤做过 B 超，没有说话，对银龙和彩凤提的问题，医生也没有作答，她只是皱着眉，好像在想什么。过了好一会儿，她说，看不清，不知道怎么回事，很奇怪。

　　银龙问："什么很奇怪？"

　　医生摇摇头，说："我也说不清楚。"

　　彩凤说："大概是个女孩，其实是女孩也不要紧。"

　　银龙说："就是，你说好了，我们想得通的。"

　　医生朝他们俩看看，说："你们这样的想法倒是很好的，现在像你们这样的也不很多呢，可是，可是……"

银龙说："怎么，是女孩就说是女孩好了，女孩也好的。"

医生叹了口气，说："要是我能确定是个女孩倒也好了，就是弄不明白，我还是第一次碰到这样的情况。"

彩凤听医生这样说，心里有点急，她说："怎么，是不是不正常？"

医生又摇摇头："我还是说不准，也不能说就是不正常，反正，反正……"

银龙和彩凤互相看看，银龙说："医生你有什么话尽管说好了，我们不会怎么样的。"

医生说："我现在不好说，真要我说，我是劝你们做人工流产。"

彩凤吓了一跳，说："要把孩子打掉？"

医生说："我实在是不能下结论，但是如果从优生的角度考虑问题，我想这个小孩，你们还是不要的好。"

银龙也有点急，说："是不是有什么问题。"

医生看上去很为难的样子，她一再说不能下结论，做人工流产只是她的建议。后来她又提议他们到县医院去查一次，也好放放心，因为乡卫生院的条件设备毕竟不是很先进。

银龙、彩凤回去和家里商量了一下，就到县医院去。县医院的医生只是听听胎音，又用手摸了一下，就说："很好的，发育正常。"

银龙和彩凤提出来要做一做 B 超，县医院的医生说："做 B 超，你们乡下人，就是千方百计要想知道是男是女。"

银龙和彩凤被医生一说，倒不知怎么办了。医生看他们俩很难堪的样子，口气缓和了一些，说："其实，也不光是乡下人，现在城里人也是这样的。"

银龙说："我们，我们不是要看男孩女孩的，我们那里的医生说，小孩可能有点不正常。"

县医院的医生听了，说："不正常，什么不正常。"说着又用听诊器听了一回，说："好的，没有什么，你们放心好了。"

银龙、彩凤回去，跟家里一说，大家也放心了。只是彩凤心里，总还是有一点疙瘩。婆婆知道她的心思，说："你根本不要多心，要是有什么问题，你自己先会有感觉的，你自己现在什么都是好好的，会有什么事情呢，听那医生瞎说呢。"

彩凤想想也是，自己生理上没有什么异常现象，那不就是最好的证明么。过了一些日子，一切正常，这场小风波就算是过去了。

一直到彩凤的预产期前两天，婆婆对银龙、彩凤说："就在家里生吧，不要到卫生院去吧。"

彩凤当然是不肯的，她说："现在谁还在家里生，我怕的，我要去医院生的。"

婆婆叹口气，说："不瞒你们说，我做了个梦，做得不清不楚的，不大好，还是在家里生吧，万一……"

银龙说："你这是迷信。"

婆婆说："不管是什么，我心里总是好像有一种不好的想法。"

彩凤说："你不要吓我。"

婆婆说："我不是吓你，我怎么会在这时候吓你。你想想，其实在家里生也没有什么，从前我们都是在家里生的，哪一个不是好好的。现在家里条件也好了，要什么有什么，再说离医院也不远，有事情去叫个医生也不难的。"

银龙不同意，但是他也不好过分地和母亲别扭，最后问彩凤自

已的意见。彩凤不知是被婆婆的担心影响了，还是另有什么原因，
她同意找一个接生婆来，在家里生孩子。银龙为此还笑话彩凤，说
原来你的封建思想也是很严重。

这时候彩凤已经笑不出来了。

她自己也不知道怎么会这样。

接生婆是从外村请来的，有十几里地，银龙用自行车把她接过
来。接生婆显得很兴奋，一路上说了许多好话，当然不外是生儿子
这样的内容；除了生儿子，别的也想不出什么更好的更能让人开心
的话来说的。

接生婆到后不久，彩凤的阵痛就开始了。

一直到这时候一切还是很正常，连彩凤阵痛的时间也是正常的，
不算很长，也不是很短。到时候，产门开了，露出一片黑黑的东西，
接生婆高兴地说："看见了，乌黑的头发。"

大家的心就已经放下了一半，再往下，就听接生婆一声惊叫。

彩凤生下一个怪胎。

有眼无珠，有鼻无孔，有臂无手，有腿无脚。

就是这样。

现在再详细描写彩凤生下怪胎时大家的惊恐慌乱，包括久经考
验什么世面都见过的接生婆是怎么样被吓晕等情况已经没有必要。
等到大家从惊骇中清醒过来，只是听见彩凤嘤嘤的哭声，这才想起
最要紧的是照顾好产妇。

这实在是叫人想不通，以后彩凤和银龙一次又一次地回想婚后
的许多情形，实在是想不起做过什么不应该做的事情。在彩凤怀孕
后，他们夫妻基本上就不再同房，这在一般的年轻夫妇中也是不多

的。银龙是一个很通情达理的人，作为一个丈夫银龙很少从自己的角度考虑问题，多半是从照顾妻子和未出世的孩子出发，所以彩凤在怀孕期间，没有服用过可能致病的避孕药之类。彩凤后来回想起来，这十个月真是正常得连自己也不敢相信，不要说什么大一点的病痛，就是伤风感冒也没有得过，妊娠反应也不太严重，吃得下，睡得着。银龙和彩凤当然也不是近亲结合，彩凤的娘家离婆家很远，这完全符合优生学的要求。彩凤那些日子躺在床上真是百思不得其解，即使从某种迷信的角度看问题，因果报应也报不到彩凤这里，彩凤娘家和彩凤婆家的人都是很善良，知道积德的人。彩凤想来想去，自己有一百个理由生下一个大胖儿子。

但是事实不是这样。

婆婆也是思之再三，她后来说，会不会什么时候看到了蛇打缠。这当然是一种迷信的说法，怀了孕的人如果看到蛇打缠，也就是蛇交配，就可能生下怪胎。如果彩凤确实是看到了蛇打缠，那也算是找到了一个理由，不管是迷信还是别的什么。但是彩凤根本没有看到什么蛇打缠，她在这十个月里，连蛇也没有见着一条，现在田里用多了农药什么，蛇也是越来越少的了，难得见到。

再没有什么可想的。

一切都很正常，却得到一个很不正常的结果，这算什么，没有办法解释，恐怕只能说是命运。

在彩凤大哭一场之后，银龙流着眼泪把自己的骨肉抱到很远的一块地里，挖了一个很深很深的坑，埋了。

关于这个怪胎最后怎么处理，接生婆在清醒以后，倒是提出一个建议，她认为怪胎一定要借千人眼，就是要让大家看，这样才能

088 / 米 象

保证下一胎不再出怪，否则的话，很有可能再出怪。这当然不是接
生婆自己的想法，这是当地的风俗习惯，彩凤的婆婆也有这样的想
法，可是彩凤坚决不肯，她想来想去，实在是不能把自己生下的这
么一个东西让别人看。彩凤的这种心情也是可以理解的，她是一个
新媳妇，在这个村子里的生活道路才刚刚开始，她不能在大家的最
初印象中留下怪胎的痕迹。

其实以彩凤这样的想法和做法实在也是有一点掩耳盗铃的意思，
生下一个怪胎的事情很快就会传开去，这毫无疑问，也是无法避
免的。

所有这一切，都是在大家心绪很混乱，情绪很低落的情况下进
行的，家里出了这样的事情，谁也不可能提得起精神来，唯一不为
这件事情烦恼的是老太太。老太太也许是糊涂了，她常常对家里人
说，她听到在某个空间，有小孩子在喊她"太婆"。她说那声音很近
切，很真实，不是虚假的，也不是她的幻听。其实老太太也知道她
所盼望的重孙并没有生下来，那么老太太怎么会坚持说听到了重孙
的声音，也许是老太太她确实感悟到了什么，或者老太太有一种超
前意识？这当然都是不可能的，但是如果仔细想想老太太的话，这
里面其实很有一点哲学的意味，或者说有一些禅的精神，只是别人
不知道罢了，大家只是觉得老太太实在是很老很老了。

二

彩凤生下一个怪胎的事情，传出去很远很远，这也是意料之中
的，沈家的远远近近的亲戚朋友以及彩凤娘家那边的人，好多人赶

过来看望；有的人还带了乡里乡亲，浩浩荡荡一大帮，路上人问起来，总说，看怪胎去，弄得一些本来并不知内情的人也都晓得。其实他们也未必是冲着怪胎来的，多半的人应该还是来看看彩凤，给她一些安慰，也带一些补品什么，给彩凤养身子。他们到了这边，先看过彩凤，说过该说的话，就提出来想看一看那个怪物，告诉他们早已经处理，总是有人不相信，一直到告辞走开，还是念念不忘的。

银龙一家人对这些人是没有办法的，气也不好，恼也不好，不能跟他们翻脸，也不好跟他们计较；说到底人家是一片好心，来看看产妇，没有什么可以指责。说来说去，总是不能怪别人，只怪自己倒霉。

银龙为了照顾彩凤，也有好几天不去上班。厂里每天有人来向银龙说说情况，请示什么。银龙在厂里是业务副厂长，厂长是乡干部兼的，没有更多的精力和时间专门放在一个工厂，所以银龙这个副厂长，其实就等于是正厂长。厂里大大小小的事情离不开他的，像这样连续几天不上班，从来没有过，厂里其他人对一些重大的事情也不敢自己做主，所以银龙在家的这几天也是不得安宁的。

其实银龙留在家里照顾彩凤，那多半也是一种精神上的照顾罢了，在生活上彩凤是没有什么困难的。彩凤的婆婆会关照她，彩凤自己的母亲也来了，为照顾女儿。她也是什么都肯做的，所以家里的事情用不着银龙多操心。尽管这样，银龙还是请了几天假在家里陪着彩凤。大家说，彩凤，银龙对你，真是没有话说的。

彩凤也知道银龙对她好，可是不管银龙怎么对待她，彩凤的心情一直好不起来，这里面当然还有一个时间问题，要叫彩凤在很短的时间内就把那个怪物忘记，那也是做不到的。

　　彩凤的婆婆总的来说还是比较通情达理，但是她对儿子老是留在家里不管厂里的事，她有点意见。她认为现在事情已经过去，银龙没有必要再长时间守在彩凤身边，她心里可能以为是彩凤拉住银龙的，她在和彩凤说话时，就流露出这样的意思。彩凤也明白，就和银龙说，叫他去上班，银龙心里也是挂记厂里的，所以彩凤说了，他也就有了一个落场，第二天就去上班了。

　　银龙骑着自行车在乡间的路上，一路上碰到的人个个要和他说一说彩凤的事情。说多了银龙也很烦，他只是低着头往前骑车，也不和别人打招呼。

　　到了厂里，车子已经等在那里，说好这天一早银龙要和供销科长一起到乡里去。来了一个台商，本来是要银龙他们到县里去接的，因为银龙这边走不开，就由县外贸的同志陪下来，银龙他们到乡里再去碰面。

　　坐上车，供销科长就说："你总算来上班了，再不来，厂里也要乱起来了。"

　　银龙苦笑笑，说："有什么办法，碰上这种事情。"供销科长说："彩凤的事，大家都晓得了，怎么会这样？"

　　银龙说："怎么说是彩凤的事，不也是我的事么。"

　　供销科长笑起来，说："那是，谁不知道孩子是两个人生的，但是习惯说起来，总是说女人生小孩的，哪有说男人生孩子的。"

　　银龙也笑了。

　　很快到了乡里，县里的人还没有到，乡干部看到银龙，都来向他表示慰问，问长问短，银龙一一说了。对这一套话，银龙这几天已经说了不知道多少遍，现在再重复说，一点感情色彩也没有了。

乡干部说："银龙，怎么的，听你的口气，也没有什么懊恼么，你倒是很想得开，好，这样好，不要老是放在心上。"

银龙说："是的。"

大家又说："怎么搞的，彩凤怎么搞的，本来看上去好好的么。"

银龙不好说什么。

乡干部又问："是不是彩凤有什么病？"

银龙说："没有的，医生说的，彩凤的身体好得很，说这样好的身体素质不多见的。"

大家说："那就奇怪了。"

银龙说："是奇怪。"

正说着，县里的人到了，引台商林老板一一见过，林老板和银龙握手时，说："沈先生，你家里的事情听说了，什么时候有时间我上门看望夫人，慰问一下。"

银龙奇怪怎么连台商也知道，大概是县里的同志解释他为什么不去县里接林老板的原因时说出来的吧。银龙谢过台商，说："其实也没有什么，感谢大家关心。"

林老板说："十月怀胎，很不容易的，真是很可惜。"

银龙说："不要紧，反正我们都还年轻。"

林老板点头："这是的。"

说了一会儿闲话，林老板就说要到厂里看看，本来是定好在乡里吃午饭的，林老板不肯，说时间紧，还是到厂里看过再说。银龙的厂是一家村办厂，不过，厂的规模效益什么，也不是不敢和一些正规的大厂比，话说回来，要是没有一定的水平，林老板恐怕也不会跑到乡下一个小厂来找投资环境。车子很快到了荡口村部，在村办公室门前的空场上停下，大家下车。在空场一角有一些老人孩子在晒太阳，看到有台湾老板来，也没有什么新鲜的感觉，倒是见了银龙，她们来了兴趣，几个老人喊他，说："银龙，你过来。"

银龙说："做什么？"

老太太们挤眉弄眼地笑，说："你过来我们告诉你。"

银龙知道她们不会有什么好话说，他说："你们吃得空，我有事情呢。"

老太太们说："什么大事情，还能比生怪胎的事情更大，你想不想生一个大胖儿子，要是想的话，你过来，我们有话跟你说。"

银龙说："等下次吧，等我空的时候。你们不见我这里有客人。"

老太太说："什么了不起的，不就是一个台湾老板么。"

银龙回头看看林老板，林老板大概听不太懂老太太的土话，只是很有兴趣地看着她们。银龙连忙领着大家进了厂，听见老太太们在背后叽叽喳喳，银龙也听不清什么，他知道反正总是那些话。

林老板看过厂里的情况，总的还比较满意，他提了一些要求，希望能在短时间做一些样品出来，他下一次来要能看到这些样品，他希望下一次能把投资的事情确定下来。

样品是一些丝绸成衣，林老板问银龙有没有把握，银龙说有把握。其实这时候银龙是没有把握的，荡口印染厂是做丝绸印染加工活的，从来没有做过丝绸成衣，如果能够把成衣这一道工做下来，那么在荡口乡这里，从养蚕开始到缫丝到丝织印染再到成衣，一条龙的生产这样不仅规模很可观，最主要是产值利润，可以做到每一道生产过程的好处都由荡口自己得了，不会再外流。这样的规划确实是很好的，但是对银龙的厂来说，要在几天时间内，拿出一定数量的成衣样品，并不是一件轻而易举的事情，还有许多难关挡在前面，需要银龙他们一道道地去闯。

林老板走后，银龙抽空回家看看，他到房里，彩凤告诉他，银珠来了，正在隔壁房里和老太太说话。

银珠是银龙的姐姐，早几年和下乡来的知识青年好上了，当时家里是反对的，彩凤的婆婆他们都认为城里人是不可靠的，但是银珠一定要和那个知识青年好，家里也没有办法，就同意他们结了婚。知识青年倒是对银珠很好，一直没有变心，后来知青按规定可以回城了，他也没有把银珠甩掉，想了许多办法把银珠也弄上去做城里人了。

银珠知道彩凤生了一个怪胎，已经来看过一次，回去两天不知怎么又来了。彩凤对银龙说："你过去看看，两天又来，是不是有什么事情。"

银龙就到隔壁老太太屋里，银珠见了他，说："你回来了，我正要跟你。怕彩凤不高兴，没有敢先跟她说，先跟你说说，你看看好不好。"

银龙说："什么事？"

银珠告诉银龙，她托人找了大医院的医生，想叫彩凤去看看，城里的医院总是要比乡下的比县里的要好得多，彩凤再去查一查，要是没有什么，家里也好放心。

银龙说："这是好事情，彩凤怎么会不高兴。"

银珠说："那不一定，大家越是为她的事情着想，她可能越会有一些误会呢。"

银龙说："不会的，彩凤不会的。"

银珠笑起来，说："银龙现在也会帮老婆了。"

银龙说："这怎么是帮老婆，本来就是这样么，彩凤的为人，大家也是知道的。"

银珠说："为人是一回事，现在她出了这样的事情，心情总是不太好的，就容易引起一些不开心。"

银龙说："你们说话就是，怎么总说是彩凤出的事情呢，难道跟我没有关系？"

半天没有说话的母亲说："跟你有什么关系，怪胎又不是你生下来的。"

银龙说："你也算是做过干部的呢，说这种话，就是没有水平。"

银珠说："好了好了，闲话也不要多说了，还是你去跟彩凤说，你的话她不会多心的。"

银龙说："好吧。"

银龙过去跟彩凤说了，彩凤笑着说："这事情还要转了弯跟我说呀，我怎么会多心呢，大家为我好。我怎么会不知道，怎么会狗咬吕洞宾呢。"

说得银龙也笑起来。

过了一日，银龙就陪彩凤到城里去了，银珠托的人是在妇保医院的，妇保医院是专门看妇科和儿科的，里面有很多有本事的医生，银珠托人介绍的是一位张医生。

银龙和彩凤到妇科打听了张医生，进去就看到一位年纪很轻，长得也非常神气的男医生。彩凤拉拉银龙，低声说："是不是弄错了。"

银龙也有些疑惑，上前去问了护士小姐，护士说："是的，他就是张医生。"

彩凤说:"这个地方,还有没有另外一个张医生?"

护士想了想,说:"没有了呀,我们科里就是一个张医生呀。"

彩凤朝银龙看看。

银龙说:"不会错的。"

彩凤说:"怎么会呢。"她回头又向护士打听,说:"有一个刚刚从外国回来的张医生,就是他吗?"

护士小姐见他们问个没完,有点不耐烦了,说:"是他,就是他!你们怎么搞的,是来求医生看病,还是来检查医生的身份?告诉你们,不要看张医生年纪不大,人家是博士呢,在外国也是很出名的呢。"

彩凤再也没有话说了,她只是和银龙嘀咕,说想不到会是个男医生。

银龙说:"男的好,男的有本事。"

彩凤犹豫着,过了半天,她说:"可是,可是,我从来没有给男医生看过下身呀。"

银龙说:"你是封建思想。"

彩凤说:"你倒想得开,自己老婆——"

这时候张医生门前已经没有病人了,张医生朝他们看看,说:"你们……"

银龙赶紧上前,说:"我们是刘科长介绍我们来找张医生的。"

张医生想了想,说:"对了,刘科长是打过电话来的,就是你们啊,来,坐下说吧。"

张医生的态度很亲切,彩凤的心情平静了一些,她坐下来。张医生问:"刘科长电话里没有详细说是怎么回事。你说说。"

彩凤有点难为情，面对一个年轻的男医生，她实在是说不出口，她回头对银龙说："你说吧。"

张医生笑笑，也对银龙说："那就你说吧。"

银龙把事情的经过说了，张医生听了非常感兴趣，说："再说说，再说说，这很有意思。"

张医生又细细地问了许多问题，银龙和彩凤都一一回答了，最后张医生问："那个孩子呢？"

告诉他孩子早已经处理了，张医生叹息了一声，说："太可惜了，早知道，叫你们送到我这里来了，我们正是缺少这方面的病例。"

接着张医生就要检查彩凤，彩凤说："还要检查呀，不是已经说过了么。"

张医生笑了，说："你这个人，真是的，光听你们说说，怎么能确诊呀，我们做医生的，就是靠检查来确诊的。"

彩凤的脸也红了，忸怩了一会儿，还是跟着张医生到里面去检查了。

检查结果，一切正常。

张医生说："现在也没有别的办法，我只能说，下次一怀上，你们就到我这里来。"

银龙和彩凤都点头。

张医生又看着彩凤的脸说："记住了，受孕时期最好是在秋季，最好避开冬春，知道吗？"

彩凤的脸一直红到脖子根。

从医院出来，他们回到银珠那边，彩凤跟银珠说："丑死了，是个男的。"

银珠说:"什么男的。"

彩凤说:"什么男的,你介绍的张医生呀,是个男医生。"

银珠说:"男医生怎么?"

彩凤说:"你还说呢,我都丑死了。怎么可以叫男医生做妇产科。"

银珠听了哈哈大笑,说:"彩凤你真是的,城里医院,男医生做妇产科的多的是。这有什么,我生的时候,正好来了一批实习生,全是男的,站一大排在我床前,就看着我生下小孩子来的。"

彩凤说:"城里人怎么这样。"

银珠说:"你管他是男是女呢,只要他能帮你生下一个大胖儿子。"

银龙问银珠:"张医生真的很有本事吗,我怎么看他年纪轻轻,好像没有什么花头么。"

银珠说:"哪里,你不要小看,张医生是一张王牌呢。"

现在银龙和彩凤心里好像都有了底,好像有一个张医生坐在那里,他们就没有什么好怕的了。

三

说时间是一剂清除痛苦的最好的良药,这话真是不错。随着时间的流逝,一切都慢慢地平静下来,即使还有人提起彩凤生怪胎,也已经好像是很远的事情,好像并不是发生在身边,而是发生的别的什么地方,发生在别的什么人身上。大家已经不再拿这件事当议论的中心,至多只是偶尔说说,像说一个从前的故事似的。

　　其实有许多事情，在大家觉得平静的时候，常常也就是不平静的开始。一切平静下来，彩凤第二次怀孕了。

　　月经过期不来，彩凤心里就开始紧张，她不敢对任何人说，即使是银龙，她也要瞒着他。彩凤偷偷地到乡卫生院去做了化验，她拿着化验单，看着上面写的一个"十"，彩凤哭起来。

　　化验室的医生并不认识彩凤，见彩凤拿着化验单哭，还以为她是未婚先孕，闯了祸，所以才哭。医生还说了彩凤一句，早知今日，何必当初，说她自己种下的苦果只好自己吃了。彩凤听医生这样说，更伤心，她觉得医生虽然是误会了她，但是医生的话却句句说在她的心上，句句是针对她的情况说的。彩凤在医院里哭，围过来看热闹的人有人认识她，说："咦，这不是荡口的彩凤么？"

　　别人问哪个荡口的彩凤，那人说："就是那个生下怪胎的呀，怎么在这里哭。"

　　彩凤见看她的人多起来，也顾不得哭了，连忙回家去，到家婆婆发现她眼睛有点红肿，追着问，彩凤就把事情说了。婆婆听了，大吃一惊，说："小祖宗哎，这么大的事情，你怎么不说一声，你想做什么？"

　　彩凤说："我不想做什么，我怕……"

　　婆婆说："怕，怕有什么用，要赶紧想办法。"

　　婆婆差人去把银龙叫了回来，银龙一听也紧张起来，说："怎么办？怎么办？"

　　彩凤说："上次那个张医生关照的，一有了就到他那里去。"

　　银龙说："是的，什么时候去？"

　　彩凤说："等你有空。"

银龙扳了扳手指，算了一下日子，说："哎呀，这几天都排得满满的，实在是走不开。"

婆婆生气地说："你怎么不知道轻重缓急。"

银龙说："那我到厂里想想办法，另外再安排一下，尽量争取早一点去。"

婆婆说："那还用说，越早越好。"

这样银龙就放下手里很要紧的工作，和彩凤一起到城里妇保医院找张医生。

见到张医生，彩凤像是见到救星了。可是张医生已经记不大清他们，问了半天，他才想起来，确实是有这么一回事情。张医生看彩凤紧张害怕的样子，笑笑说："你不用急，到我这里，我会负责的。"

张医生按惯例一一检查过，又开了验血和验小便的单子，彩凤说："小便已经验过了。"

张医生说："那是做妊娠试验的，我这是另一回事。"

彩凤去验了血和小便，化验单拿来，张医生一看，说："正常的。"

彩凤忍不住说："上回也说是正常的。"

张医生看看她，笑着说："你的心情我是理解的，但是也用不着过分紧张，过分紧张只会坏事。"

彩凤说："噢。"

张医生说："这样吧，我手头任务比较重，你的情况我会放在心上的，但是具体的观察检查还是交给门诊上，你们跟我来，我给你们介绍一下。"

彩凤、银龙跟着张医生到另外一个地方，张医生指着两个女医生说："这是李医生，那是王医生，她们可以负责你的事情，你以后找她们就是。"

张医生说了，又凑到那两个女医生旁边，说了一些话。两个女医生都朝彩凤看了一下，其中一个说："好吧，你在这里等一下。"

张医生就要走，彩凤好像要捞救命稻草似的，对张医生说："张医生，你要帮帮我的。"

张医生又笑了，说："你放心，我就在隔壁，有什么事，李医生和王医生会来告诉我的。"

彩凤和银龙看着张医生走出去，不知怎么的心里就有一种空落落的感觉。银龙回头对一位女医生说："王医生，我们全要靠你们了。"

那医生说："她是王医生。"

那边王医生说："你们拜托李医生好了。李医生是很有本事的。"

李医生说："还是请王医生管吧，她经验丰富。"

两个医生这样推来推去，彩凤差一点要哭出来了，她说："张医生说了的，请李医生和王医生一起帮我的。"

两个女医生对看了一眼，李医生说："好吧，说说你的情况。"

彩凤把情况都说了。

两个医生也重视了一些，李医生看看王医生，说："你看，这孕期应该怎么办？"

王医生想了想，说："现在她本人太紧张，这样不好，以我的看法，还是照常生活，该做什么还做什么，不一定要有什么特殊的照顾。"

李医生说："但是有过上一次的事情，这一次还是小心一点为好吧。"

王医生说："其实我看是没有什么。喂，你是在厂里做的吧，做的什么厂，什么工作？"

彩凤说："我是在厂里做统计的，活不重。"

王医生说："那就是，照上你的班。"

彩凤疑惑地看着王医生，又看看李医生，说："照，照……"

李医生对王医生说："要对人家负责的，依我看还是不要上班了，不要舍不得这点钱，生孩子是大事。"

彩凤和银龙一起说："是的。"

王医生却笑了一下，说："嘿，虚张声势做什么呀，根本用不着么！现在一切正常，只要及时检查随时注意就行，老是待在家里反而会闷出病来的。上次有一个产妇，就是因为孕期活动太少，生下来的孩子重度窒息，没有救。"

彩凤听了，心惊肉跳，朝银龙看看，银龙也是不知所措。

两个医生又说了几句，争论起来，话里就有些不大好听了，最后，李医生对彩凤说："现在就是这样了，我是我的想法，她是她的说法，你到底听谁的，你自己拿主意。"

彩凤说："有没有什么药吃的，吃了可以有保证。"

王医生说："哪有什么药，吃了还能保证你生个正常的大胖儿子。你也是想得出来。"

李医生说："你还是回去，小心一点，处处留神一点，照现在的情况，估计也不会有什么大问题，至于同房什么，男同志要体贴一些的。"

彩凤红了脸。

银龙说："不同房的，上一次我们就没有同房的，可还是……"

王医生说:"同房也不要紧,只要注意月份,人家怀孕后同房的,生下的孩子不都是很好的么。依我看,最好的药就是放开思想,照常生活。"

说来说去,两个医生还是不能统一,彩凤和银龙最后只是配了一些维生素类的药回去了。

回家后,把两个女医生的话照说了一遍。婆婆听了,说:"还是照李医生说的吧,万事总是小心一点的好。"

其实彩凤和银龙也都是这样想的,就决定彩凤从第二天起不再去厂里做,安心在家里怀孩子。

彩凤的母亲很快也知道彩凤怀上了,远远地赶了来,说要接彩凤回娘家去住。彩凤婆婆有点不高兴,说:"亲家母,是不是嫌我们家养不起你们女儿呀?"

彩凤母亲说:"倒不是养得起养不起的问题,现在的人家要是养不起个把人还算什么人家。"

彩凤婆婆说:"那为什么要接彩凤回去住?"

彩凤母亲说:"主要是我想我们那边比较,比较那个。怎么说呢,我们家,世代上都是很太平的,从来没有出过什么不好的事情,老屋里也是很干净的。"

彩凤婆婆就越发不开心,说:"听亲家母的口气,好像我们沈家倒是一家不干不净的人家了。"

彩凤母亲说:"不干不净我也说不准,只是上次出了那样的事,我想还是避一避的好,万一……"

彩凤婆婆说:"亲家母这话就说得不大清楚了,是不是我们屋里有什么不好,我跟你说,我们沈家门里多少年一直是清清爽爽的,要说有什么不好，也就是你们彩凤生了一个怪胎。"

彩凤母亲说："我们彩凤生了怪胎，这是不错，可是这怪胎说到底是你们沈家的，不是我们彩凤带过来的。我看你还是不要多说什么，多积点德，弄点香烧烧吧。"

烧香这其实是很普通的一件事，现在乡下的女人，恐怕不烧香的也不多，但是彩凤的母亲这样说，彩凤婆婆听了就不舒服，说："我看你倒是应该去拜佛，以后再嫁女儿也不至于嫁出个会生怪胎的来。"

两亲家越说越生气，彩凤和银龙劝也劝不住，后来彩凤急了，说："你们再说，我就去打胎了，我本来也不想要这个小孩了。"

彩凤这一说，两亲家住了嘴，婆婆说："我们两亲家，说说话，有轻有重，你们小辈不要往心上去。"

彩凤母亲也说："就是，我们说说，说过也就忘记了。"

婆婆对银龙说："你要好好劝劝彩凤，一定不要胡思乱想。"

大家反过来一起劝起彩凤来，弄得彩凤哭笑不得，最后由婆婆提议，就在沈家弄了一个仪式，烧香拜佛，求观音保佑。彩凤母亲临走，硬是留下一些钱，又是千关万照，很不放心。彩凤说："你放心回吧，我们都不是小孩子了。"

母亲说："你以为自己不是小孩子，可是在我看来你还是小孩子呀。"

大家听了都笑了。

从这以后，彩凤就守在家里了，婆婆和银龙一步也不让她出门，一点风也不让她吹着，一点累也不让她受着。这么才过三五天，彩凤就觉得很厌气很厌气，白天银龙和婆婆都不在家，她只有和老太太说说话，老太太又是很老的了，说话时而清醒时而混乱，彩凤也只好跟着她的思维瞎说说。

有一天老太太对彩凤说，她看见她的重孙子，拿手做成两把枪的样子对着她，老太太一边说还一边用自己的手做成那样，每只手卷起三根手指，留下拇指和食指，"这样，"老太太说，用"手枪"对着彩凤，彩凤看了忍不住哈哈大笑，笑得眼泪都流了下来。

彩凤笑的时候，老太太并不笑，等彩凤笑过了，老太太却笑起来，说："就是我这样，我看见的。"

彩凤说："老太太，你真是有意思。"

老太太说："我听见他叫我的。"

彩凤因为对肚子里的孩子始终是放不下心来的，所以平时很怕别人提起孩子的事，现在老太太说开了头，还要往下说的样子，彩凤连忙打岔，说："老太太，再过一些日子，要给你做八十大寿了。"

老太太说："我还不到八十。"

彩凤说："他们说的，做九不做十。"

老太太说："那是。"

每天这样过日子，彩凤实在是很无聊，婆婆和银龙只是说忍一忍，熬一熬，总是要过去的。彩凤想，等这些日子熬过去，自己不知道已经闷成了什么样的人。

一天，彩凤在家里看到银龙带回来的几件丝绸服装。款式都很奇怪，她问银龙是哪里来的。银龙告诉她是台湾老板留下的样品，但是现在还没有确定裁缝师傅，找过几个，看了样品，都说吃不准，不敢随便学外国人的东西；林老板很快要回过来，如果这十件样品，每样做十件的工作都做不起来，那么林老板的投资很可能就要泡汤。

彩凤拿衣服看了一下，说："你弄一些布料回来，我来试试。"

银龙说："你怎么会？"

彩凤说："我在娘家跟师傅学过的，学了两年呢，本来是要出去做裁缝的。"

银龙说："后来怎么没有出去呢？"

彩凤说："问你呀，要嫁人，怎么出去做呀。"

银龙笑了。

过了一日，银龙真的带了些丝绸料子回来，彩凤就学着外国衣服的样子裁剪。开始弄坏了一些布料，彩凤很心疼，说："这么好的料子，给我弄坏了，怎么办？"

银龙说："反正是次品料，浪费就浪费，只要你觉得有意思。"

彩凤才知道原来银龙是为了让她散散心，才叫她裁剪的，根本不是她在帮银龙的忙，而是银龙在帮她的忙。可是银龙这样的想法并没有什么不对的，大家都这样想，银龙当然也这样想，一切以照顾彩凤为重。

彩凤应该感到幸福。

彩凤当然是幸福的。

可是这种幸福又给彩凤增添了许多无形的压力。

只试了一两次，彩凤就把衣服裁剪好了，她也没有跟银龙说，自己就做起来。这一天等银龙下班回来，彩凤已经把一件衣服全部做好，她把衣服给银龙看。银龙看了，说："我不是叫你帮我做衣服的，我只是让你散散心的，你不能这样赶任务。"

彩凤说："我没有赶任务，我一天做一件衣服轻轻松松的。"

银龙把那些衣料拿开，说："轻轻松松也不要你做。"

彩凤说:"你也变成这样了,其实我想上次那个王医生的话也是有一定道理的。"

银龙说:"反正我不让你做衣服。"

彩凤笑着说:"你不是说找不到肯做这种衣服的裁缝吗,你要误了事,怎么办,还不如由我来帮你裁剪,你找一些人做就是。"

银龙朝彩凤看看,看她精神饱满,意气风发。银龙说:"你真的可以?"

彩凤说:"不是我真的可以还是假的可以,你再不让我做点事情,我要发神经病了。"

银龙想了想,说:"那好,反正这一批数量也不多,你慢慢来。"

彩凤说:"我知道。"

彩凤就在家里把这一批台商需要的样品服装一一裁剪好,到林老板回过来时,样品已经全部做好。林老板看了觉得基本符合他提出的要求;特别是对裁剪这道工序林老板很满意,他认为裁剪上很有新意,问了一下裁剪师傅是谁。银龙想了想,没有告诉林老板是彩凤,只是含含糊糊地说了一下,林老板也没有再追问。经过再三考虑,林老板决定在银龙厂里投资,搞丝绸成衣一条龙生产。

银龙回来把这消息告诉家里,彩凤笑着说:"你不要忘记,这里面还有我一份功劳。"

婆婆却板着脸对银龙说:"下次你再找事情叫彩凤做,我不饶你。"

银龙说:"当然不会了。"

彩凤的月份离五个月还差几天,婆婆就迫不及待地叫他们去做B超。彩凤和银龙到了妇保医院,先找张医生,张医生不在,再去看李医生和王医生，两个人倒是都在，见了彩凤。她们都还记得，说："有五个月了吧。"

彩凤不敢说还没到五个月，她点了点头。

李医生说："五个月可以做 B 超了，我开张单子，你们到 B 超室去做。"

彩凤很害怕，说："医生，会不会……"

李医生说："你不要怕，再说，怕也不顶事的。"

彩凤和银龙就到 B 超室，等了一会儿轮到彩凤，彩凤朝银龙看看，眼睛又发红了，银龙说："你做什么？"

银龙还想说什么，就被做 B 超的医生推出门去，说："你认不认识字，这上面写的什么。"

银龙看，是不准男同志进去，他只好在外面等。

彩凤进去后，往床上一躺，眼泪就流下来，医生奇怪地说："你这个人，怎么的，胆子这么小。"

彩凤流着眼泪说："不是的，我，第一胎，没有活下来。"

医生说："原来，很紧张是吧？"

彩凤点点头。

医生就开始做 B 超，彩凤好像是躺在屠宰场上的心情，过了不知多久，在彩凤的感觉上好像有一个小时，她终于听到医生说："很好的。"

彩凤的眼泪又流了下来。

医生朝她看看，说："你也真是的，说很好的又伤心啊。"

彩凤说："能不能让我男人看一看。"

医生说："这不能的。"

彩凤说："我们不是要看男看女，只是想看一看好不好？"

医生说："这里有规定的。"

正说着，李医生进来了，对做 B 超的医生说："让她男人看一看吧。"

做 B 超的医生说："这怎么行。"

李医生说："这是张医生关照的。"说完她又跟做 B 超的医生耳语了几句，做 B 超的医生说："好吧。"就去把银龙叫进来，银龙在外面也像是在等待宣判，听得医生一声叫，跳起来就问："医生，怎么样？"

医生说："你进来看看。"

银龙把自己一颗心提在手里进了 B 超室，李医生说："你自己看看，很好的。"

银龙连忙去看那个小屏幕，只见上面是有一个小小的肉团，仔细看，能看出是一个胎子，银龙说："就是这个？"

两个医生都笑起来，李医生说："不是这个，哪里还有。"

银龙说："我看不懂。"

医生又笑，说："你看，是个男的呢，这是那东西，这是头部，看清了没有？"

银龙实在是看不清，也许他心情太紧张，但他又不敢说看不清，怕彩凤听了发急，只好说："是的，是的。"

医生又说："你看，很清楚了么？这是脚，这是手，看清了没有？"

银龙只是一味地"嗯嗯"。

最后李医生说："好了，这下回去高兴了。"

彩凤从床上起来，和银龙一起，对医生千谢万谢。医生说，谢也不要谢了，隔日生下大胖儿子，请吃红蛋就行。

两人高高兴兴回去，一家人都很开心，家里的气氛一下子就好了起来。

这样又过了两个月，到七个月的时候，又去做了一次B超，这一次医生一开始就让银龙进去，屏幕上刚一显示，医生就高兴地说："嘿，小雀子，看小雀子。"

这一回银龙也能看清了，他咧开嘴笑，看了一会儿，银龙说："怎么都是蜷缩着的，看那手、脚、身体，都团成一团的。"

医生说："你老婆肚子有多大，要是小孩伸开来长，你老婆的肚子早就破了。"

银龙不好意思地笑了。

现在真是一切俱备，只等彩凤生产的日子。

四

彩凤在预产期前半个月就到妇保医院住下来了。本来妇保医院的床位是很紧张的，但是因为彩凤前面有过这样一次事情，就是连那些见怪不怪的医生也有些同情彩凤；再加上张医生关照过这件事情，就照顾彩凤让她提前进医院待产。彩凤住下来，同病房的产妇基本上都是到了预产期的，她们看到彩凤能提前半个月住进医院，进来后，医生对她比别的产妇更关照一些，大家心里就有点想法。一开始以为是哪个医生的亲戚，也不敢说什么，后来问了彩凤和银龙，他们说没有亲戚在这里，大家说，不可能的，肯定是有路子的。

彩凤和银龙也不好跟大家解释。

住了两天下来，别人就知道内情了。住医院的产妇中，总是有些人和医生认识或者多少有一些什么关系的，很快就打听到彩凤是怎么一回事，在病房里说起来，大家再看彩凤，那眼神就有些不一样了。

彩凤自从生下了那个怪胎后，一年多来，对这样的眼光早已经习惯，也不觉得有什么特别地不能容忍。别说就这么看看，就是有人直截了当地问她什么，彩凤也总是一是一，二是二地回答，怎么样的情况，怎么样的结果，她都不向别人隐瞒；甚至连那个怪胎是什么样子，要是大家想知道，彩凤也可以告诉他们。

既然彩凤并没有把那件事看得很重，大家也就不好多说什么。其实彩凤是不可能把那件事情淡忘的，但是她知道，她越是怕别人提起，别人就越要打听，彩凤干脆自己先说说清楚，别人在当面在背后也就没有更多的话说，这也是彩凤在这一年多的时间里慢慢摸索慢慢体会出来的经验。

彩凤住进医院后，张医生来看过她两次。张医生始终是那样年轻，看上去又是很英俊很神气，每次到病房来，病房里就好像添了许多光彩似的。张医生走到彩凤床前，看看她，笑笑说："你还好吧。"

彩凤红着脸，点点头，她不知道说什么话好。

张医生还是温和地笑着，说："前几次的检查结果我都看了，很好的，是个男孩。"

彩凤说："谢谢张医生。"

张医生说："谢我什么，孩子是你们自己的，要谢还是谢自己。"

别的产妇听张医生这么说，忍不住笑了。彩凤红着脸也笑起来，她觉得心情什么都很好，信心也很足。

张医生问了一些话，后来就走了。

有几个产妇临到要生了，还没有知道肚子里是男是女，听说彩凤是个男的，都很羡慕，说话也难免有一些酸溜溜的味道。彩凤并不在意，她所有的心思也就是生下一个健康的儿子。

彩凤进医院后，因为预产期还早，银龙先回去了，厂里这几日正有一批活要赶时间，所有的工人和管理人员都在加班加点，银龙实在不能把厂里的事情全丢开。彩凤对他说："你回去吧，你做你的事情，我这里，有医生，有银珠他们，没有问题的。"

银龙回去，银珠和她的男人每天给彩凤送吃的来，每天都换口味，实在是把彩凤侍候得太好，别的产妇看了只是眼红。

总之在彩凤生养前的这一段日子，彩凤的家里人、彩凤的亲戚朋友，以及医院的医生、护士等，所有的人，对彩凤都是格外的关心格外的照顾，这使得彩凤感到十分的温暖。这种温暖在彩凤心里变成一股说不清道不明的感觉，彩凤觉得即使不是为她自己，也不是为了银龙和沈家的人，她也应该生下一个健康的孩子。如果上天真是有眼，也一定会让彩凤如愿以偿的。

但是彩凤错了，彩凤她彻底错了。

彩凤的错就在于她对生命的了解对命运的期盼太单纯。

彩凤确实是生下了一个男孩，但是他不健康，孩子的两只手没有长好。每只手只有拇指和食指两根手指，两根手指展开来，孩子的两只手就成了两把枪的形状。

彩凤突然想起老太太曾经对她说过的话，老太太说她看见重孙子用手枪对着她的。

彩凤没有再流眼泪，她好像已经流不出眼泪，她只是有一种恐惧。

张医生看了孩子的手，叹了口气，说："没有别的解释，只能说是遗传因子的原因。"

彩凤并不懂什么叫作遗传因子，但是她有一点是明白的，那就是她不配生一个健康的孩子，这是命里注定的。彩凤一直到现在才明白这一点，尽管迟了一些，但总算是明白过来了。

关于孩子的去留，彩凤和银龙有了分歧，这是他们结婚以来第一次发生严重分歧。他们吵了架，银龙也说了一些很不好听的话，彩凤并没有很伤心，她大概觉得既然她不能生一个健康的孩子，被说几句话那也算不了什么，但是有一点彩凤始终是坚持的，她要把这个残疾的孩子养大。

银龙的想法是不要这个孩子，这也是彩凤的婆婆、银珠、彩凤的母亲以及彩凤家和银龙家所有的亲戚朋友的一致想法，他们认为这样的孩子养大了对他没有什么好处，与其到时候难办，还不如现在就不要了他。

最后还是决定把孩子先带回去，倒不是大家同意了彩凤的意见，主要是老人觉得这一次无论如何要借千人眼，彩凤也不能再反对了。

刚回去的一些日子，家里真是热闹极了，人来人往，川流不息，等过了风头，彩凤婆婆就叫银龙把孩子送出去，银龙对彩凤说："我们要有信心，我们才二十多岁，肯定能生。"

彩凤觉得银龙还是没有明白，但是她怎么说银龙也是不能明白的，对于命运对于生命，银龙有他自己的理解，彩凤的想法是代替不了他的，彩凤的体验也是不能说服他的。彩凤说："好吧，你们一定要扔掉他，就去扔吧，但是我跟你说，我们恐怕是不会有孩子了。"

银龙看看彩凤，说："你不要灰心。"

彩凤笑了一下，说："我不灰心。"

银龙说："就是，我们有的是时间。"

彩凤说："那也不一定，你母亲已经去给我算过命了，你可以去问问结果。"

银龙说："你这是什么意思。"

彩凤说："我们的前途未必乐观。"

银龙认真地看了彩凤一眼，说："你不要胡思乱想，我决不会做对不起你的事情，不管怎么样……"

彩凤说："你如果不做对不起我的事情，你就要做对不起你们沈家的事情了。"

银龙摇了摇头。

银龙起了一个大早，他把孩子抱到城里去放掉了。

银龙回来时，脸色很不好，灰灰的，彩凤说："你把孩子放在什么地方？"

银龙说："放在一个厕所里。"

彩凤问："哪里的厕所，哪一条街？"

银龙说："哪一条街我也说不出街名，反正我走了好几个地方，几次想放下来，又舍不得，等到下了决心要放，又有人看见，真是难死我了。"

彩凤说："哪一条街你说不出街名，但是大体上的方向你总知道吧。"

银龙说:"大体上就是在妇保医院不远的地方,你问这么仔细做什么,你不会再去弄回来吧?"

彩凤说:"我怎么会。"

银龙说:"对了,还有一件事,让我问一下你的意见。"

彩凤说:"谁让你问我的,是你母亲,她自己为什么不可以跟我说,她是不是要避开我?"

银龙说:"你想到哪里去,她是怕引你伤心,不来和你多说,你不要疑心,主要是关于老太太的做寿,前次应该做的,大家也没有心思,想等你生下来再说的,现在要给她补做,你看怎么样?"

彩凤说:"跟我说也是白说,我总不好反对的。"

银龙说:"考虑你才出院不长时间,本来是不应该影响你的休息,但是家里这么不顺,老人的意思,做一点仪式,冲一冲,说不定会好一些。"

彩凤说:"是老太太意思?"

银龙说:"当然不是,老太太她也不很明白了,做寿不做寿对她来说意义并不很大,但是对我们来说,说不定会带个好兆头。"

彩凤说:"其实老太太也不见得是不明白,说不定她心里什么都明白呢。"

银龙看看彩凤,说:"怎么会,老太太很老了。"

彩凤说:"其实老太太早就知道我这一次会生个什么样的孩子。"

银龙奇怪地说:"你怎么会这样想?"

彩凤说:"她以前跟我说过,连具体的样子她也知道,可是我没有把她的话放在心上,我不知道她是很明白的。"

银龙听彩凤这样说,不由也有些迷惑了,他想了想,说:"这怎么可能，这太奇怪了。"

他们正说着，彩凤的婆婆进来，看到儿子、媳妇脸上很奇怪的神色，问他们什么事，银龙就把彩凤的话说了。彩凤的婆婆听了，并没有很吃惊，她说："就是，所以我说要给她做一做寿。"

银龙说："我想来想去也想不通，怎么可能。"

彩凤婆婆说："这也不是不可能，大概是沈家上代的人告诉她的，是让老太太来传话的，可惜我们做小辈的不明白。"

对这样的解释银龙当然是不能相信不能服气的，但是银龙也找不到比这更有说服力的理由来。

给老太太做寿，大家就准备起来，其实要说事情也没有很多事情，只是提前一些给亲戚朋友捎过信去，再就是约定一个厨子，到时候是要请来掌勺的。至于菜什么，那不用担心，现在市场上什么都有，只要拿得出钱来，什么东西都能背回家去。

老太太自己对于做寿的事好像不是很明白，问她什么，问她有没有什么想法和要求，老太太只是说，"你们弄吧"，别的再没有什么话说。

大家说，看起来老太太也就这一次了。

做寿那一日，彩凤没有在家帮忙，家里做事情的人多的是，根本用不着她再插一手。彩凤一大早就走出去，也没有跟谁说起到哪里去，大家忙着，谁也就没有注意她的走开。

彩凤是到城里去的，她到妇保医院附近的几条街上走了半天，找到了一所公共厕所，是在一条巷子里，彩凤走进去，看到巷子里有老人在，彩凤想了想，上前去问："好婆，前一阵，这里的厕所有没有发现一个小毛头？"

老人说："什么小毛头？"

彩凤做了个手势，说："是包在蜡烛包里的，一个男小孩。"

老人说："我不知道。"

彩凤说："前一阵有人到这里放掉一个小孩，就放在这个厕所里的。"

老人说："我不知道。"

彩凤说："那就奇怪了，怎么会不知道呢，应该知道的呀。好婆，你是不是住在这里的？"

老人说："是的。"

彩凤朝四周看看，又问："你知不知道这一带附近还有没有别的公共厕所？"

老人摇摇头。

彩凤茫然地站了一会儿，她有些发愣，一时竟不知往哪儿去。

后来老人也要走开了，彩凤才想起自己也应该走了，就在彩凤走开的时候，那老人在她背后说："既然放掉了，又来找，这是做什么呢，不是多此一举么。"

彩凤听了老人的话，觉得很有道理，其实彩凤到这里来，决不是想把孩子找回去的。她只是想来看一看，她也没有指望能看到孩子，或者说只是了却一个心愿罢了。

五

自从给老太太做了寿，老太太的身体就一直不太好，整天迷迷糊糊。昏昏欲睡的样子，问她话，也说不很清了，老太太的脸上、手上，透亮饱满，像通体透熟的蚕，大家看了，都说老太太恐怕是快了，也都认为做寿是做对了，倘是做寿的时间再往后一点，恐怕就做不起来了。谁也不会想到老太太的身体是不是有些别的什么病，都觉得老太太到这时候是该去了。

现在彩凤空下来老是要往老太太屋里去坐坐，常常一坐就是半天，也不知道有什么话可说的。也许彩凤是想听听老太太的暗示，或者看看老太太有没有什么预感。

其实这是不可能的，老太太说话也已经说不大清楚，老太太的脑子肯定也很糊涂，她不可能对彩凤的事情再发表什么真知灼见，说出什么至理名言，或者一些至关重要的想法。

当然老太太也不是决不说一句话，老太太的话应该说还是比较多的，但是绝大部分是说的她自己从前的一些事情。老太太的记忆突然好得惊人，连她小时候的许多事情她都想起来，而且记得清清楚楚。说起那些往事来，老太太透亮的脸上会泛出一层红光。

彩凤并没有因为老太太对她的事情只字不提而失望，相反彩凤好像，就是要听老太太说这些，她好像百听不厌的，这些话题在别人听起来，真是老掉了牙的，可是彩凤听了，倒觉得很有意思。彩凤婆婆看彩凤这样，她有些担心，跟银龙说起，她说彩凤这样，是不是有些不正常。银龙笑了，说："你真是瞎担心，彩凤听老太太说说话，有什么不正常的呢。"

彩凤婆婆想想也是的，这一两年来，已经被弄得像个惊弓之鸟了，许多很正常的事情看在眼里都觉得有点不正常了，但是说来说去一切都是因为彩凤。婆婆说："彩凤的命，很不好的，我找人算过了。"

银龙说："你轻点，彩凤听见，要不高兴的。"

婆婆说："她还有什么不高兴的，她这样子，我们又没有说她什么。"

银龙说："说她又能说出什么来呢，反正都是命里注定的了。"

婆婆说："不是我们命不好，是她不好，带累了我们的。"

银龙说："你不要这样说。"

婆婆说："有我这样的婆婆也算是有得可以了，好多人跟我说，这样的媳妇，还是早一点跟她离了，早解决早好，人家外面都这样说。"

银龙说："那些人真是多管闲事。"

婆婆说："你说我有没有说过不好听的话，真是的，这么多日子，我是算很照顾她了。"

银龙说："这倒是的。"

反正银龙一家，包括彩凤的婆婆确实是没有对彩凤说什么不好听的话，彩凤的婆婆尽管心里有很多的想法，但是她毕竟没有当着彩凤的面说出来，这对一个农村妇女来说，已经是很不容易的了。当然即使彩凤的婆婆说些什么，比如提出离婚的事情，即使她说了，也是没有用的，因为她也知道自己的儿子不会做那样的事情。银龙是不会跟彩凤离婚的，就这一点大家好像都明白，所以别人说说也就过去了。

银龙到底是怎么想的，银龙现在是不是还对彩凤抱着希望，或者银龙自己有着相当坚定的信心，但是如果彩凤真的永远也生不下一个正常的孩子，银龙的想法会不会动摇，银龙现在根本没有考虑那些。银龙只是觉得，一切都在正常地进行，如果说一个人的一生就是奋斗的一生，那么这种奋斗，在他和彩凤这里，或许才刚刚开始。

银龙对自己的一切都是充满信心的，这和银龙事业上的成功也许是分不开的。银龙虽然在个人生活方面有些挫折，但是他的厂，却真是一帆风顺的，在竞争激烈的大气候下，付出并不很多的代价，却得到相当大的发展，这实在是很不容易。自从台商林老板投资过来，荡口印染厂改名为飞达丝绸服装厂，生意也真是十分的发达。银龙现在正是意气风发的时候。

彩凤满了月子后，也到银龙的厂里来做，她是做的裁剪师傅。林老板对彩凤的裁剪手艺很赏识，对她的生活也很关心，他知道彩凤两次生孩子都不顺利，特意从台湾带了药来给彩凤，只是彩凤没有敢随便服用。

彩凤在厂里上班，一起做活的女人，难免要说说闲话，有时候不小心就会说到彩凤的事情，彩凤对这些话题早已经是泰然处之；或者在别人谈起自己的孩子，说小孩子怎么怎么，也有人会暗示说话的人，不要当着彩凤的面说这些，免伤彩凤的心。其实彩凤一点也不伤心，她觉得和大家一起说说小孩这是很好的，她虽然自己没有小孩，说说别人的小孩，她心里也会有一种温暖的感觉。

大家说，彩凤现在真是想开了。大家都对彩凤说，其实没有小孩也不要紧，城里人有许多就是有意不要小孩的；或者到了年纪再大一些领养一个也好的，只要是从小领养的，长大了就像自己生的一样，会有感情的。

又过了一些时候，老太太真的不行了，连人也认不得了，家里准备了后事。到那一天，老太太突然又清醒，这是回光返照，家里人都围在床边，向老太太告别，老太太指着彩凤，说："你是彩凤，彩凤你不要哭。"

彩凤流着眼泪。

老太太说："你的日子到了。"

大家都朝彩凤看，以为彩凤会伤心，老太太在自己临终前却说彩凤日子到了，彩凤的命也真算是不好的了。

可是彩凤并没有什么不高兴的表示，她只是看着老太太，等大家再回看老太太时，老太太已经过去了。

银龙在门外放了炮仗，这是风俗。寿终正寝，是要祝贺的。

这一天夜里，彩凤做了一个梦，梦见她怀上了孩子。

彩凤谁也没有告诉，她照常上班，照常生活。

九个月后，彩凤生下一个一切正常的男孩子。

但是大家都不认为这是一个正常的孩子，彩凤的婆婆从月子里就开始抱着这个孩子到处求医检查，她整整跑了三个月，跑了大大小小十几家医院，检查了许许多多的项目，结果是一切正常。

彩凤的婆婆最后把孙子抱回来，她对彩凤说："正常的。"

彩凤终于生下一个正常的孩子。

这应该说是苦尽甘来。

但是谁知道呢。

什么是苦什么是甜，彩凤现在也说不清楚。

至于这个一切正常的孩子，以后会怎么样，以后他的发展是顺利还是不顺利，这一切都要看他自己的造化。

大家闺秀

从前有座山，山上有座庙，庙里有一个老和尚和一个小和尚；小和尚叫老和尚讲故事，老和尚讲：从前有座山，山上有座庙，庙里有……

从前有个湖，湖中有个岛，岛上有一个老祖母和一个小孙女；小孙女叫老祖母讲故事，老祖母讲：从前有个湖，湖中有个岛，岛上有……

一

后来祖母死了。

家慧跟着祖父在地脉岛上过日子。地脉岛是太湖中的一个很小的岛。乡志上说这个岛"小而孤绝"。

岛西的山村有一个很雅静的名字，叫寒谷。寒谷落照，这是一个很好的景致，只是外人并不知道。"波底夕阳红湿"，从前曾经有人这样描述过，在黄昏的时候，山村农家上空炊烟袅袅，与薄暮晚雾交融，飘飘忽忽，柔柔软软，少有尘世的喧闹。这一切外人都是不明白的。

寒谷山村古屋很多。家慧和祖父居住的待秋山庄，就是在寒谷。待秋山庄是祖父多年前买下来的。

待秋山庄不很大，大约有一两亩的地方。但是在祖母去世以后，这里只有家慧和祖父两个人住，另外有几个仆人，山庄就显得很大并且有点清幽有点冷寂。当然这种清幽这种冷寂正是祖父所要求的。

其实祖父是不寂寞的。

秦仲儒老太爷以课孙为乐，先是教导孙子家轩，家轩外出以后，他每天都给孙女家慧讲授"四书五经"、"唐诗宋词"。当然，说是给家慧讲授，其实也是老太爷自己每日的温习。温故而知新，这是秦老太爷的座右铭。除教育孙辈的乐趣之外，秦老太爷藏书甚丰，且常常向人借宋、元抄本手录之，字划端楷，每抄一篇，都题识岁月于其后，倘若一时未曾借得好本，便是家中藏书也要抄录。此外，偶有知己老友来访，谈诗、论道、说佛、讲古，亦乃秦老太爷余生之乐事。倘若来客同样是隐居地脉岛，谈说半日足矣；倘若客自姑苏城来，总要留下宿夜，那便是谈上一日两日也是不能尽兴的。

秦仲儒生于1862年，青年时代应科举，得中光绪年间举人，后来又曾到日本留学。辛亥事后归国；北洋军阀各系轮番上下，秦仲儒亦随之上下。以后便回到苏州南园故宅，但此时南园已不再如先前那般僻静清幽，因南园地利，许多人在此打建公寓，其中不乏一些达官贵人、官场幕僚。秦仲儒自己虽然是过来人，但如今对一些官场人物却是不待见，一心迁居。一日与数知己泛舟湖上，有人提及此事，说地脉岛有待秋山庄，情形如此这般，现庄主早已搬出，只有一老人家留守山庄，等待买主，只要有现钱，此人寰蓬莱，唾手可得。秦仲儒一生虽几经波折，但多年养廉，囊中不涩，手头尚有余钱。隔日秦仲儒便上地脉岛，一看之下正中心意。但是同行人中，有一位悉知内情的却把秦仲儒拉至一边，说，某史志曾记载待秋山庄乃一凶宅，常有仆佣暴毙，死因终是不明。秦仲儒问及原庄主在几年内确是暴死过几个仆人，皆未查出死因。

秦仲儒听后一笑，说："你不是活在这里么。"

老人家也是一笑，说："我是活在这里呢。"

一笑之中，秦仲儒当场拍定，银货两讫，老人家携银而去，待秋山庄从此改为秦姓，故人有称秦家花园。

待秋山庄原主姓吴，太湖本地人氏。从前在吴中地区，提起太湖吴族，那时大家都知道的。地脉岛的吴家仅是吴族的一脉而已，待秋山庄则是这一脉的家居宅第。其时吴族之权势、富贵可见一斑矣。待秋山庄建于乾隆三年，据载：花白银五千余两。以后历代又时有增建，待秋山庄传了吴氏其脉十代子孙，到吴狄帆手上易主。

待秋山庄虽然不很大，却是麻雀虽小，五脏俱全的。而正因为五脏俱全，所以并不见什么特色，倘若放在苏州城内，是远不能同别人家相比的。厅堂、住屋、书房以及书房一侧的花园，园中四面厅、临水轩、九曲桥、八角亭，复廊延还，假山重叠，粉墙漏窗，河池花木，应有俱有，一切皆精心布局、精雕细刻。这样的花园住宅倘若放在陕北高原，作为稀世珍宝也是可能的。但是在园林甲天下的吴中胜地，那就显得十分平庸普通，大路货而已。

但是，倘若待秋山庄果真是大路货，秦仲儒怎么会重金购买，享度天年呢？

待秋山庄当然不是大路货，秦仲儒是识货之人。

待秋山庄依山而筑，傍湖而立，介乎山水之间，借水之秀美雅逸，假山之古朴巍峨。登高而望，左见山峰果丛，层林尽染，郁郁葱葱；右见茫茫太湖，赭篷飞扬，白帆点点，得自然之真趣，实非小城中封闭小园所能企及。"临三万六千顷波涛，历七十二峰苍翠"，从前有人如是说，是很有道理的。

秦仲儒得此山庄，便自取道号："寒谷遁叟"，举家迁来地脉岛。

那一年，家慧六岁，家轩十二岁。

其实说秦仲儒举家迁来是不准确的，迁来的只是秦老太爷和老夫人、孙少爷秦家轩和孙小姐秦家慧。家慧的父亲秦祖康其时在上海银行供职，夫人沈淑云随住在沪上。

秦仲儒生有二儿一女。女儿早已出嫁，长子秦祖望，取名祖望，却令秦氏无望，从小就显出任性的个性。秦仲儒愈是严加管教，祖望愈是反叛得凶，在二十郎当岁时，就已吃喝嫖赌俱全。在他二十来岁时，父亲秦仲儒尚在外任职，家中唯他是尊，要怎样就怎样。

秦祖望第一嗜好是赌，第二是嫖，此两项的开销当然是一个无底洞。正如古人所言："专一穿花街，吊柳巷，吃风月酒，用脂粉钱，真是满面春风，挥金如土。"加之秦祖望生性豁达慷慨，常言"生不带来，死不带去"，凡有人告贷借款，无不应允，便是拱手相送，也是常有的事，故被称为吴中"第一阔少"。因为名声不好，一直未娶妻成家。到秦仲儒归回故里，限祖望三月之内改邪归正，但三月之内如何改得了一个人的秉性。秦仲儒一气之下，赶子出门。秦祖望一旦断了钱财来源，不出几日便潦倒不堪，栖身于姑苏城内一小巷的破屋，靠秦氏义庄每年发些钱过活。

秦祖康是秦仲儒的次子，天资聪颖，才识超群，本来是可以进取功名，走仕途的，但因为父亲先是四处奔波任职，后来又一意归隐，加之长兄祖望的无望，家业重担就势必要由他挑起来。所以祖康年纪很轻时就放弃了仕途，开始从事经济财务工作。秦仲儒早些年曾与几个老友合伙开设一些典当、酱园之类的企业，但秦仲儒自己从来不参加管理，归隐之后更是撒手不问。有些企业管理不善，连年亏损。祖康继承祖业后，很快改变了这种状况，仅几年工夫，就表现出他的非常的理财能力。

祖康在而立之年，与几个意气相投的朋友，募集资金，筹备成立了上海储蓄银行。秦祖康任职总经理，公馆就设在沪西住宅区。

本来祖康是要携家去上海的，但秦老太爷决计要孙儿孙女随在他身边读书，不让他们去上海，老太爷说上海商气铜臭太厉害，小孩子去不得。

　　祖康无奈，便留下儿女，和妻子一同住在上海。

　　至于后来老太爷购买待秋山庄，祖康也是事后才知晓的。

　　家慧六岁的时候，还不怎么懂事，突然间从城里到了小岛上，对她来说，变化并不很大。六岁的家慧，在城里也好，在岛上也罢，能走多远呢，总是围在一个高墙的大园子里。

　　祖父是很严厉的。当然这一份严厉总是放在哥哥家轩身上。祖父规定家轩，每日在岛上的私塾放学归来，还要在祖父的书房抄录古书，背诵诗文两小时。其时家慧尚小，每次哥哥背书背得摇头晃脑，只觉得很好笑。可是想不到两年以后，祖父的这一份严厉就转到她身上了。上岛两年以后，家轩在其父祖康的全力支持之下，转到东吴大学中学部读书，离开了待秋山庄，回苏州去了。从此，祖父的用心便在家慧这儿了。

　　祖母在世的时候，祖父的严厉，常常被祖母的慈爱所融化。家慧的祖母并非豪门出身，只是苏州城里一家普通做草药生意的商人家的女儿，排行老七，从小未曾取大名，一直叫做阿七头的。以阿七头的出身，嫁到秦家，当然不能说是门当户对的，这里边自有一番缘故。这番故事，祖母讲给家慧听过，在家慧听起来，好像也没有什么了不起的地方，只是说祖父小的时候生了一场怪病，无医可治，是祖母的父亲配了草药救了一命，祖父和祖母的婚姻就是祖父的父亲当时许下的愿。祖母的名字叫作姜儿，是嫁到秦家后祖父给取的，姜字，一则跟阿七头的七字同音，另外在《诗经》中有"维叶萋萋"的诗句。

　　祖父对于家慧的要求，和对家轩的一样。那时候已可见家慧的秉性与家轩的迥异之处。家轩自小好学不倦，记忆力强，三岁能识字，六岁能造句，八岁能写诗词。家慧却是生性好动，无所用心，于知书识字，且是浅尝辄止，不求甚解。在私塾先生那儿是得过且过，每日总要被老先生斥责"孺子不可教"。私塾先生隔三岔五便到待秋山庄告状，祖父就用戒尺毫不留情地责打家慧。家慧吃痛不过，求饶不迭，下回果真用心一些，但不过两日三日，又故态重萌。

其时，虽然新学早已兴起十数年，但祖父和私塾先生几乎仍是独尚儒术，教授的俱是枯燥无味的东西。天长日久，家慧对于念书的厌烦，自是日甚一日，所以总是在适当的时候，祖母进书房来打岔，然后把家慧带出去。

祖母虽然出身低微，又不识诗文，但祖母一生磊落，端庄贤淑，所以便是恃才傲物的祖父对于祖母也是有几分敬重的。祖母从来认为，施教之方应取张弛相济之道。这种想法，出自一个旧式妇女的头脑，使祖父也大为惊奇，但却是祖父所不能接受的。尤其对于家慧，虽然是个女孩子，小小年纪顽劣之性昭然显著，祖父以为要加倍从严治学才是。

但是老祖母不能永远活着。祖母去世以后，家慧和祖父的抗争，延续了好几年，最终，还是以祖父的胜利而告终。以后的事实证明，祖父的教育颇有成效，随着年龄的增长，家慧幼时的顽劣性情日渐减少。到家慧的母亲沈淑云从上海回到待秋山庄时，十五岁的家慧所表现出来的一切言行，完全是一派大家闺秀的风范了。

当年，家慧的母亲沈淑云随秦祖康去了上海，两年以后，祖康

又娶了一房。并没有谁能够派出淑云的什么不是，只是淑云虽然旧
学甚好，主家政，但可惜一双小脚，三寸金莲，落后于时代，也落
后于丈夫的事业。祖康从事金融业，交际甚广，与洋人亦有往来，
常有交际晚会之类邀请携夫人同行，淑云便有诸多不便。淑云贤惠
厚道，能识大体，自知于丈夫事业无助，所以，自祖康萌生了再娶
的念头以后，淑云并无怨意，及至新人进门，淑云本意即回老家。
但祖康说，二姨太刚进门，不谙家事，你且带她一程。淑云就留了
下来，以后二姨太杨华萍在两年中连生两个儿子，淑云就更走不开
了。华萍毕业于上海英文专修学校，精通英文，且文理兼长，又善
于表达，实在是祖康事业上的一个好帮手。华萍虽然才华出众，为
人亦十分随和，并无丝毫和淑云争宠的意思，故淑云也无甚失宠的
酸楚。一家五口，和睦相处，但淑云知道自己早晚是要走的，到了
家梁家栋相继进了小学，淑云再提出，祖康和华萍都没怎么硬留。

　　淑云的归来，在待秋山庄的祖孙之间，是否像祖母那样起一些
调和作用呢？这是不可能的。现在在家慧和祖父之间似乎已经不再
有什么对抗，现在家慧已经是一位知书达理、规行矩步的名门闺秀。
况且母亲沈淑云，向来遵循三从四德，恪守妇道，对于祖父的吩咐，
无论如何总是一个"是"字。这样的楷模，对于家慧无疑具有以身
作则的意义。

　　淑云本是要回苏州南园故宅和儿子秦家轩同住的，但这一年家
轩出洋留学，故宅无人居住，淑云就上岛来了。

淑云在上岛途中，受了一回惊吓，他们的船被湖匪截了，却未曾遭抢劫，湖匪听说是秦家的人，就放行了。淑云惊吓之余难免有些奇怪，她曾小心翼翼地向祖父讲述了这件事。祖父说："放了你是你命大，有什么多问的。"

淑云说："是。"

事后母亲又问过家慧。

家慧说："不该我问的事，我从来不问。"

淑云说："慧儿懂事了。"

淑云从上海给家慧带了两块质地很好的布料，家慧看了一下，说："我有衣服。"

女仆陈妈和小翠围在一边左看右看，赞不绝口。

家慧看看她们，说："你们喜欢，就给你们吧，花的给小翠，陈妈你拿块绿的，可以做件旗袍。"

陈妈和小翠同时退开一步，陈妈说："小姐你说笑话，我们怎么能拿。"

家慧说："给你们，你们就拿。"

小翠摸着布料，说："真好看，这么好看的布，我是没有见过。"

陈妈说："呀，这么俏，我怎么穿得出呀。"

家慧说："有什么穿不出的。"一边说一边走了出去。

陈妈看看布料，又看看坐在一边的沈淑云说："太太，你看这……"

淑云说："既然小姐说送给你们，你们就拿吧。"

陈妈和小翠说："是。"各自夹了布料，喜形于色。

淑云说："陈妈，小姐是不是身体不适？"

陈妈说："小姐这几日身上来了。"

淑云说："小姐身上来很不适意吗？"

小翠插嘴说："小姐身上来，吓死人的，多得不得了。"

淑云说："所以脸色很不好呢。"

陈妈说："伤身体的。"

淑云问："怎么不请大夫看看？"

陈妈说："请过先生的，煎药吃了好些，总不见效。"

淑云叹了口气，说："我这个做母亲的，没有照顾好女儿，现在慧儿跟我，很生分了。"

陈妈说："太太你快不要这么说，哪有女儿跟娘生分的呢。"

淑云眼圈红红的。

等小翠走了以后，陈妈又磨蹭了一会儿，淑云看出她有话说，就问她，陈妈支吾了一会儿，没有说。

这一天午饭，老太爷不在家吃，到岛南罗老爷家聊天去了。淑云和家慧对坐，桌子是很大的八仙桌，榉木的，用久了，桌面光滑铥亮。菜有五六种，以清淡为主，鱼是清蒸的新鲜的鳊鱼，生炒鸡丁和酱猪肝，另有几样蔬菜，家慧只拣一样蔬菜闷闷地吃了几口，就不吃了。

饭后母亲到家慧屋里，家慧在看书。淑云说："你身上不好，歇歇吧。"

淑云又说："你吃得太少了。"

家慧还是没有应声，淑云心里有点难过。过了一会儿，家慧却突然问："你说毛胡子怎么会放过你的？"

淑云惊讶地看着家慧。

家慧笑笑，说："我是随便问问。"

淑云说："我回来头一次见你笑。"

家慧又笑笑，说："母亲在父亲那里一直很开心吧？"

淑云说："慧儿你怎么不叫我妈？"

家慧说："母亲不在家时，叫惯了，一时还改不过来呢。"

淑云说："我对你和家轩，没有尽到责任，倒是帮忙把家栋、家梁带大了。"

家慧说："祖父常常拿母亲的榜样来教导我的……"

淑云笑了一下。

家慧看看母亲，突然又问："毛胡子有没有怎么你？"

淑云愣了一下，看家慧脸上没有什么特殊的表情，她不明白是怎么回事，说："没有，什么也没有。"

家慧说："没有就好，我以为毛胡子都是很野蛮的，还是母亲福大。"

淑云不知说什么好。

家慧好像不愿意和母亲多说什么，淑云又勉勉强强说了几句关于家慧身体的事情，就走了。

晚上淑云在自己屋里，她感觉到很冷清，外面山风很大，在屋顶上吹着，有各种各样的声响。屋子很大，淑云有一点不习惯。上海的公馆，是西式的，房间虽小，隔音却很好，给人的感觉很安定。不过淑云刚去上海的时候，也是住不惯的，很想念家里的旧式房子。现在回来，倒又住不惯老式房子了。

后来陈妈进来请晚安，淑云留她说说话，陈妈就坐下来了。

　　淑云和陈妈说些家常话，话题总是要往家慧身上去。说到小姐，淑云就眼泪汪汪，陈妈看她这样，有点可怜她。陈妈自己也是为人之母，不过她是个寡妇，男人死了，就被儿子赶了出来。陈妈对于儿女的事，好像是很看穿的。在陈妈看来，小姐不是有什么病，可能是身上有邪气。有一次陈妈陪小姐去看先生，路上遇见岛上的胡老娘。胡老娘看了秦小姐一眼，就匆匆走过。事后，胡老娘再见到陈妈时，问她："你们家小姐是不是血亏？"

　　陈妈问她怎么知道，胡老娘说："你们家小姐身上阴气太盛，阳气不足，有邪。"

　　陈妈连忙问是什么病，胡老娘说恐怕不是病，然后她就说到房子的事情，陈妈心里自然明白，胡老娘是想来跳大神。可是秦老太爷不会答应的，所以陈妈回去也没有多嘴。现在既然太太回来，又关心此事，陈妈犹豫了好久，还是把胡老娘的话和自己的想法告诉了淑云。

　　淑云听过以后，沉吟了一会儿，说："这种事，我也说不准，老太爷知道吗？"

　　陈妈说："可不敢跟老太爷说这些。"

　　淑云说："怎么？"

　　陈妈说："胡老娘说是房子里的邪气，老太爷是最恨别人对房子说三道四的。真的。"

　　淑云说："房子到底怎么，陈妈你是本地人，你该晓得的。"

　　陈妈说："我不晓得，我真是不晓得，老太爷是不许说房子的。"

　　淑云也不好再追问陈妈。

过了一会儿，陈妈却自己说了，她说："听胡老娘说，是石敢当。"

淑云问："什么石敢当？"

陈妈说："原先这宅子门前有一块石碑，刻'石敢当'三个字，竖在大门前的，我是不识字，大家都晓得的。石敢当是驱邪镇怪的，吴家败落之前，门前那块石敢当，被人偷走了，后来吴家就不灵了。"

淑云半信半疑，问："那块石头，谁偷去了？"

陈妈说："我不晓得，不过我听到一点风声，太太你不要急，我去探访探访。"

淑云其实是不大相信这些的，所以她又向陈妈打听中医先生是怎么给小姐看病的，说了什么，陈妈一一回答了。

后来淑云就给祖康写了一封信，让祖康在上海弄一点西药。

一日吃饭时，淑云对家慧说："慧儿，你父亲给你从上海寄了药来，这药是进口的，很有效，你吃吧。"

家慧说："我不吃药，我没有病，我很好的。"

淑云说："这药不苦，是丸药，外面有糖衣。"

家慧说："我不吃。"

淑云愣了。

秦老太爷生气地说："家慧，你怎么这样说话，父亲给你弄的药，就是毒药你也要吃下去。"

家慧低下了头，过了会儿，说："是。"

淑云就问上海寄来的药吃了没有，家慧说吃了，淑云放心了。

又过了几天，淑云到家慧房里去，走在门口，遇见小翠从家慧房里出来，大概刚刚打扫过，手里端着簸箕，拿着扫帚，淑云看见簸箕里有几十颗药丸，连忙喊住小翠。

小翠十分慌张。

淑云："那药丸是小姐的吧，怎么，打翻了？"

小翠摇摇头，又点点头。

淑云："小翠你说呀。"

小翠说："小姐不肯吃药，把药扔在床底下，一大堆。"

淑云："小姐怎么这样。"

小翠说："太太你千万不要告诉小姐是我说的。"

淑云问："小姐待你们很凶吗？"

小翠说："不是不是，小姐有时候很好的。"

淑云看看小翠，没有再说什么，只是长长地叹了口气。

二

家慧的父亲病了。

家慧的父亲是在那一年春天病倒的，病得很重，从上海捎了来信，先是苏州的家轩和佩君去了上海。过了些日子，又叫人带信来，说祖康想见家慧。这已是初夏的时候。听到这话，淑云就哭起来，她大概知道祖康没有多少日子了。淑云是想和家慧一起去上海的，可是祖父说："你留在家里吧。"淑云只得说："是。"

这一年家慧十八岁。家慧六岁上岛，到十八岁，她在岛上已经过了十二年。十二年中，家慧很少出门，家慧只是在家轩和佩君结婚的时候，去过苏州。祖父决定由陈妈陪家慧去，另外又临时雇了长生护送。长生常常来给秦家打短工，长生是很能干的，他能做田里的活，还有木匠的活，泥水匠的活，漆匠的活，他也都能做。秦家有什么事，喊一下，长生就来了。而且长生去过上海，这些都是很有利的条件。

从地脉岛出发到上海，有三程路。第一程是水路，坐船，走半天时间，到陆港码头；第二程还是水路，坐小火轮，由陆港到苏州码头；第三程就是陆路了，从苏州坐火车到上海，总共需要两天时间，并且要在小火轮上睡一夜。

家慧打点了行装，拣一个风小一点的日子，他们就出发了。长生挑了一大担子，出门的行装很累赘，是淑云帮家慧整理的，家慧看到母亲把什么都往行李里塞，觉得母亲很烦琐。淑云却说："这些都是用得着的，从前出门带得还要多呢，连马桶也要自己带着走的。"

家慧听了，笑了一笑。

祖父说："你如何笑得出来。"

家慧低了头，说："是。"

船是秦家自己的船，两个船工都有相当的行船经验，所以即使有一点风浪，也用不着担心。

长生的任务，是护送小姐，但他常常要去帮船工摇船，大概坐在船上很闷。长生的力气很大，他一换上去，船就像箭一样，往前一蹿一蹿，水哗哗响。

船工刘二说："长生，悠着点，不要乱用劲，小心卵子串裆。"

长生说："你是不是串掉一个卵子了？"

刘二瞟了一眼，说："这个你问陈妈，陈妈有数。"

陈妈笑着"呸"他们，说："你们呀，嘴硬货不硬。"

长生说："你怎么知道刘二货不硬？"

刘二盯着陈妈说："试试。"

陈妈说："试试。"

家慧原本在船舱里看书，听见上面吵闹，伸出头来看，她看见平时总是黄着脸的陈妈，现在脸上红光润泽，眼睛亮闪闪，她听见陈妈说："试试。"

家慧问："陈妈，什么试试？"

他们都笑。

长生说："小姐你不能听，老太爷教导你非礼勿听，对吧？"

家慧说："什么非礼，什么事情非礼？"

长生邪气地一笑，说："在说刘二和陈妈相好的事情。"

家慧的脸红了一下。

陈妈说："小姐你不能听他们的，这些人很下流的。"

家慧想了一想，说："陈妈你呢，怎么在家里从来不见你这么开心？"

男人们听家慧这么说，又笑起来。家慧听长生笑的声音特别响，她看了他一下，长生也正在看她，家慧心里一动，她发现长生的眼神中有一种鼓励的意思，鼓励她什么呢？

长生摇船热了，脱了褂子，光着膀子，皮肤油光黑亮，汗珠有黄豆那样大，家慧不由笑了起来。

长生说："你笑什么？"

家慧说："我笑什么不关你的事，说了你也不懂。"

长生冷笑一声，说："在这里少摆你的臭小姐脾气。"

陈妈连忙骂长生："你敢说。"

家慧说："你才臭，一身臭污，二脸臭油。"

长生说："你在这里凶什么，有本事到老太爷面前去威风呀，在老太爷面前，你就瘟啦。"

家慧说："我瘟不瘟，关你什么事。"

长生说："关我卵事。"

家慧涨红了脸，不好再说。

家慧听了长生的话，心里很难过。父亲是很喜欢家慧的，父亲有三个儿子，只有家慧这么一个女儿，自然是格外的疼爱，虽然不常见面，但那一份父爱总是能够温暖家慧的。

大家都不说话，只有船橹的"吱呀"声和"哗哗"的水声，后来刘二和着摇橹的节奏，唱起一首渔歌：

太湖茫茫跨三洲，

难容渔家一叶舟，

　　　　亲爷亲娘眼泪流，

　　　　我唱山歌解解愁。

　　　　太湖茫茫跨三洲，

　　　　难容渔家一叶舟，

　　　　东南风来雨乒乓，

　　　　西北风来冷飕飕。

　　刘二从前是网渔船上的捉鱼人，后来才到地脉岛定居的，想起从前的日子，他唱的渔歌有点忧伤。

　　长生说："刘二，来支荤一点的。"一边说一边看了家慧一眼，又说："不要听的人，耳朵闭紧啊。"

　　刘二又唱了几句：

　　　　红娘子来子红娘，

　　　　埋怨奴家爹和娘，

　　　　三百六十行不给，

　　　　把奴许给网船郎。

　　仍然是有点忧伤的，长生说："刘二现在上心思了，我来唱一唱吧。"

　　长生唱：

　　　　贪那乌背鲫鱼泡鲜汤。

长生唱得很有味道，他中气足，嗓音浑厚，家慧不由又看了长生一眼。

陈妈却"哼"了一声，说："贪个鲫鱼汤。"

长生兴致很高，又唱了一支：

　　脱你小衣吹风凉，

　　一对白兔活蹦跳，

　　十八里水路奶花香。

　　……

这一回家慧不能再看长生了。

陈妈说："你个坏坯，不清不爽地乱唱，小姐在这里，你小心点。"

长生说："我起先已经讲过，不要听的耳朵可以闭紧么，只怕有人嘴说不要听，心里要听煞。"

陈妈连忙看家慧的脸，家慧并没有生气，陈妈松了一口气。俗话说伴君如伴虎，伴这个小姐，陈妈也是提心吊胆的。小姐的脾气叫人捉摸不透。该开心的时候，她会生气，有时候该生气，她倒很开心，只有在老太爷面前，小姐总是乖顺的。

这时候刘二尿急，让长生换他一把。长生换下了刘二，刘二到船艄上往湖里撒尿，回过来躺在船板上休息，他看了会儿天，说："你们看这云。"

大家抬头看，天上的云，很怪，云叠着云，厚厚实实。

刘二说："今年的天气，恐怕不怎么样呢。"

陈妈说："是呀，胡老娘前些日子就说了，今年扫帚星走过几回，恐怕秋里不灵，田里收成不牢靠呢。"

刘二说："唉，不定又要闹荒吧，租米也该减几成了。"

家慧对这些不感兴趣，收成租米跟她没有关系，秦家在岛上的田，虽也是放给人家种的，但每年收租什么的，自有管这档事的人去管，而且秦家在岛上的田并不多，他们的主要的业务在城里。不像岛上罗公、卢公那些人家，都是有许多田的大户人家。家慧有时听罗公、卢公他们来跟祖父说，他们每年收租的事也是很烦人的。

大家顺着他的手看，那块云像什么呢？

长生说："你们看像不像一个大奶子女人？"

刘二说："像。"

一边说一边好像在家慧身上瞄了一眼。

刘二说："是呀，长生去过上海，说说。"

长生得意地咳嗽了一下，说起他和长贵去上海的事，长生说，他和长贵去逛街，长贵被两个大奶子女人拉住了，那两个女人拉住长贵就往他身上靠，吓得长贵摸出几张票子扔给她们就逃走了。

刘二说："你呢，你也硬不起来了吧？"

长生说："我怎么硬不起来，我是没有几个钱，有钱我才不会像长贵那熊样呢，有钱我就开他娘的一次荤。"

刘二说："那些女的，怎么样，奶子真的很大？"

长生说："娘的，别的没见着，那两个，实在是，仙女似的，没见过。"

陈妈说："你个土老鳖，上街拉客的，顶多是个三流货，野鸡、钉棚；真正好货，是不出门的，从前叫作书窝；或是长三堂子里的婊子，你根本见不着的，那才叫上等货呢。"

家慧插嘴说："怎么样漂亮？"

长生说："反正，反正，也说不出来，反正是抹口红，画眉毛的。"

长生又说："哼什么，反正比……"说了一半停下了，下面的意思大家也猜得着，他是想说反正比你漂亮。秦家慧的相貌，本来也只能算是中等，脸上又没有血色，白苍苍，黄蜡蜡的，胸部平坦坦，屁股瘪塌塌，实在是少几分姿色的。

长生继续说："那两个支女，花功实在是好……"

陈妈打断他，说："什么支女，婊子就是堂子。"

长生说："你懂什么，支女就是婊子，官话就是支女，这个字我也晓得的，一个女字边旁，加上一个支，支女。"

家慧忍不住"扑哧"一笑，后来越笑越厉害，弯了腰，眼泪也下来了。

刘二也笑着说："好像不是叫支女，是叫妓女吧。"

长生哈哈一笑，说："管她支女还是妓女，反正都是卖货。"

大家一起说说笑笑，后来船到了陆港码头，他们在小馆子里吃了饭，刘二他们就摇船回地脉岛。家慧三人在船码头等傍晚开的小火轮。

那时的小轮船，客人都是住在拖船上的，拖船有房舱、散舱、烟篷等分别。房舱是最上等的，一间房舱，一般住四个人，散舱的人就多一些，烟篷是最低级的，但位置却最高，在拖船船舱的顶上，只有半个大人高，大家爬进去，全排躺在上面，人挨人。家慧他们当然是坐房舱的，长生和陈妈也跟着沾光。以往长生出门，都是坐烟篷的。房舱的价钱要比烟篷贵好几倍呢。一张烟篷票，只要二角钱，而房舱却要一块钱。

到下晚上了船，陈妈和长生把铺盖打开来。那时候在大城市和大城市之间早已经通了火车，而在乡下地方，这种小火轮仍然是很落后的，船上虽然有铺位，却没有铺盖，盖的垫的都要旅客自己带，所以那时候的人，一出门，就要挑一大担子。小火轮到了苏州，铺盖行李便要留在苏州，因为从苏州到上海，有了火车，很快，用不着铺盖了。

天将黑的时候，小火轮开了。家慧他们那一间房舱，除了他们三人，另外还有一位先生，四十多岁模样。长生同他交谈了几句，知道是做生意的。那位先生也问了长生，长生说了，人家马上很仰慕，他对家慧躬腰示意。

因为坐在拖船上，震动不厉害，大家很快就睡了。家慧在半夜里被尿憋醒了，轻轻喊陈妈。陈妈睡得很死，喊不醒，倒把长生喊醒了。

长生撑起身体，说："什么事？"

家慧不好意思，说："没，没什么。"

长生说："尿急了，还没什么，没什么你就尿在裤子上吧，你们这种人。"

家慧说："我又没喊你，不要你管。"

长生不再啰唆，大声喊醒了陈妈，由陈妈陪家慧去小解。

长生说："用不着你管。"

家慧很生气，说不出话来。陈妈劝她说："小姐，你不要跟他计较，他是有名的蛮人、犟牛。"

家慧冷笑着说："我跟他计较，他是什么东西，也配我跟他计较。"

陈妈说："小姐不计较就好。"

回到房舱，躺下来，过了一会儿长生也进来躺下了。舱房小，鼾声、呼吸声，声声入耳。家慧听长生粗重的呼吸，十分近切。家慧心里很气长生。家慧长到十八岁，除了祖父可以训斥她，别人都不能把她怎么样，可是长生竟敢不把她放在眼里，如此恶言相讥，冷语相讽，家慧当然生气。但家慧也有痛快的地方，在祖父面前，不管祖父说什么，她只能说"是"。但是在长生面前，她却可以随心所欲地针锋相对地和他以牙还牙。他恶言相讥，她也可以恶言相讥；他冷语相讽，她也可以冷语相讽，唇枪舌剑，这实在使家慧觉得很痛快。

一觉醒来，天已亮了，很快就到了苏州的码头，大家收拾了铺盖下船。长生把铺盖挑到南园的老宅存放，家轩和佩君虽然不在苏州，但总是有人守着房子的，然后三个人就一起去赶火车，这样在第二天中午，就到了上海。

因为走得比较急，事先并没有来得及通知上海。一来在岛上是不好发电报的，要发电报，要到苏州电信局，但既然到了苏州，坐火车到上海，也就比电报快了，所以没有发电报。反正有长生在，大家都比较放心，长生是很能干的，并且来过上海秦祖康的公馆。

　　他们下了火车，长生就叫了两辆黄包车，讲定价钱，直奔家去。到了门口，通报进去，很快，二姨太杨华萍就走了出来，家慧看她的脸色，并不是很焦急或是很难过，家慧心里松了一点。她上前叫了一声："二妈。"

　　华萍非常喜欢，连忙拉住家慧的手说："慧儿，一路辛苦了。"

　　家慧说："父亲的病怎么样了？"

　　华萍说："这几日倒好些了，起先是很吓人的，这几日稳定下来，大夫说，看来没有危险了，不过还是要歇一段时间的。"

　　一边说一边引家慧到了祖康屋里，祖康已经听说女儿到了，正斜靠在床上等着呢。见了家慧，祖康很高兴，让家慧在床沿坐下，细细地端详着，看了半天，祖康说："长大了，大姑娘了。"

　　家慧笑了一笑。

　　祖康问了家慧一些事情，家里怎么样，祖父怎么样，母亲怎么样？家慧一一回答。在祖康问到淑云时，华萍说："姐姐怎么没有一起来？姐姐回去有几年了，家栋、家梁还天天念着大妈呢。"

　　祖康说："淑云不来的好，老太爷一人在家，淑云留着，有个照应。"

　　说了半天话，家慧一直没有见到家轩和佩君，问起来，说是出去了。

　　后来家栋、家梁放学回来，见过家慧。家慧见这两个弟弟，已经长得人模人样了，亦是喜欢。

　　到傍晚的时候，家轩和佩君才回来。

家慧看佩君穿着很时新的衣衫，剪了短发，神采飞扬，面色红润，举止又是十分的活泼、大方。相比之下，家慧穿得就比较守旧，色彩也偏老气，家慧脸色又不好，苍白没有光泽；加之家慧举止言行十分的循规蹈矩，所以虽然佩君要比家慧大五岁，反倒显得比家慧年轻似的。

佩君很热情，见了家慧，话就说个没完，又拿出在上海新买的衣衫，一定要叫家慧穿上，家慧当然是不肯穿的。佩君又提出要陪家慧上街去，家慧说："我要陪着父亲。"

第二天一早，华萍让陈妈留下帮她做些事，叫长生陪着小姐上街。家慧没有看见家轩和佩君，华萍说，佩君本来是要陪家慧上街的，一大早有些事情，已经和家轩一起出去了，反正由长生陪着，出不了错。

家慧就和长生坐了小轿车出去，轿车是父亲的包车，家慧头一回坐，觉得很闷，又看不清沿街的景致，所以到了一处，停下来，家慧说想坐黄包车。

长生就叫轿车回去，叫了一辆黄包车，家慧先上去了，长生站着不动，家慧说："你上来吧，装什么腔。"

长生说："我以为小姐叫我在后面跟着奔呢。"

家慧说："你也只配跟着奔。"

两人坐在黄包车上，一个苍白，一个黝黑；一个清瘦秀气，一个粗俗土实；一个锦绣衣装，一个布衣大褂，对比鲜明，所以一路上路人都朝他们看。长生对家慧说："你看，人家都看我们呢，人家肯定在想，这一对，不配呀。"

家慧"呸"他一声，说："你以为很配吗？"

长生没有说话，却挪了一下，尽量坐得舒坦些，黄包车太窄，长生人很壮，挤住了家慧，家慧有点不自在，但又不好说什么，是她叫长生坐上来的。

一路走，长生一路给家慧讲，十句倒有八九句是胡编乱造的，后来家慧突然说："怎么不见你说的那种'支女'呀？"

长生说："那是夜里的事情，小姐要看，夜里陪你出来看。"

家慧说："我是不要看的。"停了一会儿，又问："人是夜里出来，她们的店呢，店也是夜里出来呀？"

长生四处张望。

这时黄包车夫也搭上了话，说："妓院呀，又不明写的，你看，那边的'福喜堂'，还有那里的'彩虹堂'，都是的。"

长生勾了头朝里边看，家慧不由笑了。

他们一路走，总是觉得街上的人不是很坦然，好像都有点什么事情，走路匆匆忙忙，神色也有些紧张；一路就听见报童卖报，喊：看报啦，看报啦，看日本人的军队打到哪里哪里了，日本人怎么怎么了。

黄包车夫告诉家慧和长生，上海这几日很吃紧，说日本人快过来了。

中午回到家，看见家轩、佩君和父亲在谈话，神色也很沉重。下午祖康就对家慧说："我这些时好多了，你早一些回去吧，现时上海风声很紧，也不知日本人要做什么，祖父和你妈不放心的。"

家慧说："是。"

又过了一天，就送家慧三人回去了。华萍备了好多礼物给家慧带回家去。家轩和佩君暂且不走，家轩在苏州的分行做事，业务上本来就和上海的总行联系在一起的，他们要商议大事，还得留几天。

家慧三人坐火车回到苏州，长生去挑了行李铺盖，赶到轮船码头，却见人满为患，听说日本人要来打上海，许多在外面做生意的人，都要回乡下躲避，有些人在乡下有亲戚，也要去投靠，所以船票很紧张。一打听，当天回到陆港的船，房舱和散舱都已客满，只有烟篷，还稍许有些空余的位子。小火轮都是在夜里开的，一天一次，这一天不坐，就要等到下一天。长生、陈妈和家慧商量，家慧说你们说走就走，烟篷就烟篷。于是三个人买了烟篷的票。

上了船一看，烟篷也是很挤的，因为烟篷很矮，人站不直，只能爬出爬进。当然是挨在外边的方便一些，所以先到的人都抢了外边一点的位子，家慧他们上去，只有往里爬了。长生和陈妈护着家慧爬进去，抢着铺好铺盖，不能坐，就只好躺下来。家慧躺得不舒服，好像褥子没有垫平，坐起来，忘了是在烟篷上，一直身子，头就撞在烟篷顶上，一层灰掉了下来，弄得一头一身全是灰，还不能动，唯一的办法就是躺着。

坐烟篷的都是下等人，所谓上等人，是绝不可能坐烟篷的，所以陈妈连连说："委屈小姐了，委屈小姐了。"

在他们两旁，都是些粗俗的乡下男人，见烟篷上有家慧这么一个富家女子，细皮嫩肉的，都邪邪地看着家慧，在铺铺盖时，长生和陈妈就把家慧夹在中间，两人在两边保护着她。

天黑开船后，一会儿那些人就打起鼾来。家慧从来没有过这样的经历，看着船上一盏很暗的煤油灯，睡不着，看看陈妈，陈妈已经睡了，再看看这边的长生，长生背对着她，没有声息，大概也睡了。

不知过了多久，长生翻了一个身，翻过来，朝着家慧，不仅身子挤了过来，连脸也贴近了家慧的脸，一股男人的气味扑了过来。家慧连忙往一边让，可是让不过去，那边陈妈睡着。

家慧浑身燥热，正不知怎么办好，长生突然睁开眼睛，说："是不是有个男人在旁边睡不着觉？"

家慧又气又急心里又慌，不知说什么好，过了一会儿，她说："你，你死。"

家慧说不出话来。

这时候陈妈被吵醒了，她支起身子看看，因为光线很暗，看不清家慧和长生脸上的表情。

陈妈说："长生你做什么？"

长生说："我睡觉啊。"

家慧哼了一声。

陈妈说："长生你当心，你要是敢欺负小姐……"

长生说："我怎么敢欺负小姐呀。"

陈妈说："你这种坏子。"

长生说:"你既然不放心,你和小姐换一个位置,你睡到我旁边。"

陈妈那一边,是一个乡下男人,当然不能让家慧睡过去,长生得意地一笑,重新躺下来,把脸转过去。

陈妈对家慧说:"小姐你睡吧,我不睡,等你睡着了我再睡。"

家慧躺好了,一会儿,陈妈就打起呼噜来。家慧经过这一闹,心境反而平和了,后来她就睡着了。

第二天早上,船到了陆港码头,整理好铺盖,上岸的时候,陈妈说:"小姐,住烟篷的事,可不敢告诉老太爷。"

家慧没有作声。

长生笑着说:"你放心,她才不会告诉老太爷呢。"

家慧正要说什么,就看见刘二两个船工迎了上来。

三

地脉岛孤绝于太湖之中,山清水秀,风光旖旎,人称世间蓬莱,历来是各朝各代归隐之士趋之若鹜的地方。大凡隐士,总是有一些与众不同之处,或为社会所不容,或不容于社会,故此地脉岛常出怪人也就不足为怪了。

在地脉岛,先前曾有一位隐士,人呼之"散发书生",曾为明朝大官,以后归隐地脉岛。为官数十载,一生清廉。上岛时,船中空空,船身太轻,经不起风浪,取一巨石作镇船之物。这位隐士十分孤僻,言行超逸,大有泰伯、仲雍之遗风;可惜上岛以后,却是贫困交加，最后染疾而亡。隐士生前，虽然信奉"贫不卖书留子读，老犹栽竹与人看，不作风波于世上，但留清白在人间"的原则，但一则因为他虽有子女后辈，却是未行孝道，并未随其上岛来；二则因为上岛后无以为生，只能变卖些诗书画稿维持生计，据说临终之前，身边只有一个朋友，此人却不是什么隐士高人，甚至不能断文识字，乃地脉岛上一农民，与这隐士结为知己。

　　至于隐士临终将何物交与老农，当时岛上众说纷纭，莫衷一是。这都是数百年前的事了，现在的人恐怕都不知道了。

　　这位老农，却是长生家的祖上。

　　长生家在地脉岛上也算是一个特殊的人家。

　　长生家是岛上的外姓人。地脉岛上，以胡姓、江姓两大家族为主，其余的姓氏，大都不是本地人，或是网渔船的人上岸来定居的，或是北面逃难来的。长生家在地脉岛上虽也有十数代的传人了，但因为姓周，仍被认为是外地人，又因为家中穷困，在岛上自然是势单力薄，孤立无援。长生兄弟从小被人欺负，但生性却一个比一个蛮横。十多年前长生的大哥长根犯下一桩命案，官府来捉拿归案时，长根逃下太湖，投了胡老八。胡老八是太湖上最大的土匪头子，不要说湖中岛和沿湖的平民百姓，即使是太湖中其他帮派的湖匪，听到胡老八的名字，无不望风而逃。长根所以投胡老八，倒不是因为胡老八名声特别大，只因胡老八原本也是地脉岛人氏。

　　长根投了胡老八，据说还是小头领，大家慑于胡老八，无人再敢欺压长生母子，而长生并没有仗着长根反过来欺压别人。对于长根孝敬的钱财，母亲是一概退回，长生母子仍然自食其力。

当初秦仲儒刚上岛时，就听说太湖上土匪很多，为防万一，秦老太爷雇了些许家丁，购了一些枪支。在开始几年，倒是没有什么土匪来打劫。可能因为地脉岛是胡老八的老窝，胡老八自己自然不会来吃窝边草，别的小股土匪也不敢贸然来捣胡老八的窝，所以地脉岛倒成了一处安详之地。可是过了些年，太湖上的情况越来越复杂，各路土匪越来越多，也有不买胡老八账的，或者不知地脉岛是胡老八的老窝，时有上岛来骚扰，地脉岛不太平了。

秦仲儒家也被骚扰过几回，几个家丁几支枪，根本没有用。但因为事先有所防备，贵重物品都留在城里，山庄里只是有些书册字画，土匪不识。

虽然损失不大，但被土匪捣乱得提心吊胆，担惊受怕，所以秦仲儒还是报了官的，但乡公所以及县里的警察对于湖匪向来是无能为力的。沿湖一带的保安治安力量，也曾多次联合行动，警察总署也多次派遣剿匪部队南下太湖，都只不过吓一吓小股的土匪，于胡老八这样的江洋大盗，却是无损一丝毫毛。

在长生十五岁那年，一个人驾着小船在太湖上捕鱼，因年少力薄，一着不慎，掉下了太湖。附近湖面上虽然有几条渔船，但太湖渔民是很迷信的，不肯救落水之人。正巧奉老太爷的船经过，救起了奄奄一息的长生。

过了不久，长根回来了，到秦仲儒门上谢恩。长根说："我们兄弟两人，我已经是没有指望了，只有这个弟弟，能尽孝道，代我供奉老娘，秦七爷救了他一命，比如再生父母，不知怎么感激为好。"

秦仲儒说："你如若真是感恩的话，不如弃暗投明，回岛上好好过日子。"长根说："这已经是不可能的了，但我可以保证，你们秦家从此不会再有人来骚扰。"

　　果真，从此以后，秦家一直太平无事，大家都明白，这是胡老八给长根的面子，胡老八发了话，别的小股湖匪吃不透秦家的来头，都不敢贸然侵犯了。

　　这样长生家和秦家也就有了一层很特殊的关系。秦老太爷每年要送些贵重礼物给长生，长生都一一转交长根和胡老八，长生母子分文不取。秦家有什么活干就叫长生来，工钱优厚，长生倒是受领的。

　　正因为如此，老太爷才可能叫长生陪同小姐去上海。

　　家慧回来，同老太爷讲述了去上海的经过和父亲的情况。

　　太爷说："就这几句话？"

　　家慧说："是。"

　　老太爷说："你去了这几天，就这几句话。"

　　家慧说："祖父说过，女儿家应该少管闲事的。"

　　老太爷"嘿"了一声，说："怎么是闲事呢，我是想听听现在的形势，祖康在上海，倘是日本人真的来了，怎么办？要叫他早做准备。"

　　家慧说："时局什么的，我说不出来，你可以叫长生来讲，他知道的。"

　　当日老太爷就差人去叫了长生来，长生应老太爷的吩咐，把自己在上海看到和听到的有关日本人的消息，一一禀报老太爷。

老太爷听罢，沉吟了片刻，说："如此看来，局势是不好哇！祖康的洋行，是和西洋人联的，这东洋人来，能有好果子吃？实在叫人不得安心。"

老太爷说："话是这么说，我终究是不能不问的，我还有些老人在上海，不如由我去一趟。"

淑云连忙劝阻，说："老太爷，你还是不去的好。"

老太爷想了想，说："就这么定了，我隔日就动身，你和家慧在家，家慧那里，你要用点心思。"

淑云还想说什么，老太爷挡住她，说："你不要说了。"

淑云说："是。"

老太爷又说："我让长生常来看看，长生对我们家，相帮很大的。"

老太爷临走前，把淑云、家慧叫去，先叫家慧背诵《女儿经》。

家慧觉得奇怪，说："那是我六岁时学的。"

老太爷不高兴，说："你忘了？"

家慧说："没有，我时时温习的，不会忘的。"

老太爷说："那你就背。"

家慧说："是。"就背诵《女儿经》。

⋯⋯

习女德，要和平，女人第一是安贞。

父母跟前要孝顺，姐妹伙里莫相争。

父母教训切休犟，姐妹吃穿心要公。

东邻西舍休轻去，早晚行时须点灯。

　　　　油盐柴米当爱惜，针线棉花莫看轻。

　　　　莫与男人同席坐，莫与外来女人行。

　　　　兄弟叔伯皆避忌，惟有娘亲步步从。

　　　　……

　　背到一半，祖父沉着脸说："我是要你用心背，你如何只用嘴背。"

　　家慧说："是。"重新又背。

　　背完之后，老太爷说："我这次去，要在苏州停几天，把王家那门亲事定下来。要是顺当的话，我回来时，携王二少爷一起来，你们见上一面。"

　　家慧不语。

　　老太爷说："家慧，你听见没有？"

　　家慧仍不开口。

　　老太爷生气了，咳嗽起来。

　　淑云连忙说："老太爷别急，慧儿是女儿家，不好意思开口，慧儿的事，能由你老人家做主，也是我们的福气，我代慧儿回老太爷。"

　　老太爷摇头说："你是你的意思，我要家慧自己说。"

　　家慧还是不说。

　　老太爷说，"这桩事你愿也罢，不愿也罢，是早就定了的。"

　　淑云说："慧儿知道。"

　　老太爷说："祖康家的，我跟你说，我走了，你对你这女儿，好生管教着。"

淑云说:"是。"

老太爷走后,淑云问家慧:"老太爷怎么突然提到这件事情了?"

家慧说:"我怎么知道。"

淑云看着家慧。

家慧说:"母亲,看着我做什么,是不是我做错了什么事?"

淑云说:"不是的,我是想,那王家二少爷……"

家慧说:"我自己不急,母亲急什么呢。"

淑云张了张嘴,不好再说了。

秦老太爷这一去,原本至少十天半月。不料三天之后,老太爷就回来了,原来上海根本就没有去成。这已是七七事变以后,局势吃紧,人心惶乱,火车上十分拥挤,并且听说常常要给兵车让路。苏州到上海原本两小时的路程,有时要走大半天,家轩和佩君此时也已回苏州,坚决不同意老太爷去上海,老太爷只好作罢。只是在苏州发了电报,叫祖康携家眷回乡下来避一避。

既然上海不去,老太爷就要把王家的亲事落实下来。那一日,由家轩、佩君陪同去了王家,这王家的门第,当然是秦家相当的。从前两家是世交,现在王老太爷已经仙逝。

王子逸见到秦老太爷,十分惊奇,连忙请秦世伯上座,客套寒暄了一番。秦老太爷就挑明了来意,不料王子逸脸上十分尴尬。

秦老太爷不快地说:"怎么,是不是我们秦家的人配不上?"

王子逸苦笑着说:"世伯言重了,这实在是一个误会,其实犬子已于两年前完婚,如今膝下已有一子。"

秦老太爷愣了半天,家轩和佩君忍不住要笑,却不敢笑出来。

秦老太爷说:"当初我和令尊说定的,怎么可以当儿戏。"

王子逸说："父亲当年也曾说过这事，但只是玩笑而已，两家既未换过帖子，又未正式商议。"王子逸看秦老太爷不说话，他继续说："何况现今的年轻人，不比从前了，都是自由的。世伯你在乡下可能有所不知，城里现在不比乡下，哪里还有什么父母之命，媒妁之言呀。你们家轩和佩君，恐怕也是自由的吧。"

秦老太爷愣过之后，突然站了起来，对家轩和佩君说："那我们走。"

家轩、佩君一面向王子逸做眼色，一面搀着老太爷走出去。

秦老太爷回岛，只字不提王家的婚事，倒叫淑云和家慧好生奇怪，淑云几次想探探口风。老太爷总说："这件事不要提了。"后来还是家轩、佩君上岛时，说了出来，大家一阵好笑。

过了一日，佩君同家慧开玩笑，说："妹妹大概正在家里等着和新姑爷见面吧。"

家慧淡淡地一笑，说："我没有等什么人，有什么好等的。"

给佩君吃了一个软钉子，不过佩君并不往心上去。家慧的脾气，大家也是知道的，所以佩君说："妹妹倘是信得过我，可以把事情交给我，像妹妹这样的才学、相貌，苏州城里名门公子还不任你点？"

家慧说："不劳嫂嫂费神了。"

佩君却是穷追不合，问："莫非妹妹已经有了心上人了？"

两个人说着，外面山风呼啸，夜色沉沉，油灯飘忽不定，佩君不由得有点害怕，应付了两句，就告辞了，家慧却在屋里笑了起来。

自从由长生陪着去了一趟上海，家慧和长生就熟了。长生到秦家来做活，倘是在柴房，家慧就到柴房去；倘是在花园里，家慧就到花园去，两人说话，仍然是唇枪舌剑。有时长生隔几天不来，家慧就到长生家里坐坐。

长生说："老太爷您叫我做什么都行，可是要我改过自己的脾性，却是很难；再说我们是粗人，说话行事，本身就是粗俗的，如何改得了。"

秦老太爷平时是很严厉的，恐怕只有长生敢这样同他说话。

长生然后说："你们大户人家的小姐，总是中看不中用的多，放在屋里，比菩萨还难侍候。"

一番话说得秦老太爷开不了口了。

这番话，偏巧被小翠听去了，后来小翠搬弄口舌，到处去说给人听，以后家慧也听到一些话，就把小翠叫来，要她再说一遍。

小翠连连说："小翠不敢说了。"

小翠便把她记得的那天老太爷和长生的谈话又说了一遍，末了小翠说："我要是有半句假话，我就烂了舌头。"

家慧又笑一笑说："假话是没有，但话却是太多了一点，我看你去做说嘴媒婆，倒是很合适的，几时我跟老太爷说说，让老太爷荐你出去吧。"

小翠哪再敢多嘴多舌。

中秋节前几天，秦老太爷在家里设宴，请岛上几位老爷来做客，全家平时人手少，请客时，照例要请一些人来做帮手，长生当然是其中主要的一个。长生又能干又能说，他一来，秦家院子里就热闹。

每次请客，长生总是做厨子的下手，和厨子配合得天衣无缝，换一个人厨子还不满意呢。

老太爷请客，亲家女眷一般是不上桌的。淑云和家慧给客人行过礼，就退下了，淑云守在一边侍候着，家慧没有什么事情，就转了出来。

天色将黑，家慧在院子里转了一会儿，就朝灶屋走去。灶屋里几盏油灯同时点着，里边热气腾腾。家慧在门口望进去，就见长生在做火头军，坐在灶前烧火，小翠站在边上，等厨子炒了菜，就端出去。家慧正要出去，看见长生把小翠往身边一拉，一只手烧火，一只手放在小翠的屁股上摸来摸去，小翠笑着尖叫，声音又脆又软，厨子在一边哈哈大笑。

因为他们都背对着门口，没有人看见家慧，后来还是厨子一回头，看见了家慧，连忙说："小姐来了，进来呀。"

家慧不进去。

小翠见了家慧，脸上一阵红一阵白，长生却哈哈笑着，说："小姐下灶屋，少见呀。"

家慧转身就走了。

仲秋之夜，一家老小在院子里看月亮，家慧大概着了凉，发起烧来，几天几夜退不下去，不仅淑云惊慌失措，连老太爷也急起来了。淑云含含糊糊跟老太爷讲了胡老娘的意思，老太爷是明白人，听了果然有些不快，说："照你的意思，是要把那个胡老娘请回来？"

淑云说："听说有一块'石敢当'，被老江家偷了去，垫了猪圈。"

老太爷说："既然你们这样想，就去跟老江家商量，要回来么。"

淑云说："要过了，他们不肯。"

老太爷说："给点钱么。"

淑云说："是。"

当日就叫管家和两个下人，到老江家去买回那块"石敢当"。可是，老江家兄弟五个十分蛮横，怎么也不肯，管家空手而归。

隔日，长生知道了这件事，说："买什么，本来就是秦家的，我去要回来。"

长生到了老江家，也不说话，就到猪圈里把那块石头抱出来。老江家几个兄弟闻讯赶来，和长生闹起来。一面要拿走，一面不许动，后来就打了起来。五个打一个，长生的头被打破了，五兄弟虽然蛮横，见了血也有点害怕。这时老江赶了来，一见长生，连忙赔不是，一边把兄弟狠狠地训斥了一通。长生也不理睬，用袖管抹了一下头上的血，搬起那块"石敢当"，就走了。

"石敢当"要回来，当日就在待秋山庄门前竖了起来。

家慧几天来一直躺在床上，听母亲讲了这件事，家慧不冷不热地笑了一笑。到下午，家慧看见小翠在门口探头探脑，她叫住了小翠，问什么事。

小翠说："长生来了。"

家慧说："他来做什么？"

小翠说："他来看看你。"

家慧说："有什么好看的。"

小翠说:"长生的头破了,包了一圈白布,好笑死了。"

正在说着,长生就进来了,家慧一看他头上果然包着一圈白布,有一个角上松了,一块棉花球钻了出来,在外面晃荡晃荡,模样十分古怪,家慧不由"扑哧"一笑。

长生说:"千金难买一笑啊。"

家慧看看长生。

长生又说:"'石敢当'请回来了,你的病也该好了吧。"

家慧说:"我有什么病,我什么病也没有。"

长生说:"你没有病,我头上这一记生活不是白吃了。"

他们有一句没一句,不冷不热地闲扯了一会儿,长生和小翠就走了出去。两个人走出去,家慧听见他们在外面窃笑。

四

这一年的灾情,果真是很严重,主要是虫灾。到了秋收时,满田的白梢,产量很低很低,一般能收五百斤水稻的,这一年至多只收百十来斤。地脉岛上水田很多,大部分都是富户人家的。这些大户,一般都住在城里,乡下的田放给农民种,每年由催子出面收租。催子的任务一方面向田主报告当年收成情况,决定收租的成数,另一方面就是在乡下催租收租。秦家在岛上的田不多,而且秦仲儒老太爷又是常住在岛上,收成如何,老太爷是知道的,所以催子来报荒时,老太爷就答应按四成收租。但是有些催子,为了自己的私利,往往勘荒不公,报荒不公,以致一些田主在城里并不知实情,仍以高成收租，引起佃农的不满。就听说长生和一些人在捣鼓，准备闹"共荒"，长生的母亲平日在家，自发黄豆芽，每日清晨由长生挑着到各个山村叫卖，现在长生借卖黄豆芽之便，挨家挨户叫"共荒"。

秦家那几日，有些活等着长生做，等了好几天才等到长生有些空闲。长生一来，大家就围住他问长问短。

长生说："今年这收成，不闹一闹人活不下去了。"

家慧在一边插嘴，说："关你什么事，你闹什么，你又不欠人家的租米。"

长生横了家慧一眼，说："我喜欢闹，关你什么事。"

前些年岛上也闹过"共荒"，抓了好几个，吃官司，打得半死，放回来，还是要交租米，一分不减。

长生说："这一次你们看我的。"

到第二天，家慧就听陈妈、小翠和几个下人说要去看热闹，说是长生闹的头，弄了一大批的人，要到姚富全门上报荒减租。

这姚富全，是地脉岛上最厉害的一个催子，他一个人就代管了好几户人家的田户，租米交多交少全在他嘴里，不少农民家的小性命也就捏在他的手里。地脉岛有不少农民吃过租米官司，都是姚富全一手操纵的，所以大家对于姚富全是十分痛恨的。

吃过午饭，家慧就跟着陈妈他们一起去看热闹。

姚富全的家也在寒谷，离待秋山庄不远，几分钟就走到了。到
了那儿，果然见姚家门前已经围了许多人，有些农民捆了死稻，扔
在姚家门前。

姚富全站在门口，大声说："不行，七成收租，已经便宜你们了，
一分也不能再减。"

农民一阵哄闹，长生上前说："你再说一遍，减是不减？"

姚富全有恃无恐，说："不减。"

长生回身对大家一招手，说："冲进去，吃他的米。"

于是几百个农民撞开了姚富全的大门，拥了进去，烧了几十斤
的米饭。那几日姚富全正在准备翻建新房，做了五斗米的糕团也被
大家吃光、发光。门外看热闹的老人、小孩也都一一分到，连家慧
也被塞了两个团子在手里，哭笑不得。

姚富全连忙到了公所去喊警察，可是那几日乡下到处闹事，警
察都派了出去，姚富全只领回两个人，有两条枪。

吃大户的农民看到姚富全带了警察来吓人，不买他的账。那两
个警察怕惹事，看到这么多人，也很害怕，哪敢随便开枪。那姚富
全眼看那么多人在他家吃喝，气急败坏，夺过一杆枪来，本想朝天
开枪吓唬吓唬人的，不料枪未托起，已经走火，当场打死了一个农
民，一下子激起了更大的民愤。在场的农民人人动手，有的跳上姚
家的屋顶扒砖捣瓦，有的搬家具，有的抓住姚家的人痛打一顿，最
后一把大火点着了姚家的房子，顷刻间，姚富全几十间房子全部烧
成灰烬，火光照红了半个岛，然后农民扬长而去。姚家的人四处逃

散，躲在什么地方，眼见房子被烧，也不敢大声哭。

　　家慧在刚刚闹事的时候，就回家去了，后来远远地看到起了火，她心中甚是不安，一直到天黑，火光还没有熄灭，家慧走到园子里，突然发现一团黑影蜷在地上，发出一阵阵呻吟。家慧连忙叫了人来，点上灯，一看，这人浑身是血，头破了，衣衫撕烂了，大家看看他的脸，谁也不认识他。

　　家慧说："先抬到柴房去。"

　　大家把那人抬进柴房，让他躺下，家慧问："你是哪里的，怎么这样子？"

　　受伤的人没有回答。

　　陈妈端了清水进来，正要替他清洗伤口，就听见长生的声音传了进来。那人一听见长生的声音，说："哎哟，就是这个人打我的，好大的手劲哟。"

　　家慧问："他为什么要打你？"

　　那人苦笑笑，摇摇头。

　　这时长生进了柴房，见好些人围着，走上前来，一眼看见这个受了伤的人，愣了一下，然后说："哼哼，好办法，躲到这里来了。"

　　家慧说："是你把他打成这样，野蛮。"

　　长生冷笑一声，说："你们逼租逼死人，就不野蛮。"

　　家慧说："谁逼租逼死人了，你说清楚。"

　　那人连忙说："我没有，我没有，我根本不知道这里的事。"

　　长生问："那你是姚富全什么人？"

那人说："我叫陆云卿，是姚富全的妻弟，我上岛是来采草药的，我们在苏州城里开的药堂，店名叫'仁寿堂'。"

家慧说："人家是无辜的。"

长生说："无辜，什么叫无辜？什么叫有辜？你少跟我咬文嚼字。"

陆云卿说："其实我也知道，你们遭了灾，是很苦的，我正在跟姐夫说减租的事，你们就来了。"

长生说："说得好听，你们这种人，见风使舵，倘是现在警察来抓我，你恐怕又是另一副嘴脸了吧。"

陆云卿苦笑一下，不好再说什么。

家慧说长生："你这个人，比毛胡子还不讲理。"

长生恼怒地看了家慧一眼，返身走了。

长生走后，陆云卿满脸歉意，对家慧说："对不起，给你们添麻烦了，我马上就走。"

家慧问："你到哪里去？"

陆云卿说："姐夫家房子烧了，我只好回苏州了。"

家慧想了一想，说："你不是还要采草药么，我帮你想个办法，你先在这里歇一天，明天我叫陈妈领你去见我祖父，他能让你住下。"

第二天陈妈按家慧的吩咐领陆云卿见了秦老太爷，陆云卿如实叙述了事情经过，只是隐瞒了在秦家柴房的一节。

秦老太爷听了，连连摇头，叹息，骂了长生几句，然后又和陆云卿谈起仁寿堂的过去、未来。

仁寿堂药铺，在吴中地区是相当有名的。据说始创于明代万历年间，那时药堂并不在苏州城中，而在乡下一个小镇上，至于后来怎么会搬到城中，详情已很难查证。苏州城中的仁寿堂，创办于清朝乾隆年间，至今也有二百年的历史了。仁寿堂的创办人陆仁泽是位儒医，早年家境颇富，他抱着"不为良相，便为良医"的济世之心，弃仕行医，兼业药铺。仁寿堂药铺的经营业务较大，既有零售，又有批发，自己还设有药材加工场，进行丸散膏丹的加工业务。仁寿堂的经营宗旨是"义以利本，盈利为次"，所以对一些贫病者，常常送诊给药，不取分文，故人称陆先生为"陆菩萨"。陆仁泽幼时读儒书，通经史，长大习医，很有造诣，诊治配药，病家十分信服，一直到七十多，还规定每月朔、望二日坐堂问诊开方。同时陆仁泽对于药铺的管理和加工制药，亦极其严格，选购药材，务必地道，炮制方法，尤为精细，炒炙饮片，修合丸散膏丹，各味加工手续不同，十分讲究药性特点，严格操作规程，每次煎制时，陆仁泽必亲自监督。以后陆仁泽的经营作风，世代相传，仁寿堂药店的信誉百年不衰。

仁寿堂药铺传到第七世孙，陆云卿的父亲开元，陆开元仍然保持了传统经营特色，并且发扬光大。药铺名医坐堂设诊，成药远销全国各地，平日营业十分严格，职员接配方，尤其认真负责；以"基延三朝，业著千秋"八个字为八个柜台经手人的责任印章，"基、延、三、朝"代表头柜、二柜、三柜、四柜四人，"业、著、千、秋"代表四个副职人员，这八个印章，盖在处方上，以示负责，可资查考。所以不仅在苏州城里，以至一些乡下较远地方的病家，也都不辞辛劳，远道到仁寿堂撮药。

陆云卿很奇怪秦仲儒老先生如何对仁寿堂了解得这么清楚。秦仲儒告诉陆云卿，他少年时候，得过一场怪病，久治无效，后来服用了养生堂的一种丸药，才慢慢痊愈。直到数年以后，才知道这养生堂的丸药原是从仁寿堂进的货。秦仲儒所以在年轻时就对仁寿堂有一种敬慕之心，本来他也有过学医的想法，只是，后来未能实现罢了。

谈仁寿堂谈尽了兴，秦仲儒老先生又和陆云卿说古论今，陆云卿旧学根基颇好，足以应付老先生的话题。

最后，果然不出家慧所料，秦老太爷邀陆云卿在待秋山庄住下。

陆云卿在待秋山庄住下，天气好时，便上山采药，遇上阴雨天，就和秦老太爷、家慧说说话。陆云卿在这里，大家都觉得待秋山庄增添了些许生气，秦家的几个仆人，也都很喜欢这个谦虚和气、温文尔雅的陆公子。

陆云卿上岛，其实采药为次，草药的来源，对仁寿堂来说，并不用担心。陆开元要陆云卿上岛，一则是探望一下姐姐、姐夫的情形，更重要的是要陆云卿通过摘采岛上草药，实践一下，同时通过辛苦的劳动知道药堂工作的不易。陆开元此举，当然是有针对性的。就陆云卿的想法，他并不十分情愿继承祖业。因为其时西医西药已日益渗透，并且某些功能明显的高于中医中药，便是陆云卿自己，也有切身体验。两年前陆云卿背上长了一个痈疽，又红又肿，发热发烧，用遍了仁寿堂自产的敷药，丸药、汤药，总不见效。后来有朋友提议改用西药试一试，陆云卿瞒着父亲，托人弄了几支消炎针，总共打了两天四针，痈疽就开始消退了。所以以后，陆云卿对于中医中药以及自家传了数代的仁寿堂起了一些动摇，他曾婉转地向父亲说出过要出洋学西医，被陆开元否定了，以后再也不曾提起过。但陆开元已心存警惕，要拴住儿子这颗继承祖业的心，陆开元知道还要下一些功夫才行。

陆云卿上岛采药，不仅艰辛，还有些危险性。他每日出发，都要带上一根粗绳，必要时拴在腰间作保险。家慧见了，笑他，说他像从前的老樵夫。陆云卿说，我本来就是一个老樵夫呢。

一日陆云卿在后院里晒草药，家慧走过来，看看那一堆一堆黑乎乎的草根树皮，说："这些垃圾真的有用？"

陆云卿笑笑，说："有些东西是徒有其表，有些东西却是不可貌相。"

家慧说："什么不可貌相呀，我喝的汤药，比喝的水还要多，也不见有什么用。"

陆云卿问："你喝汤药，你是不是有什么病？"

陆云卿又问："什么病，要不要紧？"

家慧说："不要紧，没有什么病，骗骗你的。"

陆云卿说："你骗我呵。"

两人正说笑着，陈妈从外面进来，神色有点紧张，说："警察所来了十几个警察，来抓人了。"

陆云卿问："抓什么？"

陈妈说："就是闹荒的呀。唉，作孽，这一回不知又是谁家倒霉。我早知道闹是闹不出名堂的，租米要交的，租米官司要吃的，还要赔姚富全的房子呢。"

陆云卿放下手中的草药，说："我去看看。"

家慧说："关你什么事。"

陈妈说："你现在过去，恐怕人已经抓定了。"

陆云卿说："我去看看姐姐、姐夫。"

陆云卿出去转了一圈回来，告诉家慧，人已经带定了，抓了五个，其中有长生。

家慧听说抓了长生，说："他活该。"

陈妈说："长生也是冤枉，本来没有他的事，他闹什么呢。"

陆云卿看看家慧，说："刚才听说长生母亲他们几个家属要到乡里去，我也一起去，我帮长生他们去说说情。"

家慧说："你菩萨心肠啊。"

陆云卿没有再和家慧多说什么，到秦老太爷那儿禀告一下，就和一些家属一起走了。

到这一日傍晚，天下起雨来，家慧在自己屋里闷坐着，觉得好无聊，雨下了一会儿，她突然想起陆云卿的草药还晒在外面。陆云卿走时，曾拜托过她，她忘得一干二净。家慧连忙赶到后院，才发现地上的草药，已经全部收起来了。

家慧见小翠走过，问她是谁收的。

小翠说："是我和陈妈他们几个一起收的。"

家慧愣了一会儿，说："你们倒肯做分外的事了。"

小翠瞥了小姐一眼，没敢吱声。

第二天上午，陆云卿回来了，大家问情况怎么样。陆云卿说已经答应放人了，又说抓去的人都吃了苦头。陈妈、小翠连忙问长生怎么样。陆云卿说长生嘴太凶，被打得也顶凶，好在长生身体壮，能够顶得住。陆云卿正在说着，长生母亲和另几个家属都上门来，感谢陆云卿，要给他磕头，陆云卿连忙挡住。

家慧在一边看着，过了半天，她说："你有什么面子，能说动警察所放人？"

陆云卿苦笑了一下，说："我有什么面子？我没有什么面子，我只是顶着姐夫的名义去求情的。"

大家说："那你怎么向你姐夫交账？"

陆云卿说："所以，我要告辞回去了，我没有脸再见姐夫了。"

家慧说："你姐夫又不是死人，他自己不能到警察所去讲呀。"

陆云卿说："我姐夫进城去了，要两三天回来，这边先放了人，叫他们出去避一避风头，就好了。"

家慧再没有说话，大家都觉得陆云卿与人为善，一片仁爱之心，不愧为仁寿堂陆仁泽之后嗣。

到中午，陆云卿就打点了行李，把草药装成两大包。秦老太爷叫人相帮挑了一大担，并叫刘二、何小弟专门摇船送陆云卿走。

刘二和何小弟挑着行李走在前面，家慧和陆云卿并肩在后面。

陆云卿说："什么时候进城，务必上我家坐坐。"

家慧说："只是上你家坐坐，不留我吃饭？"

陆云卿说："饭是肯定的，只怕我们粗茶淡饭，怠慢了你。"

因为头一天刚下了雨，码头上很滑，刘二和何小弟上了船，陆云卿和家慧告别，正要上船，不料脚底一滑，就往家慧站的地方倾斜过去，家慧连忙扶住他，把陆云卿闹了个大红脸。家慧感觉到陆云卿身上的男人气息，她在烟篷上第一次感受到这种气息时，她有些激动。现在家慧又有点激动，但家慧是不动声色的。

当然，陆云卿身上，这种气息和长生的气息是有所不同的。家慧见陆云卿红了脸，本想笑他。不料自己脸上也有点发热，笑不出来。

后来陆云卿就上了船，家慧目送船慢慢地消失在茫茫的湖面上，家慧就回家了。

当天下午，长生就放回来了，但是其他几个人都没有放。长生回来，长生母亲就叫长生出去躲一躲，长生却不肯，说还有几个人没有放，他还要闹的。他又去挨家挨户串联，却没有人响应了。长生母亲说长生，长生不听，就跑到秦家来，求秦老太爷管教长生。

秦老太爷差人把长生叫来了。

长生进来，先见到家慧，家慧并不知是老太爷叫长生来的，所以见了长生就说："早知今日，何必当初，当初恨不得要把人打死。"

不等长生反应过来，家慧又说："放出来了，要去谢恩是吧，迟啦，人家已经走了。"

　　长生冷笑一声，说："谢恩，我从来不懂什么谢恩的，除了你们老太爷有一次救命之恩，没有人对我有恩的。我只会自己谢自己，一个药材店小开，敢来算计我，亏他溜得快，要不然见了面我照打。"

　　家慧说："你这个人，恩将仇报啊，人家为了救你，把姐夫那边都得罪了。"

　　长生说："小姐一口一个'人家'，叫得好亲热，我可不知道你们背后做了什么呢。"

　　家慧说："你这种人，和你大哥一路货，你干脆下湖算了。"

　　长生咬牙切齿地说："我要是下湖，第一桩事就把你绑了，睡了，看你还凶不凶。"

　　家慧骂他："你个土匪。"

　　长生却哈哈笑起来，说："我去报告老太爷，大户人家的小姐，怎么能骂人呀。"

　　长生笑起来，家慧却哭了起来。长生愣了一下，随即又笑，说："哟，秦小姐的眼泪是第一回见呢。"

　　家慧不再理长生，转身走了。

　　长生在原地站了一会儿，就到秦老太爷那边去了。

　　长生刚刚进去一会儿，长生母亲神色慌张地跑进来，一边跑一边喊："长生呢，长生呢……"

　　大家闻讯出来问什么事。

　　长生母亲说："又来了，又来抓了，怎么办，长生呢？"

秦老太爷和长生听见外面吵，一起走出来，长生母亲一见他们，就哭了起来。

秦老太爷皱着眉头对长生说："你看你，你自己作的孽，怎么办，我们没有办法。"

长生说："一人做事一人当。"一边说，一边往外走。

长生母亲死死地拖住长生。

秦老太爷跺跺脚，说："唉，快去叫刘二准备船，长生你从这后门出去，下太湖。"

长生还在犹豫，一伙人推的推，拉的拉，把长生送出了待秋山庄的后门，出后门就是湖滩，秦家的船就停在那儿，长生上了船，刘二也赶来，船很快就离开了地脉岛。

这一切都是在几分钟内发生的变化，谁也没来得及和长生说上一两句话，一直到船远去了，长生母亲还在大声地关照什么。

家慧一直在一旁看着，她也插不上嘴。这时候她看见长生在船上朝岸边挥手，看见茫茫太湖中一叶小舟，随着浪涛颠簸而去。

五

佩君临产，家轩捎信回乡，希望母亲去照应一下。淑云心里放不下家慧，见女儿终是郁闷羸弱。淑云时常记着陈妈所说关于房子的话，又不敢和老太爷提，便想到要带家慧到苏州住一阵。这次借这个机会，淑云同老太爷提了，老太爷居然没有反对，自从在王家碰了钉子以后，老太爷对家慧的管束松动了一些，但家慧并没有因此而舒展。

不日家慧便随母亲到了苏州。

家轩、佩君住的是秦家在苏州南园的老宅，原先是典型的旧式房子，石库门，夹备弄，前后进，东西落，砖木结构的住房，外形上飞檐翘角，青砖黛瓦，花墙漏窗。内部面阔进深，都很宽敞，这种建筑高大空旷，给人一种冷色的阴森森的感觉。自从家轩留洋回来，就把老宅改造了，外形上仍然保持了原有的格式，但内部结构却按西洋住宅的样子，装了天花板，护壁板，贴了墙纸，并且把一些大而空旷的房子隔成小间，又辟出了房间改建卫生间，用上了抽水马桶和浴池。所以现在秦家的南园旧宅，从外表仍然是一座旧宅院，但内部却已经西化。夏天秦老太爷来住了几天，为了这，把家轩教训了一顿，但木已成舟，再改回去是不可能的了。

淑云由改造的住宅，立时想起了上海的房子，想起祖康、华萍和家梁他们，不由有些心酸。

淑云问家慧："你喜欢这样的房子吗？"

又说："你在这里长住一阵，对你的身体有益的，你的病会好起来的。"

家慧说："母亲不要担心，我没有什么病。"

淑云和家慧到的当日，佩君已临盆待产，家中却是什么也没有准备，一切杂乱无章，一个老妈子张着两只手，急得团团转。家轩更是脉息大乱，不知所措。淑云一到，叫下人该做什么做什么，一一吩咐下去，很快，一切准备就绪。淑云则陪在佩君身边，和她说话，讲自己生养时的经历，缓解了佩君的紧张情绪。

当天傍晚，佩君顺产生下一女孩。淑云和家轩让老妈子喊家慧来看小毛头。

老妈子很兴奋，喊了家慧，一路走一路说小毛头很漂亮，像少奶奶。

家慧到了佩君屋里，家轩连忙把裹在蜡烛包里的小毛头抱过来给她看。她看这小毛头，皱巴巴的皮肤，又红又黑，脸上好像很脏，眼睛紧闭，鼻孔朝天，家慧皱了眉头。老妈子说小毛头漂亮，家慧看不出小毛头漂亮在哪里。

家轩说："家慧，你看看，你说像谁？他们都说像佩君，我看是像我，还有一点像你呢。你看，这小嘴巴，是不是？"

家慧说："我看不出。"

后来就说到取名字的事，家轩说叫"静柳"，佩君说叫静柳不好听，要叫"逸梅"。淑云又取了一个叫"文霞"，只是家慧不作声。佩君说："家慧是才女，家慧你说，逸梅好听不好听？"

家慧说："好听。"

佩君高兴起来，正要说什么，家轩却抢先说："家慧你说这三个名字哪个最好，是不是静柳最好？"

家慧说："三个都好，不过，取名字最好还是听听祖父或者父亲意见吧。"

家慧这么一说，大家都不作声了。对老太爷来说，第一个曾孙辈的孩子，必然是要由他来定名字的。

佩君生孩子，家中忙乱，家慧总是插不上手，但家里的烦琐之事，却是扰得家慧心里不能安静。连续好几天，每天都有外人进出，送礼的，贺喜的，帮忙的，川流不息，家慧有时到小花园坐坐，小毛头的哭声就会追过来。

家慧对母亲说："我想回去了。"

淑云说："这里也是你的家呀，你不必拘束的，佩君对你很好。"

过一日家慧又说："我想回去了。"

淑云说："你还没有在城里玩玩呢。"

家慧说："从前听奶奶说，小时候都带我玩过了。"

淑云说："小时候玩过，记不得了。你也难得来城里住一阵的，还是去玩一玩，城里有许多好玩的地方。可惜家中忙乱，抽不出人手陪你，你若是想去，叫一辆包车。那天我和佩君说过，佩君说叫她妹妹佩珍陪你。"

家慧说："我不要人陪，我自己去。"

于是就要了一辆包车，拉家慧在城中地方到处玩玩。家慧大凡到了一处，就坐下来歇着，也不看什么景致。回家后母亲和哥嫂问起来，只是说很好。

一日家慧回来，车停在门口，她下了车，就见离自己大门不远处站着一位老人，穿得很破烂，面黄肌瘦，腰也有点弯。家慧并没有在意，刚刚要朝家门走去，那老人突然走了过来，对家慧笑笑，说："你是家慧吧？"

家慧说："你是谁？"

老人说："你不认识我了，家慧你不认识我了……"老人的眼圈发红了，话语也断断续续的："我现在，不像人样了，不是人了，你当然不知道我……"

家慧说："你怎么认识我？"

老人说："我是，我是……你知道你父亲有个大哥吗？"

家慧有些吃惊，说："你是大伯吗？"

老人听到家慧叫了一声"大伯"，就滚下两颗眼泪，说不出话来。

家慧是听家里人说起过大伯的。她只知道祖父、父亲都很讨厌大伯，只有祖母在世时，时常念起他，一提起大伯，祖母就伤心。现在家慧见到了祖母那时候日夜思念的大伯，她想不到大伯是这个样子，和老叫花子差不多。家慧觉得心里很不舒服，她说："大伯你进屋吧。"

大伯后退了一步，说："我不能进去的，我是被赶出门的。老太爷知道了，就要叫义庄断我的活路，我不能进去。"

家慧不明白祖父和父亲为什么对大伯这样凶，家慧倒觉得大伯虽然衣衫褴褛，但大伯的目光中充满了慈爱、温馨。

家慧说："你跟我进去，不要紧的，反正祖父和父亲都不在，母亲和哥嫂不会告诉他们的。"

大伯还是不敢进去。

家慧说："你有什么事情，总得进去说呀，大哥也在家呢。"

大伯说："我不敢找你大哥，我只是想找你。"

家慧很奇怪："你找我？"

大伯说："我实在是不好意思开口，不知你身边有否几个散钱，今日到期，倘若不还，要挨打的。"

家慧身边能有几个散钱？她说："你等一等，我进去拿。"

大伯连忙挡住她，不让她进去。

家慧只好摸出身上的零钱，给了大伯，大伯千恩万谢，又求她不要告诉家轩他们。家慧目送大伯走远了，心想难道大哥他们对大伯也很凶么？

家慧进屋，淑云说："慧儿今日回来迟了，我不放心呢。"

家慧说："我在门口站了一阵了。"

淑云说："你怎么站在门口。"

家慧说："我见着大伯了。"

淑云愣了一下。

家轩在一边说："大伯？他又来了。"

家慧说："大伯欠了人家的钱，到期……"

家轩打断她的话，说："到期不还，要挨打了，是吧，他总是那老一套。"

淑云告诉家慧，大伯昨天才来找家轩要过钱，几乎三天两头来；要了钱并不是还债，而是去赌钱。赌赢了，有几天不来；输了，隔日定准上门。

家慧说："祖父和父亲知道吗？"

家轩说："哪里敢让他们知道，可是老这样下去，终究是个无底洞呀。"

淑云说:"慧儿,这事可不敢跟老太爷说啊。"

家慧说:"我知道。"

隔了一日,家慧出去,在城隍庙的台阶上歇脚,看着各种各样的人,走过来走过去,家慧反而觉得心里很平静。后来就有一个穿长衫的人走过来,家慧一看,居然是大伯。和那一日的大伯竟然是两个人了,换了衣衫,满脸春风,人也显得年轻了。

大伯看见了家慧,走过来,说:"家慧,你在这里玩啊。"

家慧说:"你怎么穿了长衫。那一日是故意穿得那样的吧?"

大伯说:"家慧可冤枉我了,我只有两套衣衫,哪一日赢了钱,就穿这件长衫;哪一日输了,就穿那一套。"

家慧说:"你今日是赢了。"

大伯笑起来,说:"是啊是啊,赢得还不少呢,走,家慧,我请你吃小笼包,一咬一口油汤。"

家慧说:"我不吃。"

大伯说:"那吃鸡丝馄饨,鲜得不得了。"

家慧说:"我不吃。"

大伯说:"你要吃什么呢,到松鹤楼吃大菜,怎么样?"

家慧说:"吃大菜,你有多少钱?"

大伯说:"这个你不用问,既然我请客,你放心就是了,吃光了,我还可以赢回来。"

家慧说:"我什么也不想吃,我倒是想到你家看看。"

大伯一点没有犹豫,就说:"也好,你跟我走。"

大伯领着家慧穿过几条巷子，在一个拐角的热食摊上，买了一斤猪耳朵。

家慧说："我不吃猪耳朵。"

大伯说："买给阿香吃的。"

家慧问："阿香，谁是阿香？"

大伯说："就是我屋里人。"

家慧说："哦，是伯母，你有太太呀。"

大伯说："哎呀，什么太太呀，不过拆铺拼床，凑在一起过过而已。"

一路说，就到了大伯的家，这是一间很破陋低矮的平房。

那个叫阿香的女人四十来岁，但仍有些风韵，一见家慧，就说："哟，哪来这么一位小姐呀。"

大伯说："这是我侄女，秦小姐。"

阿香说："哟，好漂亮呀，秦小姐。"

家慧叫了一声："伯母。"

阿香连忙说："不敢当，不敢当。"

大伯说："你们先说说闲话，今天家慧上门，我去拷点老酒来……"

家慧要拦，没有拦住。

阿香说："你让他去，他是借你的名，哪一日他能不吃酒，不赌哦。"

家慧说："你肯跟他，真是……"

阿香说："从前他有钱有势，我在堂子里，他供我养我捧我；现今他落魄了，叫我丢开他，我没有脸面的。我是贪他心不坏。从前我也跟过一个人，人倒是很规矩，又不赌又不嫖，就是一肚皮恶水。还是他呢，人实在……"

家慧听了，心里有点感动。

阿香继续说："再说呢，我想他终究是秦家的长房，有朝一日老太爷归天，他的日脚多少会变一变的；说不定哪一日我真成了大太太呢，今朝就是好兆头，小姐上门了，头十年，秦家没有一个来过这里。"

家慧说："我是顺便来的，我是在城隍庙那边，碰见大伯的。"

阿香笑着说："我知道，我知道。"

这一天家慧就在大伯这里吃了饭，还喝了一点零拷的黄酒，苦滋滋的，三口下肚，浑身暖和。

大伯说："你看看，喝两口酒，脸上也有血色了，红彤彤的。"

后来大伯和阿香一起送家慧回家，到了门口，大伯和阿香就返回去了。

家慧回家，没有向母亲和家轩说什么。

家慧到了苏州以后，一直想去看看陆云卿，却不知仁寿堂的地址，又不愿意问别人，还是后来问了包车的车夫，才打听到了。家慧去过一次，车子停在远处，她叫车夫去问，车夫回过来说不在，家慧就没有过去。

过了几日，家慧又去仁寿堂，碰上了陆云卿。陆云卿见了家慧，很高兴，连忙让她进去坐。

家慧看这仁寿堂，大约有三开间的门面，正门上方有一块匾，黑底金字，以草体写的四个字：以仁存心。在大门一侧，有一块仰神招牌书，写着"采草木之精英，集乾坤之才气，以保人之长寿"。进门在店堂内左侧药铺柜前，又有一块正方形的招牌，上面四个大字"起首老店"；下面有陆氏七代姓名，第一排为"陆仁泽"，第七排便是"陆开元"。庙堂右侧，坐堂问诊处，有一老中医正在给病家把脉，另有几个病家坐在长椅上等待。店堂正壁有一幅观音画像，两边是一对对联，上联写：但祈世间人无病，下联是：何愁架上药生尘。

家慧一一看过，跟着陆云卿转过壁屏，来到后面的房间，家慧坐下，就有人泡上茶来。

陆云卿回头朝里屋没头没脑地喊了一声："你出来，见见。"

随着陆云卿一喊，一个年轻的夫人抱着一个大约两岁的男孩，从里屋出来，朝家慧笑一笑。

陆云卿说："这是内人，这是犬子，小名叫虎头。"又回头介绍了家慧。

陆夫人说："云卿回来说了，幸亏了秦小姐和老太爷相帮呢。"

家慧看他们都站着，也站了起来。

陆云卿说："你坐。"

陆夫人又朝家慧笑笑，就抱着孩子出去了。

家慧看看陆云卿，说："你太太很漂亮。"

陆云卿笑笑说："是从小就配订的。"

家慧换了一个话题，问怎么不见陆云卿的父亲。

陆云卿告诉他，父亲下乡去了，因为时局吃紧，日本随时可能炸苏州，想暂时把店搬到乡下镇上去。父亲就是为这事下乡去的，这几日里里外外都是他一个人在忙。

家慧听了不再说什么，告辞要走。

陆云卿说："你刚来就要走，为什么呢。"

陆云卿又说："你自己要多加小心，这一阵外面形势不好，你一个人在外面转，叫人不放心的。"

家慧说："我自己会照顾自己的。"

陆云卿停顿了一会儿，说："我希望你开开心心。"

家慧说："我没有什么不开心的哦。"

陆云卿笑了一下，看着家慧，家慧却扭开脸，不看他，陆云卿给家慧添了些茶。

家慧闷闷地喝了几口茶，眼睛只是盯住杯子里的水。

陆云卿在一边显得有点尴尬，后来他说："在这里吃过饭走吧，你上次说要我请你吃饭的。"

家慧说："不吃了。"

陆云卿说："怎么不吃了？"

家慧说："不吃就是不吃。"

陆云卿又问："长生呢，他好吧？"

家慧说："你问他做什么，他走了，下太湖了。"

陆云卿说："唉，也不知他在做什么。"

家慧说："你这么关心他，干什么？"

陆云卿不再说话，两人僵了一会儿，家慧就告辞了。

在佩君生孩子之前，在九月十月那一阵，日本人的飞机已经来轰炸过两次；但那两次据说都是有针对性的，一次炸的是城西，闻是冯玉祥等中央要人在那一带的旅馆开会。第二次炸的是阊门一带，亦是如此。此后有一阵平息下来，只是偶尔有些侦察飞机来转几圈。大家以为风头过了，所以佩君才没有迁到乡下生产。可是到佩君孩子生下来，十一月以后，日本人的飞机却频频来袭，有时一日之间几度来苏州，投弹目标也就不甚明确了，城内城外，大街小巷，不知道哪一颗炮弹会炸在哪里。一次轰炸四五十分钟，扔下炸弹四五十枚，也是常有的；南园一带，亦被炸翻房屋无数，伤亡甚多。其时，苏州城中百姓，有地方逃的，均已出逃，秦家因佩君产后不宜大动才一拖再拖，现在眼看着不能再拖，于是决定立即往地脉岛去。

当日全家上下匆匆准备，家慧却乘空跑了出来。

街上的人无不神色惶恐，许多地方屋毁人亡，尸骸狼藉；救护队手臂上带着白色袖章，抬着死伤者匆匆而过；闹市区的高台上有人站在那儿演讲，听的人并不多。

家慧穿过半个苏州城，从城南走到城西仁寿堂。仁寿堂的房屋很高大的，本来站在街口，一眼就能看见它的屋，但此时家慧站在街口，却只见一片残砖碎瓦。家慧心中一惊，连忙过去，就看见陆云卿一个人呆呆地站在那片废墟前面。

家慧没有喊他，只是站在他背后。

家慧心里一抖，问："谁？"

陆云卿流下两行眼泪，没有说话。

这时候家慧才发现不远处停着三具棺材，两大一小，家慧只觉两腿发软，说："你太太她……"

陆云卿说："还有老父、小儿，都没了。"

家慧痛哭起来，陆云卿木然地看着她，也不劝她。街坊邻居都在议论，说仁寿掌世代为善，医德昭然，不应该有如此悲惨的结果，大家都诅咒日本人。

家慧哭了一阵，心里好受了一些，她看陆云卿仍然呆呆地站着，就跟他说，希望他跟她一起回地脉岛。

陆云卿摇摇头，摸出一张纸来，家慧看上面写着："……青年有童子军，则老年应有老子军，缘少者，壮者前程远大，为日方长，万有牺牲，未免可惜。至老者忝在父兄，理应表率，以年龄论，如商贾早有赢利，折阅本在意中，视死如归，是其天职。故取吴由范希文小范老子之意，创为本军……"

陆云卿说："这是张仲仁组织的老子军的规则草案，父亲本意要参加老子军的，哪料壮志未酬……"

说着又流下泪来。

家慧问："你打算怎么办？"

陆云卿说："我已参加了救护队，马上要到小镇上去，转运前线下来的伤兵，你快回去吧。"

家慧点点头，慢慢地离开了被炸成了废墟的仁寿堂。

家慧绕到大伯那儿，见那房子还好好的，人却不见。向隔壁邻居打听，邻居说，这年头，谁知道谁哟。

家慧回到南园时，母亲和一个女佣等在门口，十分焦急。一见到家慧，就说："哎呀，你怎么才回来，家里都急死了，人都走了，就等你一个人了。"

家慧说："不是说要到下午才走吗？"

淑云说："来不及了，说日本人已经到了城东公路，那边的乡下人逃过来说的，马上要进城了。"

那个女佣一边发抖，一边说："不得了啊。"

家慧说："可是班船要到傍晚才开呀。"

淑云说："来不及等班船了，家轩到网船浜租了一条网渔船，网渔船都租完了，这是最后一条了，快走吧。"

家慧跟着母亲赶到网船浜。家轩正在张望，见到她们，连忙对船家说："来了来了，快开吧。"

小小的网船上挤满了人，佩君抱着孩子也在里边，沿河滩还站了许多人，都想上这条小船，船家说："不能上了，不能上了，再上要出事情了。"

家轩帮着船家把那些人拦住。

家慧突然说："我不上船，我不回去。"

淑云吓了一跳，说："什么？"

家轩回过来，狠狠地瞪了家慧一眼，说："你疯了，你找死。"

家慧又说："我不回去。"

家轩一把拉过家慧，用力过猛，把家慧拉了一个趔趄，家慧跌上船去。

船开了，沿岸上的人一片吵闹，有的哭泣，有的咒骂，这时候他们都听见城东方向传来了激烈的枪声。

船离开了网船浜的小河岔，很快进入了宽阔的水面。家慧的手被母亲紧紧地捏着，她们将回到地脉岛，但是家慧的心恐怕再也不会回到那个孤独的小岛、封闭的山庄去了。

日 出 无 声

一

睁开眼睛天已大亮，太阳从窗缝里钻进来，照出屋子里一派光明。梅子知道又迟了些。回头看看男人还在酣睡，欲意喊他起来。想了想，还是没有开口。自己急急地穿了衣服，到儿子屋里看。儿子倒是醒了，不过没有起来，正钻在被窝里玩变形汽车。

梅子有些急，说："小爷，你看看几点了。"儿子看了一下钟，也急，说："都怪你。"梅子说："怪什么怪，快穿。"一边手忙脚乱给儿子穿，一边问："书包都弄好了？"儿子说："好了。""有没有什么东西忘了带？"儿子说："没有。"一边还在拨弄着汽车。梅子把书包拿过来看，发现铅笔盒没在书包里，在抽屉里找着后就放进书包，也懒得再和儿子说话。儿子却说："不行，铅笔没有削好。"梅子说："到学校自己削去吧。来不及了。"拉着儿子出门来，到小店里买一个面包，塞在儿子手里。儿子说："我要喝水。"梅子说："要迟到了。"推起自行车，让儿子坐在后座上，一直把儿子驮到学校门口。看儿子也已经把面包干干地吃下去，满嘴的屑粒。梅子说："抹抹嘴。"儿子抹一抹嘴就往学校里去。梅子叮嘱："记着，上课不动，下课不奔。"儿子头也不回，直往里奔。

　　儿子皮虽皮得很，却也晓得上学是不能迟到的。这时候预备铃响起来，梅子估摸着儿子已经到了教室，松了一口气，骑上车，慢慢地往回。菜场还没有下市，梅子把车子停在路边，去买了一只马甲袋，顺便把菜买回家去。现在菜市场越来越多，到处都有，而且菜的品种也很多，要什么有什么，很方便。梅子家现在和从前也不一样，从前想吃、吃不起的东西，现在也能吃到。梅子想，钱真是好东西。梅子问了问菜的价格，买了一只甲鱼，又买些蔬菜。回到家里，男人已经起来，正坐着抽烟。他朝梅子手里看看，说："没有买点心呀？"梅子说："家里有面条，你不会下一碗吃。"男人说："我不饿。"梅子说："你懒呀，我来下。"男人站起来，说："我不吃了，走了，和人约好有事情谈，不能再迟。"梅子说："你出门去买点吃。"男人没有说话，到门口又回头说："中午我不回。"梅子听男人把门关上，松了一口气，坐下来重新把头梳好，弄点吃的吃了。想儿子早晨吃一个干面包，心里有些难受，中午做些儿子喜欢吃的菜补过来才是，便端个小凳到门口坐着拣菜。邻居过来看看她的菜，说："老板娘今天节省。"梅子说："娘儿两个，也吃不下很多，男人不在家里吃。"邻居说："倒也是，现在的人，不贪吃，肚子里油水足。"梅子说:"那是。"邻居又说:"不过看你们娘儿俩,吃倒是吃得好,也不见怎么胖呀。"梅子笑了,说:"我们是吃煞不壮。"邻居说:"是,你们男人也是。"他们一起笑了一会儿。梅子说:"求你帮个忙,你敢不敢杀甲鱼?"邻居说:"敢,人也敢杀。"梅子一笑,进去把甲鱼弄出来,请邻居帮忙。邻居说:"甲鱼又涨了吧?"梅子说:"一百二一斤。"邻居说:"也只你们这样的人家吃。"梅子说:"我们也是难得,小光胃口不好,不想吃饭,弄点给他补补。"邻居说:"你儿子倒喜欢吃甲鱼?"梅子说:"上次带他去吃人家的喜酒。一盆红烧甲鱼差不多给他一个人包了。"邻居说:"倒晓得拣好的吃。"梅子说:"现在的小人嘴刁。"邻居朝梅子看看,说:"以前王老娘家说你是福相,我们都看不出来,你倒真是个福相呀。"梅子说:"我这算什么福呀。"邻居说:"你这还不算福,什么算福?"梅子笑笑,没有回答。

在一两年前大家都说一句流行的话,叫作"好男不上班,好女嫁老板",那时候梅子也跟着大家一起说,她还根本没有想到这句话会跟她有什么关系。回家来把话学给男人听,男人也只是笑,说:"你指望我呀,我是死蟹一只,在局机关里做一个小干事,真是没有什么的。"可是想不到只一年多的时间,男人出来做了些事情,情况就变了,钱多起来,很快就多到不在乎梅子上班的工资奖金什么。男人叫梅子请长病假,梅子起先不敢不上班,到夏天以后,儿子上了小学。一天要接送四次,男人一点忙也帮不上,说走就走得没有人影。梅子实在忙不过来,就从厂里退了出来,在家做起太太来,这真是梅子以前没有想到过的。梅子把菜在水龙头上洗净,邻居也走开了。她回屋里做饭。快到中午时,就听得敲门声。开门一看,男人带着四五个人来，进门就说："弄饭。"梅子"呀"了一声，说："今天没有准备呀，你说不回来吃的。"男人说："没有菜怎么行？"客人中有人说："不要紧，随便吃吃。"男人说："你去买点熟菜来。"梅子看了看表，说："要接小光。"男人说："让他自己回来，男孩子接什么接。"梅子说："要接的，现在外面拐子多。"男人说："你想得出，谁来拐你儿子。"客人问小孩子上几年级，听说是一年级，一个个都说，一年级要接送的，以后到二三年级就好了。一年级的孩子还不怎么懂。梅子看看丈夫，男人没有说话。梅子说："你们先把这些菜慢慢吃起来，我接小光带些熟菜回来。"客人谢过梅子。

梅子看时间差不多，就骑上车子走。先到熟菜店买了熟菜，再赶到小学校。正好放学铃响起来，梅子看着一个班一个班的孩子在老师的带领下排着队走出来，说老师再见，同学再见，然后等候在门前的家长迎上去拉住小孩子的手走出学校大门，四散开去。

梅子等了好一会儿，也不见儿子出来，知道是又关了学。正着急，只见儿子奔出来。梅子上前说："这么晚才放出来，快走吧，家里还有客人。"儿子说："不能走，老师叫我叫你进去，老师有话跟你说。"梅子跟着进去。在教室里，还留着几个孩子和家长。老师看到梅子，说："你来了，你儿子这一次的测验很不好，怎么回事？"梅子说："考了多少分？"老师说："你先问分数，你怎么不先找找原因。"梅子心想我不知道他考了多少分我怎么找原因呢，但是梅子不能这么说，她赔着笑脸，心里却想家里煤气灶上的汤，来了客人，男人只知道说话，不会想到看着点。老师说了一会儿，发现梅子有些心不在焉，老师生气，说："江小光家长，教育孩子是要互相配合的。"梅子一愣，连忙点头说："是。"老师说："今天先回去吃饭，什么时候有时间我再和你好好谈谈。"梅子说:"好。"在老师的允许下,急急地拉着儿子出来。儿子一路笑,说:"妈妈吃批评,妈妈被老师训。"梅子说:"你好意思说。"儿子仍然笑,过了一会儿想起来问:"家里什么客人,有没有给我带玩具?"梅子说:"你好意思问,小学生了,还一天到晚玩具玩具。"儿子说:"我在学校够苦的了,回来还不能轻松轻松呀。"梅子说:"你苦,你苦什么?"儿子说:"我立壁角,天天被老师点名,这不苦呀?"梅子说:"这是你自找,你不定下心来上学,以后有你的苦。"儿子说:"我以后又不要做什么大好佬,一般的做做就行。"

梅子叹了口气,说不出话来,梅子的车骑得很快,在拐角上,和别人的车撞了一下,还好撞得不重。那人朝梅子瞪了一眼。说:"你赶杀场①呀。"梅子只好道歉,再往前骑,又问儿子:"中午有没有作业?"儿子说:"有。""多不多?""多。"又问:"下午交不交?"说:"交。"梅子有些急,说:"吃过饭就做。"儿子说:"好。"

到了家,男人和客人已经把那些做好的菜吃得差不多,正等她等得急。连忙把熟菜端上去,那般人一见有熟菜,又开出一瓶酒,梅子到灶间给小光盛了饭,又到桌上给夹些菜。男人说:"你急什么?"梅子说:"小光吃的,下午要上课,中午还有作业。"男人说:"好像天下就你一个儿子在念书。"客人说:"那倒不是,现在的小孩子都是这样。"梅子给儿子弄好饭菜,让他到自己屋里一边看录像一边吃。自己再到灶间给客人做些别的菜。过一会儿进屋里看看,一碗饭一动也没有动。梅子说:"小爷,你吃不吃?"儿子说:"你不对,怎么可以叫我小爷,老师说,乱叫人绰号是不对的。"梅子哭笑

---

① 方言,冒失,着急的意思。

不得，说："快吃。"好歹逼着儿子把饭吃了，叫他拿出作业本。儿子磨磨蹭蹭，拿出本子和铅笔盒。梅子看铅笔根根秃着，再帮他削铅笔。看作业本昨天的作业做得不好，梅子说："你看看，你怎么办？"儿子笑，说："我又吃烂耳朵，一个，两个，三个……"梅子说："你怎么好意思，快做。"儿子扭来扭去，一个字写了半天写不好，梅子看上学时间快到，追着问："快做，三加六等于几？"儿子说："八。"梅子说："错了。"儿子说："七。"梅子说："又错。"儿子又说："十。"梅子发急，说："小爷，你到底是真的不会，还是有意气我。"儿子说："我真的不知道等于几。"梅子长叹一声，说："你怎么这样，上学上了几个月，连三加六你都加不起来，你还上什么学。"儿子一笑，说："我是有意的。"梅子说不出话来，儿子说："等于九。"梅子说："等于九，你写呀。"儿子拿起铅笔，半天也不写一个字。梅子拿过笔，说："小爷，拿你没办法。"一边就帮儿子做作业，尽量把字写得稚气一些，儿子去把变形汽车拿来，玩了起来。梅子说："我拿你怎么办嗽。"做好了作业，又急急地送儿子去学校。路上再三关照，上课要怎么怎么，下课不能怎么怎么。儿子说："烦死人了。"梅子自己想想也觉得奇怪，从前她不是这样烦的，现在倒变得像个多嘴老太婆。

　　送了儿子回过来，客人还没散去，酒已经喝到尾声，菜盆子都朝了天。梅子到灶间盛了一碗饭，拿开水泡了，正要吃，男人进来，说："你吃要紧，给他们弄点水洗一下。"梅子放下碗，给客人绞了热毛巾送上去。客人酒足饭饱，又有热毛巾擦脸，很舒服的样子。他们向梅子道谢，一一地走了。男人说了一声："我也出去。"就跟着一起走，梅子回到灶间把碗端出来，吃了些剩菜，又烧了开水，准备洗碗。突然想起今天是星期五，学校只有一节课，一看时间已差不多，又骑车去接儿子。

到了学校，被老师叫到办公室，老师说："江小光家长，你怎么能够替小孩做作业？"梅子脸红，说："我没有，是他自己的。"老师把作业本拿出来，说："你自己看看，这一看就能看出来。"梅子不敢看作业本，老师说："昨天的作业那样差，今天就能做这么好，谁相信？"梅子不说话，老师就和别的老师说："你们看看，这样的家长，叫我们怎么教育小孩。"别的老师也纷纷发表意见。批评现在的家长不好，历数家长们的种种不是。梅子不敢出声，听他们说。最后老师看梅子态度不错，说："这一次就算了，下次不能再这样，回去把这些擦了，叫他重新做过。"梅子说："是。"下得楼来，到教室门口，看儿子坐在教室里抠鼻孔，心里气，上前就给了他一巴掌。儿子想哭，但是有做值日生的同学还没有走，他们都看着他，笑，说："一记耳光。"儿子也笑起来，说："不疼。"梅子说："不疼再打。"儿子的同学一起嚷起来："不许打人，不许打人，老师说打人是犯法。"梅子没有办法，只得拉着儿子走出来，骑上车子，直往家去。

到了家，吩咐儿子在自己屋里认真做作业，她把碗洗干净。坐下来歇了一会儿。听儿子屋里没有声音，进去看看，发现儿子头伏在桌上睡着了。心里有些感慨。把作业本拿来看，看了一眼心里的感慨就变成了气恼。喊儿子醒来，拿作业本放到他的眼前，说："小爷，你看看，你做的什么？"儿子看了看作业本，说："我做的作业呀，又没有错。"梅子说："你做的什么样子，一塌糊涂，字像个什么字。"儿子想了想，说："你自己说的，叫我只要写对，字差一些没有关系，是你自己说的。"梅子顿一顿，说："那是说考试的时候，这是平时作业，不一样的。"儿子说："怎么不一样，老师说平时作业和考试是一样的，考试怎么写，平时作业也要怎么写。"梅子跟儿子说不清，不再说什么，拿起橡皮把写好的字都擦了。儿子突然哭了起来，一边哭一边说："我辛辛苦苦写了这么多，你又擦了。"梅子看儿子哭，心里也有点难受。她说："不是我要给你擦，你这样的作业交上去，过不了关的。"儿子说："橡皮擦一次，也要扣分的。"梅子说："我给你擦干净，看不出擦的。"儿子说："擦不干净的，老师看得出。"梅子说："那怎么办，擦也已经擦了，你说怎么办？"儿子突然又笑起来，说："擦了就重写呀。"于是重新埋头做作业。

梅子在一边看着他做，一笔一画都要指点着，一直做到天将黑，才把这天的作业做完，梅子出了一口气，觉得头昏眼花，想起晚饭还没有弄，赶紧去弄。这时候男人回来，先看过儿子的作业，皱着眉，说："做这么差。"儿子说："是妈妈教我做的。"男人火冒，说："做成这样子，还嘴硬。"举手要打儿子，儿子跑进灶间，说："妈妈，爸爸要打我。"男人跟进来对梅子说："怎么搞的，儿子的功课这么差？"梅子说："你几时管过他？"男人愣了一下，说："要你在家做什么？"梅子说："你试试。"男人看看梅子，又看看儿子，叹了一口气，说："天地良心，我算是不错的了。"梅子说："那是，养家活口呢。"男人又看看梅子，说："你怎么，有什么不称心的？"梅子说："哪有不称心，在家做太太还敢不称心。"男人说："你的意思，是不是要我管儿子？"梅子说："你能管那是最好。"男人说："你说得出。"两人正说着，儿子"呀"了一声，飞快跑出去。男人问梅子："怎么了？"梅子说："动画片来了。"男人苦笑了一下，说："没有办法。"梅子忍不住也笑了一下。

　　吃晚饭时，男人告诉梅子，这一阵的生意做得不错，想把钱拿出来，入股做股东。梅子说："什么股，保不保险？"男人说："总是要担一点风险的，不担风险不能挣大钱。"梅子说："随你。"男人说："你这个人，跟你商量也没有商量头的。"梅子说："我也不懂，我要反对，你说不担风险赚不到大钱，我要支持你，又要说我不负责任。"男人说："我就是这样一种人呀？"梅子说："你好人。"男人一笑，说："所以你肯跟我呀。"梅子说："那是。"他们说着些闲话，吃了饭，男人说："我来洗碗。"梅子看了男人一眼，说："今天怎么啦？"男人说："黄鼠狼给鸡拜年。"梅子说："有什么事要求我了？"男人说："那是，我早被你看穿了。"

　　梅子笑，男人洗了碗过来，拿出一些图片给梅子看，告诉梅子，前一阵联系上一个大户头，定做刺绣品，可是给的样太复杂，找了几个地方，人家都说做不出样品来；能做出来的，客商看了又不满意；梅子原先在厂里就是做的刺绣活，所以拿回来让梅子试试。梅子看了那些样，觉得确实有些难度。说："别人做不出，我也不一定能做出来。"男人说："你的功夫，谁不知道呀。"梅子说："你又来哄我。"男人说："不是我哄你，你能做好的。"梅子说："你倒有信心。"男人笑，说："有你这样的老婆我自然有信心。"梅子说："有你这样的鼓励，我就试试吧。"男人说："我知道你会答应的。"梅子说："你想得好。"一边说着一边就去找绷子什么的，架了起来，又把丝线什么的都一一配齐。男人说："不急。"梅子说："要做就抓紧了。"

　　这时候儿子看完动画片出来，看到架起来的绣绷，很兴奋，说："这是做什么？"梅子说："绣花。"儿子说："让我绣。"梅子说："你还是管好你自己的功课吧。"儿子说："我管好了。"梅子说："下次考试你准备考几分？"儿子一笑，说："考零分。"梅子说："你怎么这样？"儿子说："康夫也考零分。"梅子想了想，说："谁是康夫？"儿子只是笑，不说谁是康夫。梅子朝男人看看，说："你看看你的儿子。"男人说："像谁噢？"梅子说："你说像谁？"男人说："只好算像我啦。"他们一起笑起来，儿子乘机坐到绣绷前，用针线乱刺一通，后来拿针扎了手，痛得叫了起来，才算放过。

第二天梅子送儿子去上学，回来就做刺绣。才开了个头，就听到有人敲门。去开了一看，是从前厂里的同事小向。小向和梅子同一个车间，很谈得来。相处得很好，梅子退下来，小向常常来看看她，说说厂里的新鲜事情。

小向进来看到梅子正在绣花，一笑，说："以为你真的在家里做太太呢。原来也在扒分①呀。"梅子说："不是的，这是样品，我男人拿回来叫我相帮做做，没有人做。"小向说："你跟我解释什么，做与不做与我有什么关系呀。"她们一起笑，梅子说："今天怎么有空来？"小向说："我是有空，不像你。"梅子说："我也不忙。"小向说："你不忙，你自己说的，我今天来，就是约你出去。"梅子说："到哪里去？"小向说："厂里组织优惠旅游，我是想去的，可是看看那些报名的人，跟他们一起去，没有意思，叫你去。"梅子说："到哪里？"小向说："到泰山，看日出。"梅子说："要好几天？"小向说："连头搭尾五天，我跟你说，也不是我一个要叫你去，我们车间好几个都说，要是你去，他们也去。"梅子想了想，说："五天，我恐怕走不开。"小向说："怎么啦，做太太反而不自由？"梅子说："主要是小孩，上一年级，天天要人接送。功课要人管。"小向说："叫

———————————
① 方言。捞外快。

江奇管几天就是。"梅子说:"他忙。"小向说:"那是,他现在是有理由了。"梅子笑,说:"什么叫理由呀。就是这样。"小向说:"那你是不去了?"梅子说:"我是很想去,从小就知道登泰山看日出好,可是……"小向挥了一下手,说:"算了算了,不去就不去,也不指望你了。"梅子有些抱歉,说:"那你还去不去?"小向说:"你不去我也不去了,没有意思。"梅子说:"那真不好意思。"小向说:"不说了,我们上街去看看。"梅子说:"现在?"小向说:"是现在,走得开吗?"梅子看了看表,时间还早,说:"走吧。"

走出来,小向说:"买风衣去,今年的风衣真多。"梅子说:"哎呀,我钱带得不多。"小向说:"风衣又不贵的,你不够我借给你就是。"两人到街上沿着店铺一家一家往前看,总是不能尽如人意。不是颜色不中意,就是式样不够好,最后终于看到一件几乎是十全十美的风衣。小向先穿了让梅子看,问梅子好不好,梅子说好,小向又叫梅子穿了试试,梅子起先不肯穿。说:"只有这一件,你喜欢你买吧。"小向说:"你这话算什么,好像我们两个要抢这衣服的。"梅子不好意思,穿了,觉得比小向穿着更合身,也更好看。营业员也以为这衣服更适合梅子穿。梅子看着小向,说:"你说怎么办?"小向说:"当然你买。"梅子知道和小向不好太客气,就掏钱买了下来。小向一定叫她就穿在身上,两个一起走在街上,不少人朝梅子看。

小向看了梅子一眼,突然一笑,说:"有一个人来找过你。"梅子不明白,说:"什么?"小向说:"家新呀,陈家新。"梅子脸上有些红,说:"你瞎说,他找我做什么。"小向笑,说:"他到厂里来办事情,虽然不是特意来看你的,可是他没有见到你,确实是很遗憾。"梅子说:"你怎么知道?"小向说:"看得出呀,这人什么都写在脸上

的，再说后来他忍不住问了。"梅子说："问什么？"小向说："问什
么，问你呀，问你到哪里去了，我们说你回家做太太去了。"梅子
说："你那张嘴呀。"小向说："我没有瞎说。"梅子说："你瞎说不瞎
说，管我什么事。"

　　她们一路说笑，梅子把时间忘了，待想起来，一看表已经到了
放学时间，梅子急得骑上车子就往学校冲。到了学校门口，知道已
经迟了，小学生大都走完了。梅子心存侥幸，希望今天儿子又关了
学，可是到教室一看，没有，再到楼上办公室看，也没有，连老师
也都走了。再回下来，在校门口看到一个脸有点熟的小孩，连忙问：
"你看到江小光了吗？"小孩说："谁是江小光？"梅子说："你是不
是一（2）班的？"小孩摇头，说："我是一（4）班。"梅子又往里
走，找了一圈，没有。再出来，总算看到一个和儿子同班的同学。
问了，说大概早走了，今天放得早。

　　梅子骑上车急急往家里去，一路上也没有看到儿子的影子，到
家一看，儿子没有回来，问邻居，都说没有看见，梅子再骑上车返
回去找。到半路，看到儿子正蹲在一个卖玩具的地摊边看着，梅子
走上去拉住儿子的耳朵，儿子"哇"地叫起来，说："你做什么。"梅
子说："人家找你找得急死了，你倒在这里看玩具。"儿子摸着耳朵，
说："你好意思怪我，你为什么不来接我，我等得要死。"梅子张了
张嘴，没有说出话来。儿子却振振有词，说："你这么凶，老师又要
找你去了。"梅子说："什么？"儿子说："老师叫你下午送我去的时
候到办公室去。"梅子说："你又犯什么事情了？"儿子说："我不知
道。"梅子说："你连自己犯的什么都不知道，你怎么办嗷？"儿子
说："我又没有犯什么。"梅子说："你不犯什么老师怎么会叫我去？"

儿子说："你问我，我怎么知道。"梅子说："我真拿你没办法。"

带着儿子回家吃了饭，又送到学校，看儿子进了教室，自己往楼上办公室去。老师见了她，也没有说话，只管和另外的老师聊天，梅子站在那里有些尴尬。等了一会儿，看老师还不和她说话，也不知儿子犯了什么大错，老师连话也不愿意和她说了，心里自然是紧张。再等一会儿，老师还不说，梅子只好上前去问："今天江小光，怎么——"老师说："什么今天江小光怎么？"梅子说："老师不是叫我来的吗？"老师想了想，说："我没有叫你来呀。"梅子愣了一下，说："没有？"老师又想了想，笑起来，说："小孩子也真是的，我可能说过如果你上课再不好好听，就叫你家长来，他真的叫你来了。现在的小孩，理解能力真是差。"

梅子松了一口气，刚想走，老师却说："你来了也好，正好和你说说，江小光主要上课定不下心来，不能好好听课，这事情你们家长也要配合老师做做工作。"梅子说："我回去一定好好教育。"老师说："这就好，别的也没有什么，人倒还算聪明，有些问题，别的同学说不出，他倒能说出来。"梅子说："谢谢老师培养。"老师笑了，说："就这样。"梅子走出来，看到一个家长带着孩子刚刚到校门口，上课铃响了，小孩子哭了起来，家长说："哭，哭你个头，谁叫你拖拖拉拉。"一边骂着一边拖了孩子进去。

梅子看了不由叹口气，回到家，男人和另外两个生意朋友已经在家里了，看梅子回来，男人说："怎么送小孩送到现在？"梅子说："老师找。"男人说："老师怎么天天找？"梅子说："你儿子表现好呀。"男人笑一下，对朋友说："没有办法。"朋友也笑，说现在的老师都是这样，管得很细，以前他们念书的时候，哪里噢。大家说了一会儿现在的教育什么，就拿出麻将来。男人对梅子说："三缺一，等你呢。"梅子说："我要做样品。"男人说："不在乎这一天半天。"梅子说："等会儿要接儿子。"男人说："你事情最多。"梅子说："怎么是我的事情，儿子是谁的？"男人说："你说是谁的？"梅子说："他怎么不跟我姓？"男人笑起来，朋友们也笑。男人说："现在还早，来几把再说，你走我们再找搭子去。"梅子就坐上去，男人态度极好，自己动手给大家泡了茶，也给梅子泡一杯，玩了两圈，看时间已经差不多，男人叫大家稍等，自己出去找搭子，找了一圈回来说找不到。梅子要走，男人不让她走，说："三缺一，不能走的。"梅子说："儿子怎么办，不接了？"男人说："出去想想办法。"和梅子一起走出来，看小店里的农民工钱三空闲着，跟钱三说叫他相帮去接一接小光。钱三说好，就要走，梅子不放心，关照说："不要进学校门的，就在门口就是。"钱三说："我知道。"梅子又说："要是不出来，可能被关了，你多等一会儿。"钱三点头，梅子还要说什么，男人说："好了，有多少话说，不就这几步路。"回头对钱三说："隔日谢你。"钱三说："老板客气。"

　　梅子看钱三骑上自行车远去，跟着男人回屋里。那两个朋友已等得难受。见进来了，迫不及待就抓起牌来。梅子这一两副牌打不好，连着出错，男人说："你怎么？"梅子说："没有怎么。"心里却想着钱三接小光的事情，又怕老师找家长，要是钱三说家长玩麻将，老师又要不开心。一边想着，手里的牌就乱，后来总算听到了钱三和小光的声音。钱三把小光送进门，说："接到了。"梅子看看小光，小光说："给点钱。"梅子说："做什么？"男人拿出钱来给小光说："去，买东西吃去。"小光拿了钱正要走，梅子说："回家作业呢。"小光说:"今天星期六,急什么。"男人说:"就是,明天做也不迟。"梅子无法,只好由儿子去,一直玩到下晚,朋友散去。梅子对男人说:"以后不要叫人到家里来玩麻将。"男人说:"你一本正经做什么,我也是难得的,朋友难得来,他们要玩玩,怎么能扫他们的兴。"梅子说:"你是朋友重要,老婆、儿子无所谓,朋友不能得罪。"男人说:"摸摸良心,我这样的男人也算好的了,也不嫖也不赌,也不是不归家,也算好的了。"梅子张了张嘴,想说什么,可是没有说出来。她想男人说的也是有些道理,男人能做到这样,也确实是不错。她好像再没有别的话好说,只管安心做太太就是。

二

男人出门的时候,告诉梅子,他可能要在外面待几天才回来。梅子指指快要做好的刺绣样品,说这绣品怎么办,那时催得要命,这会儿却又不急,没事似的。男人说:"你急什么,你在家等着就是,会有人来取,你交给他就是。"男人就走了。

梅子在家把样品的最后一点活认真地做好,算是把事情完成了。等了一天也没见有人来,心想是不是在接儿子的时候有人来过呢。于是再去接儿子时就关照了邻居给留心一下,接了儿子回来问邻居,邻居说没有人来。这样过了一两天,梅子也就不再往心上去,爱来不来,梅子不管。到了第三天的下午,听得有人敲门,梅子去开了门,却愣住了,是家新来了。家新见到梅子也愣了一下,家新说:"梅子,怎么是你?"梅子笑,说:"为什么不能是我?"家新说:"我这个人真是不灵市面的,原来江老板的太太就是你呀。"梅子又一笑，说："你是来拿样品的。"家新说："是，怪不得江老板吹他太太的手艺，我还不相信呢，看起来真是该吹。"梅子说："你说的，我的手艺有什么呀。"家新把梅子绣的样品拿过来看，看着就笑，说："还是那样，叫人没有话说，扳错头也扳你不倒。"梅子说："你说的。"家新说："是我说的。"

梅子给家新泡了茶，让家新坐。家新看着梅子，看了一会儿，梅子有点不好意思，说："你看什么？"家新说："我看你还是从前那样子。"梅子摸摸自己的脸。说："哪能。"家新说："真的，没有变。"梅子笑了，说："你从厂里出去也有好几年了。"家新说："是。"梅子说："你觉得怎么样？"家新说："没有出来的时候总是怕这怕那的，出来了才知道实在是应该出来。梅子你呢，你出来觉得怎么样？"梅子轻轻地叹息一声，说："我倒没有觉得怎么好，就这么过过罢了。"家新想了想，说："那也是，你和我们不一样，我们天天在外面忙，忙得也算有点意思。你天天守在家里是很闷的。"梅子点点头，说是。家新说："你也不要天天守在家里，也出去看看，哪怕弄点什么事情做做也好，散散心呀。"梅子说："我有什么事情好做的。"家新看着梅子，停了一会儿，他说："梅子你要是真的想做做，我帮你介绍事情。"梅子说："你说得出，我就是因为家里忙不过来，才从厂里出来的，再去找事情做，怎么行。"家新说："那倒也是。"

说了一会儿话，梅子看接儿子的时间到了，就跟家新说了。家新说："我和你一起过去。"梅子看了家新一眼，家新说："没有别的意思，我正好同路，再说我也想看看你儿子。"梅子没有再说什么，他们一起出去，家新是摩托车，一骑上去就没影子了，只好推着梅子也不好骑车，也推着自行车慢慢走，碰到熟人都朝梅子看看。

梅子说："是江奇的朋友。"走出一段，家新说："你为什么说我是江奇的朋友？"梅子不说话。他们一起到了学校。

等了一会儿，放学了，儿子出来，梅子让儿子喊过家新叔叔，儿子喊了，就看着家新的摩托想坐上去。家新说："想坐你就坐上来，我先送你到家就是。"梅子不同意，可是儿子要这样，没有办法，只好让他们先去。梅子蹬自行车回到家，他们已经先到好一会儿，儿子正在向家新说我爸爸今天回来。梅子对家新说："江奇说好今天回来，你就别走，一起吃饭。"家新说："哪能，我还有事，我再坐一会儿就走。"梅子让儿子到屋里做作业，和家新又说了一些从前厂里的事情。想起那时候一起在厂里做的情形，他们都是有些感慨的。后来梅子问家新："你现在算是什么呢？"家新告诉梅子他现在在做港商的代理人。梅子听了笑起来。说，"真是想不到。原来你在厂里也真是看你不出的。"家新说："那是。"他们说了一会儿，家新看时间不早，就告辞，梅子也没怎么留他，只说你有时间过来玩玩。家新说："我要来的。"就走了。

到下晚男人回来。问起样品的事情，梅子告诉他有人来拿走了，男人只"嗯"了一声，也没有再问别的什么。梅子说："那人叫家新，我认识的。"男人朝她看看，说："噢。认识才好。"梅子说："从前和我在一个厂做的。"男人说："噢。"梅子张了张嘴还想说些什么，可是看男人没有兴趣听她说，她也就没有再说。这么隔了一两天的样子，中午梅子把儿子送到学校，回来的路上，看到家新站在那里。梅子一愣，说："你怎么在这里？"家新说："我是等你的。"梅子说："你等我做什么？"家新说："我带你去一个地方，你一定开心。"梅子说："我走不开，等会儿要接儿子。"家新笑起来，说："我已经打听好了。今天下午你儿子三节课，课后还有班队活动。早着呢，你跟我走，保证不误你接儿子。"梅子就跟家新走。

　　到了一处，一看，是一家新开放的卡拉 OK 厅。梅子说："我不进去。"家新说："已经来了，就进去看一看。是我的一个朋友办的，请我的，我没有叫别的人，就叫了你。"梅子不好再说什么，一起进去。一看里面，很豪华，坐下来，就有小姐端上饮料什么的，可能因为是下午，人不多，光线也不亮，梅子坐着有些不自在。家新说："梅子你唱一个，我帮你点歌。"梅子连连摇头，说："你开玩笑，我哪行。"家新说："你从前在厂里唱歌，迷倒我们一大帮人，你又不是不知道。"梅子说："那是什么时候了呀。"家新说："什么时候呀，就像在眼前呀。"梅子说："你说的。"家新见梅子实在不肯唱，就自己点了歌去唱。唱得实在是不怎么好，惹得梅子直是笑。家新回过头，看梅子笑，就说："你笑我，你自己唱呀。"梅子说："我不唱。"就在这时候，喇叭里在说："七号台的梅子女士，《昨夜星辰》。"梅子看别的桌上的人都朝他们这边看，脸红起来，被家新推着站起来，走上去唱那支歌。因为第一次唱卡拉 OK，跟不上节拍，唱了一半就逃下来，大家一阵笑。有人说，音色很好的，就是不熟；也有人说，多唱几回就好了。于是换上别的人唱，梅子坐在暗处，脸上一阵一阵地发热。家新给她鼓劲，又为她点了一首《月亮代表我的心》。梅子再上去唱时，已经能够掌握好节拍了。一曲下来，大家热烈鼓掌，家新兴奋地说："你看，你看。"梅子也很开心，说："真是好多年不唱歌了。"家新说："再唱。"梅子也没有再反对，这一下午唱了好多歌，梅子把嗓子也唱得有些哑。

　　回来的路上，家新又问梅子想不想出来做些事情，总是些很轻松的，不很花费时间，也不会影响接送儿子上学。梅子说："有这么好的事？"家新说："只你想做，就会有。"梅子听家新这样说，又看到家新盯着她，梅子说："我不了。"家新说："随你，你什么时候想做做，跟我说就是，工资什么都不会差的。我现在的老板对我很好，绝对相信。"梅子说："我恐怕不行。"

　　他们分了手。梅子接了儿子回来，男人已经在家里，正在用计算机算什么账，看老婆儿子回来，也没有说什么话。梅子一边去准备晚饭，一边照看着儿子做作业。吃晚饭的时候，梅子看男人喝了两口酒，情绪很好，梅子说："我想我也出去找点事情做做。"男人看了她一眼，没有说话，梅子说："老这样待在家里算什么呢？"男人说："你是缺吃还是少穿呀。"梅子说："我不能永远叫你养着我的呀！"男人又看她一眼，说："我也没有说这样的话，你多的什么心呀。"梅子说："我也不是多心，我想想小光再过些时候升了二年级，也不见得还天天接送是不是？"儿子说："是。"男人说："我养你就是，你不相信我？"梅子说："不是不相信。"男人说："相信就好，别的还有什么好说的。"于是就不再提这个话题。

　　过了一天，家新打电话找到梅子，说让她晚上到卡拉OK门口，他在那里等她。梅子一听连忙说："不行，不行，晚上肯定不行。"家新说："行的。反正我等你。"就把电话挂了。梅子不知怎么办好，男人回来吃晚饭时，梅子说："今天晚上……"男人说："什么？"梅子顿了一会儿，说："今天晚上，原来厂里的几个小姐妹约我。"男人说："你们女人事情就是多。"梅子说："看看夜市。"男人说："去就去了，多说什么。儿子的功课呢？"梅子说："都弄好了。"男人说："那就行，早点回来。"梅子说："好。"吃过晚饭，收拾了碗筷就出门去。

　　到那边一看，家新已经在那里等了。见了梅子，家新开心地一笑，说："我知道你会来。"梅子有点不好意思。说："你说的。"家新说："我知道你喜欢唱歌，就叫你来，以后还常常来啊。"梅子说："以后我也不来了，只唱这一次。"家新笑着，也不跟她争什么，就领了进去。坐下来，仍旧是喝饮料点歌，由梅子上去唱。梅子唱得兴起，又受到大家的鼓励，也不知唱了多少歌，后来一看时间才知道有点过头了，连忙往家去。到了家里男人正在床上看书，见梅子回来，说："怎么弄到现在，我都要去报警了。"梅子说不出来，男人说："逛夜市也不能逛这么长的时间呀。"梅子说："没有逛夜市，去唱卡拉 OK。"男人笑，说："开什么玩笑，你唱什么卡拉 OK，还小女孩呀。"梅子还想说什么，但见男人已经睡下去，一会儿就没有了动静，只好把话放在心里。

　　在送儿子上学的路上，梅子问儿子想不想听妈妈的歌，儿子没有听见，梅子又问了一遍，儿子想了想，说："随便。"梅子说："其实我们自己家里买一个卡拉 OK 也很好。"儿子说："好，好，我要唱，小虎队。"梅子笑，说："你跟你爸爸说。"

　　儿子放学回家果真说了，梅子注意到男人有点奇怪，他看了儿子一下，又看梅子一下，说："你小孩子好好学习才是。"儿子说："是妈妈叫我跟你说的。"男人对梅子说："你真的要唱歌呀。"梅子说："你听小孩子说。"儿子说："妈妈不可以赖皮，是你说的，是你叫我跟爸爸说的。"梅子脸红，男人说："说就说了，有什么大不了，买一个卡拉 OK 也不是买不起，买就买了。"下午就去把卡拉 OK 买了回来，通上插头，儿子抢去吼了几声，觉得没有意思，放下来仍旧玩自己的去。梅子轻轻地唱了一会儿，也觉得全无兴趣。也不知怎么回事，跟着家新在卡拉OK厅唱的时候真是很有意思的，在家里就是唱不起来。

正在发愣，小向进来了，也没有招呼一声，直直地走进来，把梅子吓了一大跳。小向看梅子握着话筒发愣，说："呀，买了这东西，也不告诉我们一声，我们也来沾点光呀。"梅子说："今天才买的，一个人唱真是没意思，你来。"小向说："我才不唱，我哪有你那样的好条件，金嗓子，从前在厂里迷倒多少男人你不知道。"梅子说："你说的。"小向看看卡拉OK，突然说："你怎么想起买这东西？"梅子说："是儿子要玩。"小向探究地看着梅子，过了一会儿，说："家新的事情你还不知道吧？"梅子一惊，问："家新怎么？"小向说："家新和老婆吵架，动手把老婆打伤，拘留十天。"梅子"呀"了一声，小向说："家新这人也看他不出这么野蛮。"梅子顿了一下，说："他和他老婆关系不好？"小向说："夫妻间的事，很难说的，也不知道他们，一会儿好，一会儿不好，这一次听说是老婆知道他跟别的女人去跳舞，火了。"梅子的脸不由得红起来，小向注意地看着她，说："你脸红什么，总不见得是和你跳舞的吧。"梅子说："你说得出，我怎么会？"小向说："我想你也不会。"梅子想了想，说："要不要去看看他？"小向说："看谁？"梅子愣了，小向说："看家新呀？"梅子不说话。小向说："家新要你看他做什么，你是不是……"梅子连连摇头，说："不是不是。"小向笑起来，说："不是什么呀，我又没说什么，你急的，你这样的人，还是在家里的好。"梅子说："是。"小向看梅子突然沉闷了，说："不说家新了，好不好，家新和我们有什么关系。我来跟你说，到泰山的事情，我想来想去是件好事情，还是要动员你一起去，你怎么样？"梅子说："我不知道。"小向说："今年最后一批已经过了时间，我们明年一定去好不好？明年开春就去。"梅子说："明年的事情你就想好了。"小向说："那是，早作准备，我跟你说好了，你到时候不能赖皮呀。"梅子说："什么时候说好了的。"小向说："今天就算说好了。"梅子无可奈何地一笑。小向说："这就是了。"

下午梅子去领儿子，看儿子哭着出来。问什么事情，说是大部分的同学都戴上了绿领巾①，只有三五个人没有戴上，儿子当然是之一。看儿子哭，梅子心里也很难受，想儿子这样一来反而倒懂了些事情，于是说："你现在知道哭，你早知道哭，表现好一点呀。"儿子不说话，只是流眼泪。梅子说："哭也没有用，下次再争取。"儿子说："只剩下五个人到星期六要是还戴不上，就永远戴不上了，以后连红领巾也不能戴。"梅子也有点急，说："我现在领你回去问问老师。"儿子不肯，梅子说："那你争取星期六戴上行不行？"儿子说："我不知道，爸爸要打死我的。"梅子说："你哭，到底是怕爸爸打，还是自己晓得难受了，晓得自己不对了。"儿子说："我怕爸爸打。"梅子长叹一口气，说："你原来是怕爸爸打才哭呀，你到底是怕爸爸，还是晓得自己不如人家才哭？"儿子说："我晓得自己表现不好才哭的。"梅子不能相信儿子的话，说："你不是怕爸爸打才哭的？"儿子说："我是怕爸爸打才哭的。"

梅子真是哭笑不得，领着儿子回家，把作业本拿出来看，作业

---

① 绿领巾：表示是少先队的预备队员，起源于上海。一年级的学生实行戴绿领巾，到了二年级，一部分达到条件的学生就可以加入真正意义的少先队，开始戴红领巾。

倒是有些进步。梅子说："功课有进步。"儿子笑起来，说："老师表扬我的。"梅子说："你想得美，表扬你为什么不让你戴绿领巾？"儿子说："老师说不戴绿领巾不是因为我的功课，是因为我做小动作。"梅子说："那你知不知道要改？"儿子说："我知道。"梅子说："那你今天上课有没有做小动作？"儿子说："没有。"梅子说："真的没有？到底有没有做？"儿子说："做的，我玩铅笔盒子。"梅子说："你气死我了，绿领巾没有戴上，你还不改正。"儿子说："我改。"梅子又叹息一声。儿子说："我不戴绿领巾的事情你要不要告诉爸爸？"梅子说："你说呢？"儿子低了头，说："问也是白问，你肯定要告诉的。"

到下晚男人回来，梅子看看男人的脸色不好，也没有把儿子的事情说出来。后来男人看看她，说："又是什么事情，脸摆给谁看。"梅子说："我没有摆脸，是你自己摆着脸。"男人说："我不开心我是有事情，我的生意不顺。"梅子说："你只是知道生意上的事。"男人说："我不管生意上的事情，这个家谁来养着？"梅子说："我说我要出去做。"男人说："你嘴巴越来越不肯饶人。"梅子说："我怎么不肯饶人，你不知道儿子今天哭得伤心。"男人说："小孩子家哭几声算什么，他懂什么伤心不伤心的。"梅子有点气，说："小孩子也是人呀，他怎么就不懂，班上一大半的同学都戴了绿领巾，他没有戴上，他怎么不伤心。做父亲的也不问问，也不管管。"男人说："戴不上那是他自找，像他那样，以后有得苦吃。"梅子说："有你这样说话的，听你口气好像小光不是你的儿子。"

正说着就听有人敲门，开门一看，是小光的班主任来家访，小光一看到老师连忙往自己小屋里躲。梅子要叫儿子出来，老师说：

"让他做作业，我跟你们家长说说。"于是坐下来，梅子泡了茶，拿了些水果什么，尽拣好话先说，说老师怎么怎么的辛苦，说孩子又是怎么怎么的不听话，难教育。说幸亏碰上了这样的好老师，儿子才有希望进步等。老师听了，起先也没有表示，后来老师一笑，说："说是说得不错，可是看起来你们并没有把教育子女的工作做起来，只是在口头上说说而已。"

　　梅子和男人都有些尴尬，但是也不好向老师解释什么，分辩什么，只是赔着笑脸点头。老师见他们承认她的话是对的，更觉得自己有理，于是又说："不是我要来批评你们，你们的儿子也实在太过分，你问问他自己，开学到现在也有好几个月了，别的孩子再怎么调皮，也慢慢改了过来，可是你们的儿子，一直到现在上课还是猢狲屁股——坐不定，像谁呀？"梅子朝男人看看，男人也朝梅子看看，说不出话来。老师继续说："你们两位都是什么学历，看起来也不会太高是不是？"梅子说："我是高中毕业，他是读过大专的。"老师说："怎么可能，大专生连一个一年级的孩子也教不好呀。"梅子看男人有点不高兴了，她朝男人使眼色，男人忍了一下，把火气忍下去。老师见他们都不作声，再说："你们不说话也不是办法，死猪不怕开水烫是不是？"梅子男人终于忍不住，说："你说谁是死猪？"老师张了张嘴，梅子连忙说："老师只是打个比方呀。"老师说："就是，连比方你也弄不懂，怎么教育孩子？"梅子男人说："我要是能教育孩子，要你们老师做什么？"老师说："这就对了，怪不得你们儿子弄他不好，原来你们做家长的就是这样的错误想法。你以为教育孩子只是老师的责任呀？"梅子说："没有没有，我们一直是配合老师的。"老师说："配合得怎么样呢？"梅子男人说："我觉得也算是不错的了。功课也不算太差，几次考试测验，不都是中上游吗？你们的要求也太严了些，一年级的小孩子，哪能管那么紧。"老师说："从小不管紧，以后学坏了，出事情怎么办？"梅子男人说："我的儿子，有什么事情当然是我负责，用不着别人操心。"老师听他这么说，愣了好一会儿，说："你把我们老师的辛苦都看成什么了？"梅子说："老师你千万不要误会，他是说——"男人打断梅子的话，说："我就是那样的意思，希望老师也不要管得太宽了。"老师又愣住了，想了半天，眼睛里突然冒出些眼泪来。梅子一看慌了，不知怎么办好。老师却抹了抹眼睛，说："没有什么，我想想也真是心酸，吃辛吃苦，到底为了什么呀，不被人理解，到处被人指着背脊骨骂。"梅子说："老师你千万不要这样想，没有老师的教育，我们小光到现在还不知道是个什么样子呢，这一点我是最清楚的。老师的功劳我们真是永远也不敢忘记的。"老师又抹抹眼睛说："我也不指望别的什么，只是希望小孩子能争点气，说到底我也就是这个目的。别的你说我想要什么？"梅子连连点头，梅子男人的气也消了大半。

老师平静下来，喝了口水，说："我这次来家访，就是想知道一下，对于江小光，你们准备怎么办？"梅子看看男人，男人说："怎么怎么办？"老师说："以他这样的情况，第二批的绿领巾恐怕也是难戴上的，以后怎么办？"梅子说："全靠老师关心。"老师看了他们一下，说："你们家的情况我们也是知道一些，做生意的，有些钱的，但是千万不能以为有了钱就有了一切。"梅子说："我们从来没有这样想。"老师说："这样对孩子实在是不好的。"梅子说："是。"男人却又听不进去，说："我们也不是因为有了些钱就会怎么怎么的人。"老师说："你们有了钱怎么怎么跟我没有关系，我只希望你们不要用金钱去迷惑孩子的心。"梅子男人说："我们怎么会拿钱迷惑孩子的心，你们做老师的，真是什么话也说得出来。"老师说："我们也是有过教训的，才这样说话。有几个个体户的孩子，眼看着他们手里有了几个钱就变坏起来了。"梅子男人说："那也不见得个个有钱的人都是坏人。"老师说："我并没有说你们怎么样，只是看到江小光不求上进的样子，我心里很为你们着急。"梅子说："真是难为老师，我们这个孩子从小就是很难弄的。"男人说："老师大概觉得是因为我们家里有了些钱小光才不学好的是不是？"老师说："这也不是绝对的，但是也不能排除这样的可能。"男人"哼"地冷笑一声，不再和老师说话，只由梅子赔着笑脸向老师检讨。

最后老师说："既然你们做家长的也已经能够认识到这个问题的严重性，我的目的也就达到了。"梅子男人忍不住笑了起来，说："问题的严重性，说得真是，江小光是什么人呀，是一年级的小学生呀，才七岁呀。"老师说："老话说七岁看到老，你不知道？"梅子说："知道，知道。"老师这才起身，梅子问老师："老师的家住在什么地方？"老师警惕地看了梅子一眼，反问道："你问我的家做什么？"梅子愣了一下，说："也没有什么，随便问问，也可能什么时候去看看老师。"老师一脸的严肃，说："有事情上学校找我就是，不必找到家里去的。"梅子点头，说："是。"送了老师出来，对老师说："老师，他的态度不好，你千万不要放在心上。"老师笑笑，说："我不会的，我见得多了。"梅子说："老师真是能体谅人。"老师又笑，说："今天好像是喝了酒了，是不是？"梅子说："是。"老师说："那也难怪，在外面做事情，也是很烦人的。"梅子说："真是，老师理解。"

梅子送过老师回进来，男人说："少有。"梅子说："你怎么和她争，人家的家长看到她都不敢随便说话的。"男人说："我怕她什么。"梅子说："不是你怕她，是儿子怕她。"男人没有话说，很不甘心地"哼"一声。梅子想了想，说："不过话说回来，老师说的也不是没有道理，你看她辛辛苦苦到底为了什么呀，也是为了孩子好呀。"男人说："这样的辛苦，别人不见得就领情。"梅子说："我想想我是领情的，人家又不是为了自己，也是为我们的小孩子。"男人说："你不要自作多情了，想拍马屁也拍不上，连家里住什么地方也不肯说。"梅子说："学校可能在这方面很严的。"男人说："严才好。"

他们说了一会儿，想起儿子半天没有露面，梅子说："要饿坏了，到现在没吃呢。"男人说："饿，饿他个三天，看他听不听话。"一边说，一边找一把尺进儿子屋里去，梅子跟在后面，怕男人下手太重打坏了儿子。可是进屋一看，儿子趴在桌上睡着了，作业已经做好，再看儿子时，脸上还挂着两行泪水。男人手软下来，放下尺子出来，梅子跟出来。男人说："唉。"梅子说："算了，他还小。"男人说："我在外面已经够我烦的了，想回来好好地清静一下，回来又是这样子。"

梅子不好说话，把凉了的饭菜热过一遍，去叫了儿子起来一起吃饭，儿子怯怯的，不敢吃菜，梅子往他碗里夹菜，儿子只把眼睛朝爸爸脸上看，急急地吃了一碗饭就躲进自己小屋里去。梅子看看男人的脸色，说："你今天什么事情不顺？"男人说："我的一批生意泡汤了。上次叫你做的那些样品，本来外商看了很满意的，订单也来了，可是被那家伙耽误了，一错就错过了时机，倒霉的，那家伙被抓起来了。"梅子脱口说："是陈家新？"男人奇怪地看了梅子一眼，说："你怎么知道？"梅子说："我……上次来拿样品的……不就是他么，陈家新呀。"男人说："正是，也不知为什么，叫派出所抓了，害我损失了。"梅子心里沉沉的。男人说："这下子那家伙倒了大霉，听说那个外商也解雇了他。"梅子说："派出所抓他是为了什么？"男人说："也不清楚，好像也是男人女人的事情。"梅子没有说话，男人看看她，突然笑起来，说："怎么样，老婆，还是我这个男人好吧。"他过去抱住梅子，梅子推开他说："我头疼。"男人说："你花头最多。"梅子说："我真的头疼。"男人叹息一声，自顾上了床。梅子一个人坐了半天，心里乱乱的，不知想了些什么。

第二天梅子抽个空到小向那边去。小向看到梅子觉得很奇怪，说："你怎么来了？"梅子说："我心里很乱，来看看你。"小向说："出了什么事情？"梅子摇头，说："我想去看看家新，你知道他关在哪里？"小向惊讶地朝梅子看了半天，最后她说："难道和家新一起跳舞的是你呀。"梅子说："我没有和他一起跳舞，不过他带我去唱过两次卡拉 OK。"小向说："原来……"梅子说："我心里一直不能平静下来。"

小向哈哈地笑起来，说："梅子你真是梅子，你以为家新真的是因为和别的女人跳舞才打老婆才被抓的呀，你真是没有长大似的。"梅子说："那是为什么？"小向说："具体的你问我我也说不清，反正不会那么简单。"梅子说："我真是很想去看看他，你说能不能？"小向想了想，说："那也没有什么不能，只是你们江奇知道了怎么说。"梅子说："江奇出差了，就算他不出差，他也不管我的事情。"小向说："你倒很自由。"梅子脸红，说："我什么自由？"小向说："问你呀。"梅子脸复又红。后来由小向去打听了家新的地方，小向陪梅子一起过去。看守问她们是陈家新的什么人，说是同事，看守说同事不能探望，怎么说也不行，只得返回。小向看梅子闷闷不乐，说："算了，你和家新本来又没有什么，不看也罢。"梅子说："那倒是。"

三

　　家新出来就到梅子家里来看梅子。那天梅子正在家门口洗菜，看到有人走过来，以为是一个路人，也没怎么在意。后来走近了，梅子仍然低着头没有抬起来。后来发现这个人的脚就停在她跟前，梅子抬头一看，才知道是家新，梅子"呀"了一声，半天没有说出话来。家新朝她笑，说："怎么，梅子你不认得我啦？"梅子也笑了，说："你这么快就出来了。"家新说："那是，本来没有什么事，再用些钱铺铺路就行。"梅子说："出来就好。"家新直看着梅子的眼睛，梅子避开去。家新说："我听小向说，你来看过我。"梅子："我心里不好过。"家新又笑，说："梅子你真是个好人。"梅子说："我不好。"梅子在围裙上擦干净手，让家新进去坐。家新进去坐了，说："你丈夫很忙？"梅子点头，家新说："我不做港商代理人了。"梅子担心地看着他，说："你怎么办？"家新说："我有办法，我自己做。"梅子说："你是有本事的人。"家新说："什么叫有本事，什么叫没本事，发挥出来就是本事，像你这样，就是没有发挥出来罢了。"梅子笑了，说："我哪里呀。"家新说："我现在正在做的事情，就是贷款办一家新潮的歌厅，我很想请你到我的歌厅唱歌。"梅子张了张嘴。家新说："你不要说，我知道你不会愿意的，我只是随便说说。到哪一天你想来，来就是。"梅子说："我不会去的。"家新说："那是。"梅子笑笑，说："既然你知道，你还来说什么。"家新说："我说说总可以吧，其实真的，当年你在宣传队唱歌，我拉琴的时候，我就想着有一天……"梅子说："好多好多年了。"家新说："时间再长事情也不会忘记的。"梅子把自己的眼睛移开，说："你在我这里吃饭吧。"家新看了一下表，说："哪能呢，我也要走了，还有许多事情。"梅子送家新出门来，家新说："我跟你说的事情，你再想想。"梅子一笑，说："我不会去的。"

　　家新走后，梅子回来，心里有点不踏实，看着那套卡拉 OK 音响设备，买虽是买了，也难得再唱，忍不住过去拿了话筒唱起来，唱了一会儿。男人回来了，看梅子正唱得来劲，说："你起劲。"梅子说："我唱唱，练练。"男人狐疑地看梅子一眼，说："练什么，你要参加比赛呀？"梅子说："我比赛什么？"男人说："那你练的什么？"梅子也不知道自己练的什么，放下话筒就去做饭。男人追进厨房，说："有件事跟你商量一下，我有一个朋友，家里出了点事，小孩子放寒假没有地方去，想在我们家寄些时候。"梅子说："多大的孩子？"男人说："和小光一样，上一年级。"梅子想了想，说："也好，既然人家有困难，就帮人家一把，反正小光一个人，寒假在家也没个伴。"男人说："那好，我就去和他说，过日放了假就叫过来住。"梅子说："好。"过几天放了寒假，那孩子就领来了，叫作余有，比小光矮小些，长得也是干干净净的样子。

　　带来的书包也是很整齐的。梅子把余有的书和作业本拿出来看，比小光的要好得多。梅子对儿子说："你看人家和你一样大，你看人家的作业做得多好。"儿子说："人家是人家，我是我。"梅子没有说话，两个小孩子在家里过寒假，虽然也难免吵吵闹闹，但是总比一个孩子在家里有意思得多。梅子看儿子和余有玩得来，也很开心，她自己也省心不少。有时候要想走出去，也不再担心儿子一个人在家里会做出事情来。

到年前的几天，小向来叫梅子，是她过生日，一定要梅子去参加，梅子答应了。到了小向生日那天，梅子安顿好儿子和余有的晚饭，叫他们吃了晚饭看过电视就上床，自己就到小向指定的地方去。一看原来是一家歌厅，很高档的，问小向，说一张门票就要五十元，还不包括别的消费。梅子说："小向你有钱。"小向说："老板是我的熟人，打折扣的。"一起进去。已经先到了不少人，有些是原来厂的同事，见了梅子，都叫起来。梅子很开心，也不知往哪边坐才好。小向拉她说："你就坐这地方，离话筒近，等会儿要听你唱。"梅子说："不行不行，我不唱的。"小向说："你不给面子呀。"梅子不好再说，心里只是有些害怕。

生日的一些仪式过去，蛋糕切着吃了，大家也一起唱过《祝你生日快乐》，接着就是唱卡拉 OK。梅子以为小向第一个就会叫她出来唱，很紧张，不料小向并没有叫梅子，自己先上去唱了一首，接着许多人都争先恐后地抢着去唱，倒把梅子扔在一边了。等大家唱够，小向才想起梅子，走过来说："梅子你不像话，躲在这里做什么，不唱。"梅子于是上前去唱，一首唱下来，大家听得愣了，也忘记了鼓掌，过了好半天，才有人说："想不到，梅子有这样的天才。"于是大家鼓掌，叫梅了再唱，梅了又唱了，后来把歌厅的老板也引了来，听梅子唱。梅子知道在这地方唱一支歌就要五块钱，优惠给小向也要两三块钱，不肯再唱了。老板说："你唱，你唱的歌免费。"大家就起哄，"我们也要免费。"老板说："你们能唱出这位女士的水平，自然免费。"大家说我们不能。梅子又唱过一些歌，老板就把小向拉到一边，说了半天的话，也不知说的什么，只见小向一会儿摇头，一会点头，弄得神秘兮兮。这天晚上一直闹到很晚才回家。小向和梅子同路，路上小向问梅子，说："你知道歌厅老板跟我说什么？"梅子说："我怎么知道？"小向说："说你呢，他想请你到歌厅唱歌。"梅子说："你说得出，我怎么能？"小向说："有什么不能，白天也不做什么，就晚上唱几只歌，不过一两个小时，收入可是不小呢。"梅子说："我不能的。"小向说："是不是怕江奇反对？"梅子没有说是也没有说不是。小向一路就和梅子一起到了梅子家。梅子说："你怎么不回去？"小向说："我跟你们江奇说说。"梅子说："你说也是白说。"小向说："白说就白说，试试。"于是一起进去。

　　梅子男人见梅子这么晚回来正要说话，看到小向也进来，就把话咽下去。小向说："我给你们梅子找了一个活。"梅子看看男人，男人也正在看着她。男人说："梅子有活做。"小向说："歌厅老板请他去唱歌。"梅子男人说："你开玩笑。"小向说："不开玩笑。"梅子男人看着梅子说："是真的，你要去做歌女？"梅子说："我没有说我要去。"男人说："这就是了。"小向瞪了梅子一眼，说："这样好的机会，别人求也求不到。"梅子不说话，男人打了个哈欠，小向叹息一声，说："赶我走，我走了。"小向走后，男人说："你现在的花样经①也多起来了。"梅子说："我没有。"男人说："晚上也在外面疯。"梅子说："我真是难得，小向的生日，能不去呀？"男人说："小向的话，你少听。"梅子说："我又不是小孩子。"男人说："那就好。"他们没有再多说什么，上了床，熄了灯，过了一会儿，男人说："梅子。"梅子说："什么？"男人顿了一下，说："你知道，我是很在乎

―――――――――
　　① 方言，花招。

你的。"梅子在黑暗中没有说话,男人说:"你不相信?"梅子说:
"我不是不相信。"男人说:"你心里有事情。"梅子说:"你说的,我
能有什么事情。"

男人轻轻地叹息一声,翻个身就睡。梅子躺着,好长时间不能
入睡,心里真好像有些什么放不下的事情,可是想来想去,也想不
出到底是个什么事情。又过了一会儿,男人突然翻过身来,用手勾
住梅子,梅子吓了一跳,说:"你没有睡?"男人说:"我睡不着。"
梅子说:"有什么事情?"男人说:"没有。"梅子想了想,也不知说
什么好。男人说:"你明年想到泰山去玩是不是?"梅子奇怪:"你怎
么知道?"男人一笑。梅子说:"我没有跟你讲过这事情。"男人说:
"你的心思我还能不知道。"梅子在黑暗中红了脸,她说:"也只是小
向跟我说说的,我并没有决定。家里走不开的。"男人说:"你要是
想去,你去就是,那几天,我在家不出门就是。"梅子侧过脸来看看
男人,她看到男人眼睛里有些光彩,梅子心里有一种说不出的味道。
她想了想,说:"到时候再说吧,小向说话也没有个准的,变起来很
快,说不定过几天又不想去了。"男人说:"好。"

在新年里男人出门去了,梅子带着两个孩子在家里过得也还可
以。有客人上门坐坐,聊聊;没有人来就带孩子出去走走。有一天
梅子被小向几个又拉到歌厅唱了一回,回来发现两个孩子不在家,
直找到天黑也没有找着孩子,梅子急得哭起来。小向急急地奔走
了,也不知到哪里去。过了一会儿,小向过来,说:"你别急,我已
经叫人去帮忙找孩子。"梅子说:"你叫谁去找?"小向说:"叫家新
呀,家新的路子,你是知道的,这城市里,哪条路他不通呀。"梅子
不说话,只是流着泪,小向劝得不耐烦,说:"这么大的孩子,也不

是不认得自己的家，你哭什么？"梅子说："外面拐子多。"小向说："你说的，我看你们家儿子和那余有，都不是没有头脑的孩子。你放心就是。"

等了不多时，家新就把两个小孩子送回来了，果然是玩昏了头，连天黑也不知道回家。问家新是在哪里找到的，说是在游乐场。找到他们时，两个人还没有意识到天已大黑了呢。梅子上前要打儿子，被家新挡住。说："找已经找到了，打也不用打了。"梅子就没有打儿子，儿子说："谢谢陈叔叔。"家新看看余有，问："这孩子是哪家的？"梅子告诉他是男人的一个朋友家的，家里出了点事情，孩子没处去，寒假寄放在她家。家新听了，过去问余有："你爸爸叫什么？"余有说："叫余胜海。"梅子看到家新听到余胜海的名字脸色变了，忙问："家新，你认识余胜海？"家新朝余有看看，没有说话。等余有和小光走开后，家新说："原来这样，把孩子托掉，自己逃跑了。"梅子说："你说谁？"家新说："就是余胜海，卷了我的钱，走了。"梅子愣了，说："怎么会，怎么办？要不要问问余有他爸爸在哪里？"家新想了想，说："不要，不要把小孩子也牵进去。再说他也不见得知道他爸爸到哪里去，余胜海既然把孩子托付了，肯定跑得远远的，再说吧。"梅子说："那你现在情况怎么样？"家新苦笑一下，说："能怎么样，焦头烂额。"梅子说："我能不能帮帮你？"家新摇摇头，又说了些别的话，就走了。小向说："家新这样的人，做生意，真是的……"梅子说："怎么？"小向说："我也说不准，好像他不太适合，但是也有人说他会来事。"梅子说："他心肠太软是不是？"小向说："也不见得。"

过了几天男人回来，梅子把儿子和余有的事情告诉男人，男人说："你也是的，在家里连两个孩子也管不好。"梅子说："我也不知道他们会玩心这么重。"男人说："要你在家里做什么，不就是管好孩子吗？"梅子不作声，男人看看梅子的脸，说："算了算了，没有出事情就好，以后你要小心才是，最近弄小孩子勒索钱的很多。"梅子说："你不要吓我。"男人说："我没有吓你。这是真的。"梅子听了半天没有说话。过了好一会儿，梅子说："余有他爸爸，到底出了什么事情？"男人说："我也不清楚，反正也是生意上的事情，和别人搞僵了，走开了。"梅子轻轻地出了一口气。男人说："怎么，是不是余有不好？"梅子说："没有，余有好的，小光跟余有一起，也算有些进步，也晓得功课的事情。"男人说："那就好，要是再多放些时候，你看怎么样？"梅子说："我不知道。"男人看了梅子一眼，说："你是不是听说了什么事情？"梅子说："什么事情？"男人说："余有的父亲有些事情，是不是小孩子告诉你的。"梅子说："没有。"男人说："没有就算了。"

　　到了寒假快结束的时候，果然不见余有家人来领余有回去。有一天梅子问余有，余有说："我也不知道怎么办，我爸爸说好开学前要来领我的。"梅子说："要是到开学的时候还不来呢？"余有不说话。小光说："不来最好，和我一起去上学，我就有帮手了。"梅子说。"你说得出。"小光对余有说："你说，你是不是愿意在我们家住？"余有想了想，说："我也愿意在你们家住，不过，更想回自己的家。"梅子看看余有小小的年纪，脸上竟有一种凄然的神色，心里很不好受，便说："你在这里住就是，和自己家一样。"余有点点头。可是到了开学前一天，余有的爸爸突然来了，接走了余有。梅子心里很乱，她不知道要不要去告诉家新。看到余有临走时对他们家恋

恋不舍的样子，梅子想她不能去告诉家新。到了第二天男人回来说
余有的爸爸安排好了余有的事情就投案自首了。梅子问结果会怎么
样，男人说能怎么样，钱已经没有了，追也追不回来了，余胜海看
起来要判几年，被骗的人最倒霉，破产了。梅子说："是谁？"男人
说："管他是谁，只要不是我。"梅子说："余有爸爸为什么要回来呢，
他不知道回来要吃官司？"男人说："怎么会不知道，总是为了孩子
吧。"梅子说："孩子可怜。"男人说："那是。"

　　过了些日子，家新叫小向带过信来，说想和梅子说说话，小向
问梅子去不去，梅子说："你说。"小向说："去就去，这有什么。"梅
子就去了，还是在卡拉 OK 碰头。家新说："只隔不到半年，就很不
一样了。"梅子说："什么不一样？"家新说："我呀，我现在是个穷
光蛋了。"梅子说："但是你还是你呀。"家新看着梅子。说："你真
是个好人。"梅子说："我不好。"家新说："你唱吧。"梅子说："我不
唱。"家新说："虽然破了产，唱几支歌的钱我还是有的。"梅子说：
"我不唱。"他们闷闷地坐了一会儿，后来家新笑了一下，说："我真
是的，还想请你出来为我的歌厅捧场呢，一场空。"梅子说，"你打
算怎么办？"家新说："走。"梅子说："出去？"家新点点头。梅子
问："你到哪里去？"家新说："我也不知道，走到哪里算哪里。"梅
子说："你没有钱怎么出去闯？"家新说："钱是挣来的。"梅子张了
张嘴，没有再说什么。他们谁也没有唱歌，分手的时候，家新说：
"我这一走，也不知什么时候能回来，我想我要是回来，还是要重新
实现我的计划，建一个歌厅，我还是要请你出来的。"梅子笑了一
下，没有说话。家新说："从前的印象太深了，我没有办法抹掉它。"
梅子说："我希望你回来。"家新也笑了。

　　这一天回家，梅子对男人说："我想向你借点钱。"男人奇怪地说："你这叫什么话，我的钱不就是你的钱。"梅子说："我有一个朋友，破了产，想出去闯一闯，可是身无分文……"男人说："要你帮助？"梅子说："他没有说要我帮助，是我自己想帮助他。"男人想了想，问："是谁？"梅子说："是陈家新。"男人只稍稍一愣，随即说："陈家新，我晓得了。"梅子说："他原先是和我在一个厂的。"男人说："我知道。"梅子看看男人，男人说："你说吧，要多少？"梅子又看看男人，男人说："怎么，你以为我不肯？"梅子说："我没有想到你这么爽气，这钱，也许很难再收回来的。"男人笑起来，说："钱又怎么，我是想得开，钱总共那一点，你争我夺，我赚了，他就亏，总共那么一碗饭，不是他饱了，就是我饿了，不是吗？"梅子说："是。"过一日梅子带了些钱去看陈家新，可是陈家新已经走了，梅子又把钱带回来。

　　到了四五月间，梅子跟着小向她们一起上了泰山，在泰山顶上，梅子看到日出的景象。仅仅是在一刹那间，太阳就出来了，无声无息地，就这么出来了！

城西故事

一

　　城西其实是老城的城西，所以说起来城西只是从前的叫法。现在在老城的西边，又造出一个新城来，并且已经和老城合为一体。从现在的位置来看，从前的城西恐怕应该叫作城中了。只是因为大家叫惯了，觉得顺口，所以仍然叫城西，这样我们的故事才能叫城西故事。

　　城西有故事，城南、城北、城东也有故事，也可以叫作城南故事、城北故事或者叫城东故事，但听起来总不如城西故事有味道。

　　这无疑是有原因的。

　　现在陈汝芬住在城西。陈汝芬其实不应该住在城西，陈汝芬在城东有房子。城东的三间房子确切地说是陈汝芬父母亲的。在陈汝芬父母去世以后，根据继承法陈汝芬应该有一部分，现在城东的房子由陈汝芬的大哥陈汝林和二哥陈汝明住。陈汝芬的大哥、二哥都结婚有了小孩，现在在城东陈汝芬父母的房子里总共住了八个人。当然八个人可以说明父母的房子并不宽裕，却不能说因此就没有陈汝芬的位置。而事实上，陈汝芬的哥哥曾经让出房子给陈汝芬住，是陈汝芬自己不要住。陈汝芬为什么不要住，也许有很多复杂的原因，也许没有什么复杂的原因。但是有一点是可以肯定的，陈汝芬是一个老姑娘。老姑娘多少总有一点怪脾气，这是大家一致的想法。所以陈汝芬也可能确实没有什么原因，她只是不想住在城东。

后来陈汝芬就住到城西来了，我们的故事也就从城西说起。

城西故事就是陈汝芬故事么，当然不是。

实际上陈汝芬在城西的住房，和陈汝芬的父母亲也是有一点关系的。

看起来陈汝芬总是摆脱不了她的父母亲，这不奇怪，一个人当然不可能摆脱自己亲生父母的种种影响。

当年陈汝芬的父亲从乡下出来求学，他们家在城里没有亲戚朋友，就租了一间房子住。陈汝芬的父亲读书是很用功的，他考取了当初很有名气的美国人办的东吴大学。美国人在中国办东吴大学，当然是件好事，但其实用的还是中国人的钱，是庚子赔款；就是说美国人拿了中国人赔给他们的款子，又到中国来办大学，这难道不是很好的事么，当然是很好的事。

据说当初东吴大学的门槛很高，想来也是这样，美国人的鼻子也比中国人的高，这是事实。所以陈汝芬的父亲，当初一个乡下出来的小伙子，要爬这个门槛必定很不容易，但他毕竟爬过去了。

陈汝芬的父亲住在城西的小房子里，每天他走到城东去听课，他不仅十分勤奋，并且很有数学方面的天赋。这是他先生对他的评价。后来先生把他招为女婿，先生没有门第之见的新思想，使陈汝芬的父亲大为感动。

陈汝芬的父亲搬出那间租来的小屋之前，房东人家已经败落，他们只要了八十块钱，就把房子典给了陈汝芬的父亲。也就是说，如果两年之内不拿出八十块钱来赎回房子，这间小屋就是陈汝芬父亲的了。两年以后，房东果真没有来赎房，当然陈汝芬的父亲做了大学教授的女婿，自己也在大学里做了先生，已经用不着这间小屋了，他就把房子租给一户朱姓人家。

陈汝芬小的时候，跟着母亲到城西朱家去过，去做什么，她记不清了，好像是为钱的事情。现在回想起来，如果是为钱，那很可能是房租，因为除了房租，陈汝芬的母亲和朱家不大可能发生经济上的其他往来。如果是为了几块房租，陈汝芬的母亲一次次从城东走到城西，是不是有必要呢，但事实就是这样的。这个事实看起来至少可以证明这样几种情况，一是朱家的人极不爽气，几个房租钱老是拖欠不缴，这当然也有原因，或者朱家很穷，拿不出钱来，或者他们天生是那种狗皮倒灶的人。同时另一种情况也是很显然的，在陈汝芬母亲从城东走到城西去讨几个房租钱的时候，陈汝芬家的经济状况很不好，因为陈汝芬的母亲不是那种斤斤计较的人，她如果有钱用，是不会上门去逼债讨钱的，她做不出这种事，她是大家闺秀，很要面子。到她上门去讨房租的时候，一定是家里很窘迫了。那时候说陈汝芬家经济困难，别人不会相信，陈汝芬家虽然有母亲没有工作和子女多（三个孩子，也不算太多）这两方面的不利因素，但是陈汝芬家在经济上的有利因素是绝对的，陈汝芬的父亲工资很高。收入高却钱不够用，人家由此得出结论，这家人家的家庭主妇不会当家。这一点也不冤枉，陈汝芬的母亲确实不会管钱。

陈汝芬跟着母亲从城东走到城西，路很远，但她的兴致很高。有经验证明，只要陈汝芬的母亲上了门，朱家就会拿出钱来。

这样陈汝芬的母亲拿到钱，她们再从城西走回城东，在半路上她们停下来，找一个小店，歇歇脚，吃一顿小点心，比如蟹壳黄烧饼、小馄饨之类。陈汝芬的母亲告诉陈汝芬，顺利地拿到钱，这说明朱太太不是没有钱，而是想赖租。陈汝芬也相信这种说法。不过陈汝芬那时候并不觉得朱太太很讨厌。朱太太看见陈汝芬的母亲，就很抱歉地说："唉唉，陈太太，你怎么亲自跑过来了，老远的路，我本来正要给你送过去呢。"

那时候陈汝芬甚至有点喜欢朱太太。朱太太很和善，她很喜欢陈汝芬，每次陈汝芬去，她就拿出吃的东西给她吃。

在陈汝芬的记忆中朱太太家永远只有朱太太和朱先生，他们家没有小孩。陈汝芬问过母亲，母亲说，朱太太有毛病，生不出小孩。母亲又说，朱太太的毛病是从前做下作事得下的。

陈汝芬那时还不大明白什么是下作事。她问母亲，朱先生是不是晓得朱太太有病。母亲说当然晓得，做夫妻的人，什么不晓得呀。

陈汝芬说朱先生既然晓得怎么还跟朱太太结婚呀，母亲鄙夷地一笑，说："你以为朱先生是什么好货呀，朱太太做那种事，朱先生拉皮条，所以我晓得他们是有一点钱的。只有你父亲，想得出把房子租给这种人。归根结底，他当初根本不应该租城西的房子，城西地方的人，都是差不多的人。"

到后来陈汝芬长大了一点，她明白这一切，也就明白了从前的城西故事，应该是一些什么样的故事。

那时候陈汝芬一定没有想到后来她自己也会成为城西故事中的人物。陈汝芬住到城西，是因为朱先生和朱太太不再需要住那间小屋了。他们到另外一个世界去，在那里他们也许会住上自己的房子，也可能仍然要租别人的房子来住，这恐怕要看他们的造化了。朱先生和朱太太，是朱先生先去，紧跟着朱太太也去了。朱太太在临死之前，还能走动的时候，她从城西走到城东。她见到陈汝芬，交付了最后一次房租，这时候陈汝芬的父亲都已去世。陈汝芬看见朱太太，不知为什么，她很想哭。朱太太对陈汝芬说："我就要去了，我去了，那间房子你们拿回去，房子已经很旧了，本来我是想相帮修一修的，可是我没有这个能力了，真是对不起。"朱太太又说，"从前我很喜欢你，我心里很想要你做我的干女儿，可是我不敢开口，我知道这是不可能的。其实我心里还有一个愿望，就是能吃到你的喜酒，现在也来不及了，不可能了。"朱太太又说了其他一些话。

后来朱太太从城东走回城西，过了几天，她就去了。

据说朱太太死的时候发生了一件很奇怪的事情。朱太太是在那一天早上去世的，确切地说，是在那一天早上七点钟，是在桂香走进朱太太家，听到朱太太说了最后几句话以后。

桂香也是一位老太太，和朱太太相交甚好；当然桂香的出身和朱太太并不一样，但这不妨碍她们成为好朋友。桂香每天早上和朱太太一起到城西小公园去打太极拳。很显然那一天朱太太没有去，桂香打完太极拳回来，就去看望朱太太。朱太太这时候还很清醒，她好像是在等桂香。桂香来了以后，朱太太和桂香交谈了几句话。桂香一开始还不明白朱太太说这些话是什么意思，因为她并没有想到朱太太会怎么样，她只是以为朱太太有一点不舒服。可是朱太太说了那几句话以后，就闭上了眼睛，停止了呼吸。当桂香明白朱太太大限已到，她并不惊慌，她给朱太太拉好被子，按照朱太太的吩咐，叫人去通知了朱太太唯一的一个远房亲戚，通知了城西小房的房主陈家。

难道朱太太最后说的就是委托桂香通知两个人吗？当然不止是这些，但问题是桂香没有说，桂香不说，别人就没有办法知道。但桂香总有一天会说的，桂香不会把朱太太的话再还给朱太太的，这一点不用怀疑。

这一切都没有什么奇怪，奇怪的是在朱太太死的当天上午，有人看见门板上没有朱太太。

首先是阿三说的，没有人相信，阿三是个豁嘴豁牙①的家伙。后来李老师也说没有看见朱太太躺在门板上，他看见了门板，却没有看见朱太太。这是在上午九点左右，朱太太去世的消息已经由居委会和邻居自动发布了。朱太太死了，这是事实。朱太太已经被安放在拆下来的门板上，停在城西的屋中央，正对没有门的门口。这时候从朱太太门前走过，一眼就能看见躺在门板上的朱太太，并且从上午八点开始，居委会就一直有人轮换守灵，朱太太不可能在九点左右，在守灵人的眼皮底下爬起来，到什么地方转一转，然后再回来躺下。这绝不可能。

这确实很奇怪。

———————————

① 方言，骂人胡说。

陈汝芬到城西小屋，她见了朱太太最后一面，当然已经是一个没有生命的朱太太了，陈汝芬哭起来。

这又一次证明陈汝芬确实很古怪，陈汝芬在她的父亲和母亲去世的时候，她没有哭。

陈汝芬没有理由为朱太太掉眼泪，或者陈汝芬正遇上什么不顺心的事情，也是可能的。

桂香后来把陈汝芬叫到一边，她告诉陈汝芬，朱太太说，她希望陈汝芬搬到城西小屋来住。

陈汝芬点点头。

以后陈汝芬把城西小屋整理了一下，就住下来了。

应该说城西小屋的气氛是有点阴郁的，朱先生死在城西小屋，朱太太也死在城西小屋，并且还可能有过朱太太"逃尸"的怪事。

陈汝芬住进城西小屋，她是不是有一点害怕或者别的什么感觉呢。陈汝芬住进城西的小屋，就是因为由桂香转达的朱太太的遗嘱吗，还是因为别的什么原因呢？

这些现在还不大好说。

陈汝芬搬到城西去，她的大哥、二哥既不反对也不赞成。他们反对或者赞成，都没有用。陈汝芬不听他们的话，这一点他们早已领教过，陈汝芬的脾气有一点古怪。

陈汝芬的脾气有点古怪，这就注定陈汝芬不能讨别人喜欢。而事实上不喜欢陈汝芬的人恰恰是陈汝芬最亲近的人，比如陈汝芬的父母，在他们活着的时候，就觉得陈汝芬讨厌。比如陈汝芬的哥哥，他们嘴上不好说陈汝芬怎么样，但他们心里其实是很讨厌陈汝芬的。再比如陈汝芬厂里的同事，陈汝芬从前的同学和老师以及陈汝芬父母亲的生前好友，他们一致认为陈汝芬脾气古怪，主要表现在她对恋爱对象的挑剔太过分。

当然结果是陈汝芬自己耽误自己，自作自受。

故事开始的时候陈汝芬年纪是四十，婚姻状况是空白，工作职务是无线电三厂工程师。

陈汝芬坐在城西小屋门前打毛线衣。这是初夏的早晨，太阳还没有升起来，空气很清凉。

老太太桂香和另外几个邻居也在门口做些什么事，或者什么也不做。

陈汝芬和邻居说了几句话，他们问她怎么不上班，陈汝芬告诉他们她有病，是神经衰弱，夜里睡不着觉，病休在家。他们又问病休工资打几折，陈汝芬说打八折。他们说到底是大厂，条件好，然后他们帮陈汝芬算了一下病休在家一个月可以领多少钱，这种话题很无聊，城西故事本身也就有些无聊了。

然后她们说到了朱太太，话题就变得有点意思了。

他们从前是朱太太的邻居，他们跟朱太太朱先生几十年相处很好，听得出来，他们对朱太太很有感情。

朱太太从前是很什么的。

朱太太从前是很什么的。

朱太太从前是很什么的。

她们说起朱太太都很动感情。

一只老黄猫在散步，桂香说："你看那只猫，是朱太太的花猫生下来的。"

据说朱太太的花猫总共生养过十八只小猫；这十八只小猫中，

有十一只是母猫，它们分别又养育了多少小猫，那就无法知道了。

　　陈汝芬看看那只老态龙钟的黄猫，问桂香："朱太太的花猫呢？"

　　桂香说："朱太太死了以后，花猫就不见了。"

　　桂香叹了口气，然后她指着一棵香樟树，说："你看那棵香樟树，是朱太太种的。"

　　陈汝芬看那棵树，根深叶茂，树上开着白色的小花，在城西小屋门前不远处，正好可以遮挡城西小屋的太阳西晒。

　　朱太太那时候还很年轻，她住进城西小屋时是夏天，每天下午太阳晒得很热，朱太太就在门前种下这棵树。

　　桂香说，那时候我笑她，说等这棵小树长大遮阴，我们恐怕要到阴间去阴凉了。

　　桂香还记得朱太太说那就让小辈乘凉吧。

　　可惜朱太太没有小辈。

　　桂香说你们怎么知道朱太太没有小辈。

　　没有人理睬桂香，他们大概认为桂香是个无足轻重的人。

　　现在在大树底下乘凉的小孩子以后还会记得种树的朱太太吗？恐怕难说。

　　现在的城西小屋，确实在朱太太的荫庇之下，陈汝芬会感激朱太太吗？恐怕也难说。

　　桂香后来又说了许多和朱太太有关的事，比如她说到城西小屋的窗子，说到城西小屋门前的石墩等。

　　其实即使桂香不说，陈汝芬也明白，城西小屋以及城西小屋周围的一切，都有着朱太太的印记，这是永远也抹不掉的。至于桂香如此喋喋不休地强调这些，是不是和朱太太临终嘱咐有关呢？

这不大可能，朱太太是一个生性开朗豁达的人，她从来不强加于人。那就是桂香错误地理解了朱太太的愿望，或者根本朱太太没有对桂香说什么话，而是桂香自己要说的，原因就是她十分怀念朱太太。

朱太太确实是一个令人怀念的人。

但是陈汝芬不这么想。

朱太太令陈汝芬怀念的内容太少了。

所以当桂香没完没了地向她灌输朱太太的时候，她有点厌烦了。

幸亏这时候有一个人走进来。

确切地说，是有一个人走进了城西故事。

二

有一个人走进了城西故事，这个人是一个局外人，他走进城西故事，是偶然的因素，还是一种必然的结果，这很难说。

事实上这个人确实已经走进来了。

先要说明的是，这个走进来的人，日后绝不会和陈汝芬有什么感情上的纠葛，更不可能和陈汝芬结婚什么。这是一开始就注定了的。这是个从乡下出来的中年人，或者说老年人更确切一点，他五十岁，见老，所以也可以说是一个老年人了，这是一。他有老婆，有孩子，他的孩子也已经有孩子了。这不奇怪，乡下小地方一般结婚比较早，五十岁抱孙子、外孙不足为怪，四十岁也不奇怪，这是二。当然这些都还是次要的，另外还有一个最重要的最根本的原因。

这个人走进城西故事，并不是为爱情而来。也许城西故事本身就不是一个爱情故事，事先说明这一点，对讲述这个故事，是有益还是无益，甚至有损呢，现在还很难说。

陈天顺走进来的时候，他手里捏了一张纸条。他看见陈汝芬坐在门前，就问她："这里有个朱太太吗？"

陈汝芬说："朱太太死了。"

陈天顺愣了一下，又问："那么陈喜宝是住在这里吗？"

陈汝芬对"喜宝"这个名字既陌生又熟悉，她后来想起来，这是她父亲的小名。从前母亲开心的时候，拿"喜宝"这个名字和父亲开玩笑。陈汝芬看看这个人的装束，她问他："你找陈喜宝做什么，你是他的什么人？"

陈天顺规规矩矩地回答："我叫陈天顺，我是陈喜宝的儿子。"

在应该大吃一惊的时候，陈汝芬却一点也不惊讶，这说明陈汝芬的沉稳和老练，或者正是她古怪的地方。她问陈天顺："你是他的儿子，你知道他的大名叫什么，我们这里不叫小名的。"

陈天顺说："我不知道他有什么大名，我娘就是这样告诉我的，陈喜宝，你看我们那里的证明……"

他把那张纸条交给陈汝芬，是乡下村民委员会的证明，说明陈天顺是陈喜宝的亲生儿子。

陈汝芬说："你既然是他的儿子，你知道不知道他已经死了十几年了。"

陈汝芬在说到父亲死的时候，她一点没有悲伤的情绪，这一方面可能是因为父亲死的年数多了，另一方面也可能就是陈汝芬不近人情的古怪。

陈天顺听了这话，果然愣住了。过了一会儿，他问了一个奇怪的问题:"那么朱太太是谁?"

陈汝芬说:"朱太太就是朱太太。"

陈天顺想了一会儿,自言自语地说:"不对呀,朱太太怎么就是朱太太呢,朱太太不会就是朱太太的,朱太太绝不是朱太太。"

陈汝芬笑了起来。她是很少笑的,她总是心情不好,她没有什么值得笑的事情,所以她不笑。现在她笑起来,笑得很舒心。

一直没有插嘴的桂香这时候突然问陈天顺:"那你说朱太太是谁?"

陈天顺没有回答桂香的问话,他也许觉得桂香的话无关紧要,他也许认为桂香是一个无足重轻的人。陈天顺很可能错过了一个重要的机会,后来他问陈汝芬:"那么你是谁?"

陈汝芬说:"我是陈喜宝的女儿。"

陈天顺笑了,说:"那就好,你是我的妹子,我找到你就有办法了。"

陈汝芬说:"你算了吧,你太没有水平了。"

一个骗子如果骗术极差,反过来恰恰可以证明这个人不善于行骗,或者说他根本就不是一个骗子。陈天顺就不是骗子。

陈天顺确实是陈喜宝的儿子。不管陈喜宝以后改成什么名字,但他从前确实是叫陈喜宝,这是事实。他是进城读东吴大学前一年完婚的,那一年陈喜宝十九岁,老婆比他大三岁,当然是媒妁之言,父母之命,封建婚姻。

陈喜宝一去不返,好像不再有陈喜宝这个人。他一定不知道种子已经留下来了。陈喜宝的原配夫人什么样子,什么脾气,什么性情,一概不得而知,但从陈天顺五十年以后才出来寻找生父这一事实，是不是可以作出这样的推断：这位原配夫人很贤明。

从陈天顺讲述的一些事情中，可以证明这个推断基本正确。原配夫人一直到临终前才把陈喜宝城西小屋的地址告诉陈天顺，并且叮嘱他不到万不得已不要去找父亲。陈天顺很孝顺，他不会违背母亲的教导。现在他出来寻找生父，说明他已经到了万不得已的地步。

陈天顺在乡下开了一个小店，因为进了一大批假货，弄得倾家荡产，两间住房卖了，老婆回娘家，儿子、女儿各奔东西。很显然陈天顺确实是在走投无路的情况下，走进城西故事的。

陈汝芬说："好吧好吧，就算你是陈喜宝的儿子，怎么样？"

陈天顺说："你相信我了。"

陈汝芬说："不相信怎么办呢？打官司吗，烦死人了。"

陈天顺笑起来，说："这倒也是的，打官司烦死人。"

陈汝芬说："我是看你老实。"

陈天顺就老老实实地笑笑，至于陈天顺究竟是老实还是不老实，陈汝芬究竟会不会看人，现在还不好说。

也许陈天顺还是很老实的，因为他突然觉得这么轻而易举就获取了信任，他反而有点不踏实。这时候他就有了好多怀疑，比如他想这个陈汝芬到底是什么人。他又想陈汝芬这么爽气认了他这个大哥，是不是有什么目的。还有比如他奇怪，在城西的屋子里怎么会只有陈汝芬一个人。

在陈天顺走进城西故事之前，他以为城西的房子一定很大，城西的人也一定很多。现在的情况和他的想象完全相反，他想问陈汝芬，又怕得罪了她，所以，他只好拐弯抹角地试探。

陈汝芬说："你不要兜圈子了，陈喜宝一家的情况我都告诉你。"

陈天顺听说在城东还有房子，还有陈汝林和陈汝明两个兄弟，他说："他们是我的兄弟，我要去望望他们的。"

陈汝芬说："你不要去。"

这就是陈汝芬的不近人情。陈汝林、陈汝明看见这个突然冒出来的同父异母的大哥，他们也许会吃惊，但毕竟是自己的大哥，他们一定会高兴的。陈汝芬没有理由不让陈天顺到城东去。

陈天顺暂时没有到城东去，陈汝芬不告诉他城东的地点，但以后他总是要去的。

陈天顺后来在城西租了一间房住下来。

陈天顺走进城西故事，他是来干什么的，他的到来，对陈汝芬会不会产生什么影响，现在还很难说。

三

在陈汝芬住进城西的房子之前，有关朱太太的所有东西，都由朱太太的远亲继承去了。陈汝芬走进搬得空空荡荡的房间，看见墙上有一幅朱太太年轻时的照片。

陈汝芬走出去，运货的汽车已经发动。陈汝芬说："还有一张照片，有镜框的。"

朱太太的远亲说："不要了。"

陈汝芬重新回到房间里，她又看朱太太的照片，她以为朱太太年轻的时候不漂亮，朱太太穿的白衣服，背景是黑色的，黑白相间，年轻的朱太太显得有点忧郁。

朱太太其实不是一个忧郁的人，朱太太的邻居都可以证明，陈汝芬自己也有这样的印象。

陈汝芬动手去摘那个镜框，她应该在这个位置上换上她自己喜爱的艺术壁挂、风景墙饰或者现代油画。

陈汝芬喜欢什么样的风格和色调呢，她暂时还不能确定。

当陈汝芬动手摘朱太太年轻时的照片时，她听见有一个人在说，不要摘下来，你不要动她。

陈汝芬认为这声音就是朱太太自己的声音，她能听出来。但问题是朱太太已经去世，陈汝芬不可能听见朱太太的声音，很可能是陈汝芬的幻听，确切地说，可能只是陈汝芬的一种感觉，这种感觉无疑来自于朱太太年轻时的照片，是照片上的朱太太告诉陈汝芬，她不应摘下这幅有镜框的照片。已经说过陈汝芬是一个脾气很古怪的人，她不仅有听不进别人的意见的缺点，而且还有一种专门与人作对，唱反调的坏习惯。所以与其说是朱太太暗示了陈汝芬不要摘下她的照片，而陈汝芬接受了这种暗示，还不如说根本就是陈汝芬自己不想把她摘下来。

当然这一切都无关紧要，关键在于朱太太的照片确实没有摘下来，一直挂在城西小屋的墙上。

后来陈天顺走进城西小屋，他看见了墙上的一幅照片。

陈天顺理所当然地问："这是谁？"

陈汝芬说："朱太太。"

陈天顺很不明白，又问："朱太太和你有什么关系？"

陈汝芬说："她是房客。"

陈天顺"哦"了一声，但他仍然不明白陈汝芬为什么要把一个死去的房客的照片挂在墙上呢。他认真地想了一想，说："是不是有点像？”

陈汝芬问：“像什么？”

陈天顺说：“你和她。”他指指朱太太年轻时的照片。

陈汝芬很不高兴。

已经说过陈汝芬认为朱太太年轻的时候并不漂亮，一个女人再古怪也不至于怪到喜欢听别人说她丑，这是一。其二，朱太太年轻时毕竟是做那种事情的，而陈汝芬则是一个守身如玉的人。当然从另一个角度看，一个女人到四十岁还是处女，她的古怪也是可想而知的。所以陈汝芬不愿意自己和朱太太有什么相像的地方，也是理所当然的。

但陈天顺说的是实话。

关于相像这一点，无论指外在的形貌也好，还是指内在的气质也好，陈汝芬起初并没注意到。一开始，对墙上的朱太太的照片，陈汝芬基本上是熟视无睹，或是视而不见的。那么陈天顺说出相像这样一个事实，是不是在点拨陈汝芬呢，当然不是，陈天顺没有那样的资质和智商。那么陈汝芬是不是领悟了什么呢，当然没有，陈汝芬也没有什么特别的悟性。

后来陈天顺说：“朱太太真的死了吗？”

陈汝芬说：“你不相信？”

陈天顺说：“我怎么觉得她没有死。”

陈汝芬说：“你见鬼了。”

陈天顺笑笑，说：“你才见鬼呢，你天天看着鬼照片，你不怕？”

陈汝芬说：“我不觉得她是鬼。”

最后陈天顺说：“你这个人，真古怪。”

陈汝芬则说："你这个人很神秘。"

陈汝芬说的也是实话。

可是城西不应该有什么神秘的东西。

在城西所有的门，所有的窗，都是敞开的。

城西应该是一个没有秘密的地方。

在城西不应该有秘密。如果在城西确实有一个秘密，那么事实证明，或者事实将会证明这个秘密无疑是陈天顺，而不是陈汝芬。

陈天顺每天清晨带着空的蛇皮袋出发，在每天下晚的时候，又带着空的蛇皮袋回来；也有的时候，他下晚回来，蛇皮袋里有半袋或小半袋实物；如果是这样，那么第二天早上他出去的时候，蛇皮袋里必定也有半袋或者小半袋实物。关于这些实物到底是什么，不知道，那口袋只是给人以一种沉甸甸的感觉。如果城西人的感觉再细腻一点，他们就能感觉出蛇皮袋除了有沉重感，还有一种动感，可惜城西人的感觉稍嫌粗糙了一点。再如果城西人的嗅觉更灵敏一些，他们也许会闻到一点异味，但是他们暂时还没有闻到。

陈天顺无疑是在做买卖。

陈天顺在做什么买卖，有人问过，他只是"嘿嘿"地笑着说："小买卖、小买卖。"

这就初步可以看出陈天顺并不是一个很老实的人，也许陈汝芬真的不会看人。

陈汝芬坐在城西小屋门前打毛线衣，太阳西下的时候，陈天顺回来了，他的蛇皮袋里有小半袋的实物。朱太太从前的邻居就问陈天顺："你口袋里装的什么？"

陈天顺笑笑，说："没有什么，一点点东西。"

朱太太的邻居就说："你不敢说，不要是死人肉啊。"

陈天顺笑着说："亏你说得出来，哪里来的死人肉。"

邻居说："我怎么闻着有股死尸味。"

陈天顺说："死尸味是最开胃口的。"

陈汝芬皱皱眉头，说："你们越讲越恶心了。"

邻居说："你去摸一摸口袋里是什么。"

陈汝芬朝他们看看，她是不会去摸陈天顺的蛇皮袋的。如果陈天顺真的在倒卖死尸，她只会觉得恶心，恐怕不会有别的什么感想。

可是这天夜里发生了一件事情，不知陈汝芬有没有什么感想。

已经说过城西人家的门是敞开的，城西的窗也是敞开的，尤其是在夏天。半夜里一个女孩子的尖叫声从闺房里传出来。

第一个冲到女孩闺房门口的是女孩的父亲，然后是女孩的奶奶，顺便说一句，她就是桂香。桂香这一年已经七十三岁，应该说是老态龙钟了，但她仍然赶在儿媳和其他人前面走到孙女房间门口。

女孩的父亲站在门口的时候，就看见有一个黑影从窗口蹿了出去，他去开灯，看见女儿扯住毛巾毯盖着，惊恐万分。

父亲大怒，问："跑了？"

女孩颤抖地说："没有，在那里，在窗台上。"

桂香就是这时候赶到房门口的，她听见孙女儿说在窗台上，她和儿子一起朝窗台上看，他们看见一条青色的大蛇趴在那里。

城西的房子大都是旧房子，但都不是老宅，城西的房子里从来没有出现过蛇，他们没有应付蛇的经验。

这时候陈天顺赶来了，他分开看热闹的人，说："蛇在哪里？蛇是我的，我来捉。"

　　陈天顺走到窗台边上，蛇看见他，就开始往窗外爬，陈天顺追着蛇，把它捏住了。

　　陈天顺一只手捏住了蛇，另一只手从窗台上捡起一只皮凉鞋。

　　这无疑是一只男鞋。

　　陈天顺的蛇皮口袋不再是一个秘密了。

　　陈天顺每天早上到一个固定的地方，向农民收购活蛇，然后他到另一个地方把蛇杀了。他把蛇皮卖到中药房，把蛇肉卖给城市居民，把蛇胆再转交给另一个人。

　　他的蛇皮袋里装的是死蛇肉，这没有什么大不了，死蛇肉虽然和死人肉一样叫人恶心，但本质上是不同的。

　　所以陈天顺的蛇皮口袋也就没有什么秘密可言。

　　那么那只男凉鞋是不是成为一个秘密呢，当然不会，因为这是在城西，一开始就说过城西是一个比较特别的地方，城西地方的故事是别有一种味道的。

　　但问题在于陈汝芬并不是城西人，她从前一直住在城东，她能习惯城西的这种味道吗？

　　自从陈天顺蛇皮口袋里的秘密揭开以后，城西一带的人就开始吃蛇肉，蛇肉为他们开辟了一个广阔的烹饪天地。

　　这件事使桂香大为感叹，她告诉陈汝芬，从前朱太太也喜欢吃蛇肉，她还拿蛇血洗脸，桂香说你看朱太太的皮肤多细腻多白嫩。

　　陈汝芬从那张照片上看不出朱太太的皮肤怎么样，她记忆中朱太太的皮肤是干枯黄瘦的，也许是桂香记错了，或者是因为朱太太后来老了。

　　桂香说："你也吃点蛇肉吧，蛇肉很补的。"

陈汝芬说:"我不吃蛇肉,我一想起蛇就恶心。"

桂香"咯咯咯"地笑起来,她说:"你和朱太太真是不一样。"

四

陈天顺的老婆带着他们的外孙女从乡下找来,是在陈天顺住到城西一个月以后。

陈天顺的老婆是一个很粗俗很饶舌的乡下女人,她告诉人家,她帮女儿带小孩,不是白带的,女儿、女婿每个月付给她三十块钱。陈天顺的女儿、女婿买了一条水泥船搞运输。在城西这样的地方有七叉八错的小河浜,小河浜里倘若有装着红砖、黄沙"突突突"开过去的机动船,其中有一只船可能就是陈天顺女儿、女婿的。在船放空趟的时候,他们在河里慢慢走,看看沿岸有没有工厂里倒出来的废料和半废料。他们看见了,就弄回船上,有时候他们也设法溜进厂里弄一点出来,在经过收购站的时候,把东西卖掉。他们这样做,很辛苦,也有风险,但很赚钱。所以他们完全有能力支付一部分保姆费。

陈天顺的老婆看起来喜欢吹一点小牛,她说他们家在乡下有三大间新房子,她出来其中有一间就没有人住了,他们把房子租给别人开店。

这样就暴露出一些矛盾,很显然陈天顺和他老婆说的话不一致。其中好像不难发现说假话的是陈天顺,而陈天顺的老婆看起来属于那种喜欢夸大其词但毕竟不至于无中生有的人。

陈天顺对自己的谎言仅仅以"嘿嘿"一笑来解释。没有人追究什么，漫说陈天顺乡下的房子究竟是新是旧，到底是租出去还是抵押出去，即使是有关陈天顺本人是真陈天顺还是假陈天顺这样的根本性的问题，只要陈汝芬没有疑义，别人就没有理由去追究。

那么陈汝芬是不是有疑义呢，也许是有的，也许没有。问题是现在陈汝芬好像没有闲心思追究什么。陈天顺的出现，于陈汝芬并没有或者说暂时还没有什么大的妨碍。陈汝芬最近郑重其事地结交了一个新的男朋友，这样陈汝芬的精神就有了新的寄托。

男朋友是陈汝芬的大哥陈汝林介绍的。这很正常，尽管陈汝林曾经多次发誓再也不管陈汝芬的事，但他毕竟还是要关心她的。这也很正常。

有关陈汝芬男朋友的情况不详，这是陈汝芬的古怪脾气所致。据说陈汝芬谈对象第一个条件就是不听介绍，这样所有关心陈汝芬的人就无从知道陈汝芬男朋友一点一滴以至所有一切的情况。

在陈汝芬城西小屋门前的香樟树下，傍晚乘凉的人很多。大家看见一个五官端正，身材中等，衣着适当的男人来喊陈汝芬。

陈汝芬的动作很慢，她大概要化妆一下，这无可指责。

在这段时间里，男朋友就站在大树下，向大家微笑，他的微笑十分得体。

然后他问候大家："吃过了？"

大家回答他吃过了。

他再说一些有关天气真热或者天气凉快了之类的话，使大家觉得他十分随和亲善。

这时候假如有人问他什么，他也许会有问必答的，但总是在这时候陈汝芬走了出来，然后他们一起走出去，他们是并肩走的，但靠得不算很近。陈汝芬是一个极其古板的人，她的男朋友给人的印象一点也不轻佻，这样规规矩矩谈恋爱，在城西这样的地方，也许会使人觉得无味。

他们到什么地方去，当然无人知道，陈汝芬回来是不会告诉别人的。但也不难猜测，在这个小城，夜里能有什么更好更多的去处呢。

他们走了以后，城西的人自然就要议论一会儿。大家评判陈汝芬男朋友的外形，结果他们觉得很扫兴。对他的五官，对他的身材，对他的衣着，对他的举止，对他的言论，甚至于对他的微笑，他们挑不出一点毛病，同时也找不到一点可以称赞的地方。

这样的结果真是索然无味。

然后他们开始猜测他的身份，分析他可能是做教师的，也可能是做医生的，或者是做干部的，当然也不能排除其他可能。比如说普通工人，比如演员，比如炊事员等，但是最终大家又因为这种种猜测终究无法证实而失去了兴趣。

等到一些人开始为陈汝芬会不会和这个人结婚而打赌时，另一些人就开始打呵欠了，夜里渐渐地有了一些凉气。

最后话题就扯到房子上去了。从某个角度来讲，结婚最主要的条件是房子，因为暂时还不能确定陈汝芬男朋友是有房户还是无房户，所以有关房子的谈话，其实都是说的城西小屋。

他们认为城西小屋太小，太旧，不能做新房；而且城西小屋一年内死了两个人，做新房总有点说不出的不好。

这样大家就极其自然地谈到了朱太太，大家十分怀念朱太太，有一个明显的感觉，自从朱太太去世，城西小屋就冷落了。

这时候就从城西小屋传出一阵洗麻将牌的声音。

不止是一个人听见了这样的声音，在大树下乘凉的人都听见了熟悉的洗麻将牌的声音。

朱太太是很喜欢搓麻将的，据说朱太太年轻的时候就喜欢玩麻将。朱先生也是一个麻将迷。每年夏天，从午后到午夜，城西小屋不断有麻将声传出来。

朱先生就是死在麻将桌上的，当时一点预兆也没有。那一天朱先生既没有怎么赢，也没有怎么输，所以很难说是喜伤心或者是气伤心。当然也可能朱先生因为既不赢也不输而有点急躁了。

朱先生捏着一张牌就往后倒下去，倒下去他就再也没有爬起来。这张牌是"七万"，这张牌在他的整个牌局中无足轻重或者说暂时还看不出什么大的作用。

朱太太在朱先生倒下去以后，她就生病了。她连续十几天不吃什么东西，偶尔出来倒痰盂，脸上有一层黑气，大家说，朱太太撑不到做七了。

但是在七七四十九天之后，朱太太脸上的黑气却退了，她给朱先生做了七，又可以玩麻将了。但是朱太太坐在牌桌上，她的精力却再也不能集中起来，她总是想起朱先生，说他一个人在那边很冷清，没有人和他玩麻将。

朱太太终于去陪朱先生了。

在朱先生、朱太太都去世以后，在城西小屋有洗麻将牌的声音，这件事情说不清楚。

这天夜里，陈汝芬回来比较晚，男朋友一直送她到巷口。

陈汝芬进屋脱了皮鞋，换上拖鞋后，她又走出来。

这是不常有的事。

是不是恋爱使她古怪的脾气和古板的性格有所改变呢。

这时候在树下还有两个人，陈天顺和陈天顺的老婆。陈汝芬加进去就是三个人。要说明的是，陈天顺已经在藤椅上睡着了，所以下面的谈话实际上是在两个人中间进行的。

无疑陈天顺老婆很想把洗麻将牌声的事情告诉陈汝芬，但是她暂时还没有开口。她的心情比较复杂，既不想吓着陈汝芬，但又不能不让陈汝芬知道，所以她一时有点为难。她要先和陈汝芬谈一谈别的什么，然后再把话题引到那件事上去。

陈天顺的老婆说："这里的房子，都朝西，真热，到半夜热气还不散，人睡不进去。"

陈汝芬看看城西小屋，说："是很热。"

陈天顺老婆说："你男朋友家有房子吗？"

陈汝芬说："有是有一间，也不大。"

这几乎是陈汝芬第一次透露男朋友的情况。

这使陈天顺老婆很受鼓舞，她说："总比城西这里的房子好一点吧。"

陈汝芬说："现在他老娘住着。"

陈天顺老婆说："叫他把老太婆挤出去。"

陈汝芬说："我是不想住过去。"

陈汝芬这样说，是不是证明她和男朋友已经考虑过结婚的事情了呢，应该说是的。

陈天顺老婆说："你真是拎不清，叫我硬挤也要挤进去的。"

陈汝芬朝她看看，陈天顺的老婆力劝陈汝芬搬出城西小屋，是不是有什么用心呢。

陈天顺老婆又说："你这房子有什么好，又小又旧，而且还，还吓人倒怪的。"

陈天顺老婆第一次用了"吓人倒怪"这样的词来暗示陈汝芬，但是陈汝芬并没有领会。

陈汝芬说："小是小，旧是旧，但总归是自己的，住着称心。"

陈天顺老婆说："不过照我们乡下讲起来，一间屋一年里做两次七，总归是不大好的，想想也有点吓人倒怪的。"

陈天顺老婆第二次用"吓人倒怪"来提醒陈汝芬，但是陈汝芬仍然没有领会。

陈汝芬说："我是不高兴住过去的，他们家老太婆，刁钻促狭的。"

陈天顺老婆说："你怕什么，任谁再刁钻促狭，总比不过我们家老太婆的刁钻促狭。"

陈汝芬一开始好像不明白陈天顺老婆说的"我们家老太婆"是谁，因为陈天顺老婆本人也是一个老太婆。

陈汝芬指指陈天顺，说："你是说他的娘吗？"

陈天顺老婆说："不是她，还有谁。老太婆刁钻促狭世上少有，她自己的老男人就是给她气死的。"

又出现了矛盾。

按照陈天顺的说法，他的母亲也即陈喜宝的原配夫人，是一位极其贤明的女性，她从一而终，一个人带大了陈喜宝的儿子陈天顺。

她可能是一个刁钻促狭的人吗？不可能，还有老男人的事情。

这里边的漏洞，比有关房子是租出去还是抵押出去的漏洞大得多了。

陈天顺老婆这时候好像已经忘记了关于城西小屋以及朱太太打麻将的主题，她开始数落她的婆婆，即陈天顺母亲的种种不是。她说老太婆因为做人做得太绝，所以绝子绝孙了，她说老太婆是只不会生蛋的鸡，最后她又咒骂老太婆是老八脚，老而不死。

漏洞越来越多。

如果陈天顺的母亲绝子绝孙，那么陈天顺是哪里来的呢，领养的？如果陈天顺的母亲还没有死，陈天顺怎么说她死了呢。

这对陈汝芬来说，应该是一个极为意外的情况，因为当初陈汝芬是相信了陈天顺的说法的。但现在看起来，陈汝芬并没有很吃惊，正如当初突然冒出来一个同父异母大哥的时候，陈汝芬没有大吃一惊一样；也可能陈汝芬从一开始就没有把陈天顺的话听进去，也可能从一开始陈汝芬就没有相信陈天顺就是陈天顺，或者陈汝芬现在仍然坚信陈天顺说的是真话而说假话的是他的老婆。

反正陈汝芬是一个很古怪的人，她的想法常常和别人不一样，常常使人难以捉摸。

陈天顺的老婆一定不知道陈天顺当初是以什么样的面目，什么样的借口走进城西故事来的，她戳穿陈天顺的谎言，完全是无意识的，所以她并没有什么其他的想法。在说了一大堆与城西小屋以及朱太太无关的话以后，她其实并没有忘记自己的初衷，现在她重新又回了过来。

她说："你和朱太太又没有亲，你挂她的照片要挂到哪一日呀，吓人倒怪。"

这是陈天顺老婆第三次用"吓人倒怪"了。

这一次陈汝芬好像有所领悟了，她说："什么吓人倒怪，我不相信迷信的。"

陈天顺老婆说："怎么是迷信呢，根本不是迷信，你夜里有没有听见朱太太的什么声音呀？"

陈汝芬说："朱太太死了，怎么会有声音？"

接下去陈天顺老婆就要详细具体地讲朱太太的声音了，可是这时候她的外孙女在房间里哭起来，她急忙跑了进去。

陈天顺被小孩哭醒了，他坐起来，看看陈汝芬，然后他揉揉眼睛，说："我做梦了，朱太太跟我说起房子的事情。"

五

立秋以后，日子就舒服一些了。早晚有了凉气，大家的气色也好起来，脸上也有了色泽，不像在三伏里流汗流得蜡黄干瘦的样子。

现在连老太太桂香的气色也好起来，并且桂香的气色越来越好，她的脸上红润而丰腴，这就显出一点不正常来，难免使人怀疑，桂香是不是到了回光返照的时候。

熬得过暑热而熬不过秋凉，虽然少见，但也不是绝对没有的。

桂香现在每天仍然坐在香樟树下，每天她都要提起朱太太。桂香不断地说出一些关于朱太太的鲜为人知的事情。

比如桂香说在朱太太过世那天上午九点钟，朱太太去找过她。

那正是阿三和李老师看见"逃尸"的时候，这样说起来，桂香在那天上午九点钟见到的就不是活着的朱太太，而是死去的朱太太了。难道朱太太"逃尸"是因为有什么话没有交代清楚吗？真会有这样事情发生吗？当然不可能。那么有没有另外一种可能呢，可能朱太太在早上七点钟并没有真的死去，她躺在门板上醒过来，回想在早上七点钟的时候，她已经和桂香说过一些话了她觉得有至关重要的话遗漏了，这些至关重要的话是务必要留给什么人的，所以她就跑到桂香那里去留下了遗言，然后朱太太又返回来，重新躺上门板，然后朱太太真正地死了。显然，这样的推测同样是荒谬和极不可靠的。

那么还有一种可能就是桂香瞎说八道，一个人到了老糊涂的时候，恐怕是什么话也可能说出来的，像桂香这样的可能已经到了回光返照时候的老人说出什么样的怪话都是不足为怪的。

那么朱太太是否真的有遗言留给桂香了呢？如果上午九点钟"逃尸"是不可能的，那么上午七点钟桂香在朱太太身边，这是事实，朱太太必定会跟桂香说些什么的。她说了一些什么呢？暂时桂香还没有公布，但桂香迟早是要说出来的。

不谈朱太太的时候，桂香就坐在大树下盯住小河浜看。她好像在等待小河浜里有什么东西出现。

小河浜里会有什么出现呢？

有一天小河浜里来了一只机动船，就是陈天顺女儿、女婿的船。

陈天顺的女儿、女婿上岸就到陈天顺屋里去了。过了一会儿他们出来，从船里往岸上挑黄沙，他们把黄沙堆在陈汝芬城西小屋后面的空地上。

陈天顺的女儿、女婿挑完黄沙就开船走了。第二天他们的船又来了，这一次他们挑上来的是砖瓦。

很显然，陈天顺要在城西造房子了。

陈天顺虽然住在城西，但实际上他在城西并无插针之地，这是事实。

那么，陈天顺的新房子的房基就是陈汝芬城西小屋的房基，这一点毫无疑义。

陈汝芬同意了吗？除了陈汝芬，对城西小屋以及小屋屋基共同拥有产权的，还有陈汝林、陈汝明；至于陈天顺是否也拥有四分之一的产权，那则是另外的一个问题了。

这样是否就暴露出陈天顺走进城西故事的根本目的呢？陈天顺之所以一开始就走进城西故事，而不是走进城东或者城南、城北，他是不是专门为城西小屋来的呢？

关于城西小屋的产权及其利用等，如同对于陈天顺身份的辨伪，如果陈汝芬本人没有什么疑义，那么别人有什么理由去操心呢，老太太桂香又有什么理由坐在大树下喋喋不休呢。

是不是桂香对城西小屋也有某种非分之念呢，这不可能。那么桂香是不是在为什么人说话呢，如果是，那么这个人必定是朱太太无疑。

很可能朱太太的遗言涉及城西小屋和陈汝芬。

桂香在大树下坐不住了，她走进了城西小屋。

桂香走进去的时候，陈汝芬和她的男朋友正要出门，桂香说："你现在不能走，我有话跟你说。"

陈汝芬说："我有事情。"

桂香说："我的事情很要紧。"

陈汝芬叹了口气，说："你说吧。"

桂香显然不想当着陈汝芬男朋友的面说什么，陈汝芬的男朋友对陈汝芬说:"你们说,我先走,老地方等,不见不散。"

陈汝芬的男朋友是一个善解人意、与人为善的人,这一点早已经有了证明。

陈汝芬男朋友走了以后,桂香说:"是朱太太叫我来跟你说的,朱太太说,谁也不能动这间房子,朱太太说她的儿子会来帮你弄房子的。"

陈汝芬说:"老太太你搞错了,朱太太没有儿子,朱太太没有生过儿子。"

桂香意味深长地笑了一下,然后她说出了朱太太临终前告诉她的事情。

有关城西小屋的,也有关朱太太儿子的。

城西小屋其实并不属于陈喜宝。陈喜宝从乡下出来考东吴大学这是事实,但是陈喜宝身无分文不可能租一间房子住,是朱太太收留了他。朱太太那时候当然不叫朱太太,她叫秀芬,或者秀英。那时候她家里只有父女俩,父亲拉黄包车,女儿做点针线活,生活也是很贫困的。陈喜宝住下来,他们供他吃供他穿,以后秀芬或者秀英,就怀上了陈喜宝的孩子,但是在孩子出世之前,陈喜宝被大学教授招了女婿,他不再到城西来了。

以后的情节可想而知:

秀芬或者秀英生下了陈喜宝的儿子。

秀芬(秀英)的父亲去世。

秀芬(秀英)无以为生,不能养活儿子。

秀芬(秀英)把儿子托付给乡下的亲戚。

秀芬(秀英)操起皮肉生涯。

秀芬（秀英）遇见了朱先生。

秀芬（秀英）成了朱太太。

这一切陈喜宝是知道的。

如果陈汝芬相信了桂香的话，她就等于承认了一个事实，即陈喜宝不仅是一个忘恩负义的人，而且还是一个不动声色的骗子。

陈汝芬说："你为什么不早说？"

桂香说："我现在说也不迟。"

最后桂香说："既然朱太太有话在先，你不能让那个乡下人动你的房子。"

在这种情况下，陈汝芬不能不想一想了。

陈汝芬稍稍一想，她就想通了。她说："陈天顺就是朱太太的儿子。"

关于陈天顺的身份突然又有了新的解释，陈汝芬的推理当然不是没有根据的。

桂香听了陈汝芬这句话，她的脸上出现一种奇怪的光泽，她没有再说什么话。她走了出去，一直走回自己家去，她从此没有再到大树下来，也没有到城西小屋来。大概桂香认为她已经完成了朱太太的任务。

陈汝芬从城西小屋走出来，她看见陈天顺站在门口，她就对他说："朱太太是你的亲娘吧？"

陈天顺瞪着眼睛看陈汝芬，然后他问了一遍："你说什么？"

陈汝芬说："你乡下的父母是你的养父母，朱太太才是你的亲生母亲。"

陈天顺回头看看慢慢走远的桂香，他说："是老太婆跟你说的吧！大家都说那个老太婆糊涂了，你怎么会相信她的话呢？"

陈汝芬说："那么你到底是什么人，你是谁的儿子？"

陈天顺说："我弄不明白，我跟你们说过我是陈喜宝的儿子，你们总是不相信我。"

陈汝芬说："恐怕是你叫人不能相信的。"

陈天顺觉得很冤枉，他说："我到底做了什么错事，我还是骗了你们什么，为什么这几天大家都对我另眼相看？"

陈汝芬指指她的小屋后面空地上的建筑材料，她说："你知道问题就在这里。"

陈天顺一脸莫名其妙的表情。

陈汝芬却毫无表情地走开了。

陈汝芬和男朋友在老地方见了面。陈汝芬的男朋友没有问陈汝芬什么，陈汝芬大概不喜欢那种斤斤计较、刨根问底的男人。陈汝芬的男朋友不向陈汝芬打听什么，是因为生性豁达，还是投其所好呢？

这一天他们关于婚姻的谈话进入了实质性的阶段，他们的进展很顺利。

陈汝芬说："我想，我还是住到你家去。"

男朋友说："为什么？"

陈汝芬反问说："你不欢迎？"

男朋友说："没有不欢迎，你以前一直说你是坚决不离开城西的。"

陈汝芬说："我以前是那样说的，但是现在情况不同了。"

陈汝芬的男朋友点点头，他没有问陈汝芬情况怎么不同，这又一次表现出他的态度。

但是陈汝芬却不能不说一点什么，陈汝芬说："朱太太有一个儿子。"

男朋友说："他是来要房子的？"

陈汝芬说："你很明白。"

男朋友微笑了一下。

陈汝芬说："大家都这么想，我不这么想，我想他是来帮助我的，他帮我弄好房子，他就会离开。"

男朋友说："你这样说有什么根据？"

陈汝芬说："朱太太说过她儿子要帮我弄房子的。"

男朋友说："朱太太已经死了。"

陈汝芬说："我觉得她没有死。"

男朋友说："恐怕是因为墙上挂了她的照片。"

陈汝芬说："恐怕是的。"

陈汝芬因为挂了朱太太的照片，是不是总有一种预感，认为朱太太会关心她的。这是陈汝芬自以为是，还是陈汝芬有一种预感未来的特异功能呢？

既然陈汝芬对城西小屋的预感如此乐观，她为什么提出要住到男朋友家去呢，这难以解释。当然如果容易解释了，陈汝芬恐怕也就不再是陈汝芬了。

夜里陈汝芬回城西小屋，她开门的时候，听见屋里有声音，陈汝芬害怕了，她想到桂香以及别人反复说朱太太有声音的事情。

这时候灯亮了，陈汝芬看见桂香的孙女和一个中年男人坐在城西小屋里，看不出他们有什么不轨的行为。他们的衣着也很整齐，但是一男一女关了灯坐在别人家里，这算什么。陈汝芬恼怒地说："你们干什么？"

桂香的孙女笑起来，说："你不要生气，我们说一点事情，没有地方去，见你门开着，就进来了。"

这不可能，门不可能是开着的。

桂香的孙女说："你不相信门是开着的，你看看门锁有没有坏，我们不见得会撬你的门锁吧。"

陈汝芬说："即使门开着，你们也不能进来。"

桂香的孙女仍然笑，说："我们已经进来了，你看怎么办吧？"

陈汝芬说："你这个小姑娘，怎么这样，我去告诉你家里。"

桂香的孙女"咯咯"一笑，说："就是我爸爸叫我来的，他说你们没地方去，就到朱太太屋里去，门开着，里边没有人，是他先看见的。"

陈汝芬更加生气，她说："你们这里的人，怎么这样随便，怎么可以随便进我的门？"

桂香的孙女说："这又不是你的房子，是朱太太的。"

陈汝芬突然说不出话来。

桂香的孙女和那个一言不发的男人走了出去。陈汝芬坐下来，觉得心里很空，她一时还不明白发生了什么事，但她确实认为这小屋里发生了一件事情。

朱太太的照片没有了。

墙上一片空白。

难道桂香的孙女是来偷朱太太的照片的吗，她要朱太太的照片有什么用呢？

这时候桂香的孙女突然返了回来，她站在门口，对陈汝芬说："刚才忘记说了，朱太太的照片框子我拿去了，我们家老太婆老熟了，差不多了，照片已经放好了，要一只相框，老太婆说就借用朱太太的，省得再买了。"

陈汝芬说："你拿了框子，照片呢？"

桂香的孙女说："老太婆关照照片也一起带去的。"

陈汝芬不好说什么，朱太太年轻时的照片以及相框，本来不是属于她的，她不好说话。

桂香孙女走了以后，陈汝芬就上床睡了。这晚上陈汝芬没有服用安眠药就睡着了。

很奇怪，这一夜陈汝芬睡得特别好，好长时间她一直为失眠所困扰，这一夜她没有失眠。

是因为取下了朱太太的照片吗？

六

陈汝林对陈天顺的调查，是从陈天顺女儿、女婿运来黄沙砖瓦以后开始的，这种调查应该说是合情合理，无可指责的。

陈汝林的调查很顺利，所以他很快就到城西去找陈汝芬。

陈汝林一见到陈汝芬就说："你上当了。"

陈汝芬说："我上什么当？"

陈汝林说："他骗了你。"

陈汝芬说："他骗了我什么？"

陈汝林说："他不是陈天顺。"

陈汝芬说："谁不是陈天顺？"

陈汝林顿了一下，很不高兴，他不想和陈汝芬兜圈子。

陈汝林说："我去调查了，一切都清楚了。"

陈汝芬却说："根本用不着调查，其实我早就清楚了。"

陈汝林说："你清楚什么？"

陈汝芬说："你调查了什么？"

陈汝林于是讲了他的调查结果。

陈汝林是从那张村民委员会的证明入手的，但事实上根本就不存在那一个村庄。然后陈汝林记下了陈天顺女儿、女婿机动船的牌号，他查到了另一个村子。

确实是有陈天顺这个人，但是陈天顺已经死了，陈天顺是承包渔塘破产自杀的。

那么是不是还有另外一个陈天顺呢？确实是有的，在乡下一个村子里有同名同姓的人这不奇怪。何况"天顺"这样的名字是很吉祥的，陈天顺可以叫陈天顺，别人也可以取名陈天顺，那么到城西来找陈汝芬的陈天顺究竟是哪一个陈天顺呢？

要确定这个陈天顺的身份，或者说要分清活的和死的陈天顺，首先要确定陈天顺父亲的身份。

陈喜宝究竟是死去的陈天顺的父亲，还是活着的陈天顺的父亲呢，或者都不是呢？

那个村子里的人居然也不大清楚。陈汝林引导他们分析回忆，最后终于得出结论，死去的陈天顺是陈喜宝的儿子。

理由很充分。

死去的陈天顺的母亲是个寡妇，村里人记得她的丈夫年轻时就出去了，后来一直没有回来。这个寡妇在去年去世了，而活着的陈天顺父母双全，并且据说陈天顺不是他们的亲生，是抱养的。

陈汝林说："这就是调查结果，你明白了吧。"

陈汝芬不明白。

又多了一种解释，这样关于陈天顺的身份，至少就有三种说法。

第一种说法是陈天顺自己的说法，关键的地方有这样几个：陈喜宝的儿子，寡母去世，破产，房屋抵押，走投无路。

第二种说法是陈天顺老婆说的，养父养母双全，没有破产，空余房屋出租。

第三种说法是陈汝林调查来的结果，这个结果，正好把陈天顺和陈天顺老婆的说法划到两个陈天顺头上。

此外，还有桂香转达的朱太太的故事。朱太太的故事无疑是在告诉大家，活着的陈天顺是朱太太的儿子。如果这个事实能够成立，那么死去的陈天顺的父亲是陈喜宝，活着的陈天顺的父亲是谁，按照桂香转达的朱太太的故事，也应该是陈喜宝。

难道陈喜宝除了陈汝林、陈汝明、陈汝芬之外，还有两个儿子啊，这不大可能。

那么难道死去的陈天顺和活着的陈天顺是同一个陈天顺吗，这更不可能。

很显然，走进城西故事的陈天顺，是来顶替死去的陈天顺的。所以，可以说他既是真的陈天顺，又不是真的陈天顺。

他为什么要说谎顶替，陈汝林认为这和城西小屋有关。

但是如果陈天顺真的为房子而来，他作为朱太太儿子的身份不是比作为陈喜宝儿子的身份更加有利吗？如果陈天顺是朱太太的儿子这样的说法能够成立，那么城西小屋根本就是朱太太或者说是她父亲的，而不是陈喜宝的。

陈汝林坚持认为一开始陈天顺并不知道他是朱太太的儿子。

这一切似乎都围绕着城西小屋以及小屋背后堆放的建筑材料而发生。

陈汝林和陈汝芬走出小屋，他们往小屋后面看，发现陈天顺正指挥几个陌生人把小屋背后的黄沙砖瓦装上一辆小卡车。

装了黄沙砖瓦的小卡车后来就开走了。

陈汝林出来是想当面戳穿陈天顺，但现在他有点发愣。

陈天顺看看陈汝芬和陈汝林，他对他们笑笑，说："总算弄走了。"

陈汝林说："什么？"

陈天顺说："这些建筑材料呀，我女婿帮他们运来的，他们那边一时腾不出地方放，就先放在这里了，现在那边腾出地方来了，马上要开工了。"

陈汝林问："他们是谁？"

陈天顺说："不认识的，反正是顾主吧。"

这就是说陈天顺并不是为城西小屋而来的，既不是陈汝林想象的来抢占房屋也不是陈汝芬预料的来帮助她。

陈汝芬突然笑起来，过了一会儿，陈汝林也忍不住笑了。

陈天顺说："你们笑什么？"

陈汝林说："你为什么要冒充陈天顺呢？"

陈天顺说："我没有冒充陈天顺，我就是陈天顺。"

陈汝林说："我是说你冒充陈喜宝的儿子陈天顺。"

然后陈天顺继续辩解。

陈汝林继续追问。

陈汝芬却走开了，她不想再听，她已经明白关于陈天顺的身份，陈汝林是搞不清的，她自己也是搞不清的。如果陈天顺的出现和存在，对她没有什么大的妨碍，她就不必去追究什么；陈天顺倒卖蛇肉、蛇胆、蛇皮也好，倒卖人肉、人胆、人皮也好，都由他去。

陈汝芬现在要着手准备她的婚姻大事了。

既然城西小屋已经不存在或者说从来就没有存在过被抢夺被瓜分的威胁，陈汝芬决定把新房做在这里。

城西小屋经过整修，阴郁的气氛已经没有了，当然这和取下朱太太年轻时的照片是有关系的。现在城西很少再有人提朱太太，桂香已经老熟，虽然没有死，但她已不再开口。据说桂香浑身红肿发亮，就像一条将要吐丝的老蚕。

在领取结婚证的前一天晚上，陈汝芬的男朋友在城西小屋待得很晚，他们两个人都很激动。

陈汝芬的男朋友后来说："我今天留下吧。"

陈汝芬没有反对。

陈汝芬的男朋友受到了鼓舞，他又说："其实我早就想提这个要求了，但那时候你墙上挂了朱太太的照片，我心里总是有点异样，好像她在盯住我，使我不定心，现在好了。"

陈汝芬仍然没有反对。

陈汝芬的男朋友更加受鼓舞，他走向床边，去拉陈汝芬的被子，陈汝芬的被子不是叠着的，那时候被子已经铺开了。

陈汝芬的男朋友拉开陈汝芬的被子，他惊叫了一声，这和他温文尔雅的性格不相符合，但也确实是惊叫了一声。

陈汝芬的被子里盘着一条青色的大蛇。

陈汝芬的男朋友逃出了城西小屋，他一直跑到城东，他找到陈汝林，说："你妹妹有精神病。"

陈汝林很生气。

陈汝芬的男朋友讲了事情的经过，讲了那条令人胆战心惊的青色大蛇。

陈汝林说："一定是蛇钻进去的，该死的陈天顺他是弄蛇的。"

陈汝芬的男朋友说："我认为是她放在被子里的。"

陈汝林摇头说："不可能，陈汝芬是最怕蛇，最恨蛇的，她决不可能捉一条蛇放在被子里的。"

陈汝芬的男朋友说："那为什么她见了被子里的蛇没有惊慌，她好像还笑了一笑？"

陈汝林也觉得这很奇怪，但他坚持认为蛇不是陈汝芬放进去的，因为陈汝芬根本没有精神病，他坚持认为蛇是陈天顺那里逃出来的。

但是时间已经是初冬，蛇已经躲起来，陈天顺有关蛇的生意也已经停止，陈天顺大概不会把一条蛇养在家里过冬吧。

这个谜很难解开。

陈汝芬终究没有和她的男朋友结婚，这是大家预料之中的。

好像陈汝芬不结婚才是正常的，不结婚陈汝芬仍然是陈汝芬，好像结了婚陈汝芬就不是陈汝芬了。

只有在城西这样的地方才会有这种奇怪的想法。

瑞　光

舍利塔，十三层。建于……重建于……重修于……相传，塔顶常放五色祥光，故改名瑞光塔。

一

秋天的早晨老是下雨，高低不平的石板街面积了水，杨红拖着睡眼蒙眬的儿子，沿着墙脚走。上班的自行车从身边擦过，溅起来的水，洒在杨红的裤管上。

儿子趔趄了一下。

有人喊："拉好小人，当心撞。"声音有点粗暴，这时候人的声音都有点粗暴。

杨红拉住儿子，说："你醒了没有。"

儿子说："我要睡觉。"

杨红想说叫你晚上早点睡你要看电视，可是低头看儿子的样子，她就没有说，说了他也不听，他不懂，他才七岁。大人的话他总是听不懂，电视节目倒是很看得懂，大人看了都嫌复杂的外国破案片子，他也懂。

杨红做母亲做了六年，算是明白了一个道理，什么叫子女，子女就是债。儿子是虚报了一岁进幼儿园的，比同班同学小一岁，却仍然做了大王，说我爸爸、妈妈都是警察，枪毙你们，就欺侮别的小孩。

杨红没有办法。

冰凉的雨淋在儿子脸上，儿子兴奋起来，甩开母亲的手，拣水洼里走，把水踩起来，然后笑；然后从杨红的伞荫下走出来，倒退着，挑衅地看着杨红；鞋已经湿透，但他会焐干的，大起来和他爸爸一样有脚湿气，臭脚。

儿子跟随母亲走到点心店门口，突然说："我不吃面条。"

杨红拉住儿子，一边拖进店堂，一边说："面条好吃。"其实主要是快，坐下来，面就端上来了，也是老板的经营方针。儿子看见路上的人买了大饼、油条吃，香喷喷的，就咽口水，可是买油条排队长，杨红等不及。

一人二两面，老规矩。塔前巷的人家，早上来不及做早饭，或者人口少一点懒得动手的，都到姜兰娣这里来吃面条。原先店里有汤团、馄饨、大饼、油条和其他一些品种的，可是做那些东西功夫大，因为吃的人多，都是要赶去上班、上学的，等不起，就有意见。后来就改了只卖大饼、油条和面条，吃面条的保证随到随吃。赚头少一点，薄利多销。姜兰娣会做生意，她原先是在一家公家的饮食店里做的。早时候塔前巷的点心店是居委会管的，后来居委会管不下去了，就学了新潮流，招标。姜兰娣辞了原先的工作，中了标。姜兰娣十五岁开始就在点心店里做，做了三十五年的伙计，现在做老板了，她是很开心的。

杨红看儿子不吃，催他，儿子说："烫。"

杨红给他吹吹，他还是不吃，白杨红一眼，他和她作对。他作骨头①。

吃面的人都笑，说现在小人，也难弄，也作孽。

小人突然精神一振，看着外面的雨。说："聋子老太婆来了。"

杨红狠狠地瞪了他一眼。

儿子说："她是聋子嘛。"

姜兰娣对里面落面的老吴喊："二两烂面。"也是老规矩。

陈王氏老太太走进来，她的媳妇和她的孙子也在吃面，她好像没有看见他们，拿拐杖往地上顿几下，十分不满地哼了几下，说："这种地方，邋遢死了。"

小孩对她做鬼脸，她很生气，叽哩咕噜又说了好多话。面端上来，她喝了一口汤，抱怨太淡了，没有味道；说味精放得太少，然后又说不烂；说他们晓得她牙不好，存心下硬面给她吃。

没有人拿她的话往心里去，老太太古怪。刁钻，大家晓得。大家说是因为耳聋的原因，也有人说是古怪了耳朵才聋的，也没有人去考证。在外面她是一个没有人理睬的老太婆，但是在家里就不一样，老太太是很凶的。

_____

① 苏州方言，要赖，为达目的故意挑三拣四。

　　年轻的时候，她是很出风头的。她是大户人家的小姐，她的父亲王伯康，本是读书之人，可惜因身体关系，未能长进，所以一切上进之心，都要交给子女。陈王氏是大小姐，自然从小就在严厉的家教之下，用功读书，到十六七岁，已是满腹经纶，并且琴棋书画样样拿得起来。王伯康本来还有个大胆的想法，要让大小姐出洋留学，可惜因种种势力的反对，未能成行。大小姐后来嫁给陈家，成了陈王氏。王家和陈家自是门当户对，但家风却不甚相同。王家讲究礼教，陈家讲究务实。陈家当时家大业大，陈王氏的男人是陈家的老三，名下自然也有几处事业，但陈三少爷迷恋女色，不务正业，家业便由陈三少奶奶掌管，陈王氏的名气就是这时候开始响起来，她的本事也是这时候表现出来的。陈三少奶在娘家虽然读了不少书，但毕竟是纸上谈兵，所以她从打算盘，看洋钱学起，后来自己做了钱庄经理，把三少爷的事业办得兴旺发达，深得老公公喜爱。因为长子、次子都不争气，后来老公公索性把家业全部交给陈三少奶，那年她才十九岁。老公公死后，三个儿子曾联合起来想赶走她，却没有成功。一般的人家，只要出一个败家子，人家就会败光。陈家出了三个败家子，照样没有败掉，可见陈三少奶的本事。可惜三少奶有做事业的本事，却没有生小孩的本事，一直到四十岁，才去抱了一个儿子。

　　她的房子在塔前巷很深处，紧靠着那座古老的塔。老太太住的屋，永远笼罩在塔的阴影之下。

　　陈王氏老太太喜欢塔。她完全可以搬到前面向阳的屋里住，可是她不搬。她在塔的庇荫下过了几十年，她已经离不开了。

　　吃面的时候，大家就议论修塔的事，破破烂烂，阴森古怪的瑞光塔，早就成了这地方老百姓生活中不可缺少的一个话题。支离破碎的瓦砾上，长着七歪八扭的杂草野花，腐朽不堪的木檐下，鸟儿们在那里栖息，每天洒下鸟粪，风吹过，塔就叽哩嘎啦响，大家觉得很舒服，很和谐，很吉祥，因为他们晓得瑞光就是吉祥的光，他们在塔的祥光之中，过得十分舒坦。

　　谁也没有到塔里去过，也没有走得很近，谁也不晓得，它里面有些什么，它到底是什么，塔于是有了一切威望，它是神秘古怪的，不可捉摸的。

　　关于瑞光塔，有非常美好的传说，大家都相信。

　　说有一次西域来了一个高僧，在塔前大殿讲经，千百名香客赶来听经。老和尚讲得出神入化，不仅香客听得连连点头，甚至还出现了种种稀奇事情，殿上的法鼓自动发出雷鸣般的声音，天上像下雪一样飘来洁白的昙花，庙门前枯黄的合欢竹转眼返青。大殿前放生池中一只千年老龟爬上来听经，此时塔内金光四射。大家说，今天这四样瑞物一起出现，真是祥瑞之兆。所以后来就把舍利塔改为瑞光塔。

　　太平天国的时候，有一次太平军被官兵追杀（一说是官兵被太平军追杀），死伤大半，逃脱的一部分，躲进了瑞光塔院，关闭院门，追杀者火烧炮攻，都未能弄开大门。于是就在塔的四周团团围住，围了十天，以为里边的人全饿死了；再去打门，门就开了，里边却没有一个人，也没有一具尸体。

　　老人说，这就是保佑，也就是吉祥。

　　可是年轻人常有不恭之处，说吉祥个屁，吉祥在什么地方。

　　但是大家还是认为吉祥，吉祥在哪里，就在这里，在这种太太平平的日子里。年纪轻的人连这点都不明白，真是不明白。

现在说塔要重修，修好了要对外开放，进去参观的，就要收门票。现在样样要搞活，叫死塔活起来，赚钱。

姜兰娣老板是欢迎的，开放了，热闹了，她的生意就好。她的生意已经很好了，还要更好，要做更大的生意，她要上进，人人要上进。

陈王氏老太太用拐杖敲敲桌腿，大声说："你们触我的壁脚，要报应的。"

她看见大家的嘴在动，又朝她这个地方看，她就疑心。

姜兰娣对她摇摇手，又朝她身后指指。

她回头看，身后就是塔，她看见塔下面站着一个人。

陈王氏老太太把半碗面推开，走了，大家朝那边看，也看见了那个站在塔下的人。

他是为修塔的事来的，几乎有一年时间，他天天到这里来。有时候一个人来，有时候带着人来，一起来的人叫他陆工。时间长了，塔前巷的人见了他，也打招呼，叫他陆工。

陈王氏老太太走出去，直朝陆工那边去。

姜兰娣看看陆工，就走到李慧芬旁边，笑着说："陆工好像怕难为情，不肯走过来的。"

李慧芬飞快地朝外面瞥了一眼，马上又低头喂儿子吃面条。

大家都朝她和她的儿子看。

她的儿子是个痴呆孩子，他的饭量很大，早上要吃一大碗面条，李慧芬喂他一大碗。她自己吃几口，她吃不下，她喜欢吃稀饭。可是她的婆婆陈王氏不许家里早上烧粥，她也不晓得究竟为什么，她问过，老太太叫她少管闲事。

姜兰娣说："哎呀呀，你帮他揩揩鼻涕呢，拖在碗里了，腻心煞了。"

李慧芬没有给儿子揩鼻涕，她好像不晓得儿子把鼻涕和面条一起吃下去了。

杨红看李慧芬和她的痴呆儿子，她心里就有一点轻松，她晓得这是很阴暗的，但确实就是这样。她拉着自己顽劣的儿子走出来，忽然有一丝解脱的轻快的感觉掠过。

当然仅仅是掠过而已。

她没有想到李慧芬也拖了她的儿子跟出来，在出巷口的地方，李慧芬喊住了她。

"哎……杨……"

杨红笑笑："杨什么，杨红。"

她们是邻居，从小一起长大，小时候李慧芬叫她红红，大了叫她杨红，现在叫不出口了，想叫她什么呢，杨法官？

李慧芬也笑了一笑，咧一咧嘴，她的痴呆儿子的后脑勺被杨红的儿子用手指弹了一下，大概弹痛了，张着嘴"哇哇"地哭起来。

杨红骂儿子，儿子犟着头说："他自己要哭，憨大①！我又没有打痛他，轻轻地碰一下，碰哭精②。"

杨红要打儿子，儿子跳开去。

李慧芬说："小孩子，随他们去。"

杨红叹了一口气。

---

① 上海方言，表示不聪明的人。

② 上海方言，表示非常爱哭的人。

李慧芬盯住杨红的眼睛看，李慧芬的眼睛里总是有水。

杨红说："慧芬，你有什么事情吧？"

李慧芬点点头，拉紧了儿子的手，靠近杨红，声音抖抖地说："我想问问你……离婚的事，应该怎么弄？"

杨红心里跳了一下，她说："你？"

李慧芬点点头。

杨红在法院里做事，她不是民庭的，她是刑庭的，管刑事案件，杀人、放火、强奸、抢劫、偷盗，不管夫妻矛盾和离婚；但是她当然晓得离婚手续以及有关离婚的法律上的问题。李慧芬终于说出了这句话，杨红也曾经想李慧芬终究是要走这条路的。杨红应该是有思想准备的，但是现在她却不知怎么和李慧芬说这个问题，她不能像法律咨询那样回答李慧芬，她也不可能像亲姐妹那样推心置腹地给李慧芬出主意。

杨红想起那修塔的陆工，她没有面对面地碰过这个人，只是在吃面的时候，远远地看到他的样子，好像是瘦瘦高高的，戴眼镜，就是这样一个印象。

塔前巷的人都认为李慧芬和这个陆工有些关系，他们都很愿意谈论这种事情。可是杨红不大清楚，她总是很忙，基本上没有时间听家长里短的事；其实她也是很想听的，她是女人，女人总是喜欢听到别人的隐私，男人也一样。杨红只是从婆婆嘴里听到这一些话。她的婆婆不和他们住在一起，有时候杨红和丈夫都出差，就叫婆婆过来住几天，看小孩，所以婆婆也晓得一些塔前巷的是非。

李慧芬充满期待地看着杨红，杨红实在是很同情她的，可是杨红不可能帮她解决根本性的问题——命运。人家说李慧芬命不好，杨红也相信。

杨红把儿子拉回来，对李慧芬说："真是对不起，我来不及了，过日我来找你。"

李慧芬退开一步，低声说："我只想听你一句话。"

杨红看了一下手表，又说："过日我来找你。"

李慧芬有点失望，但还是点了点头。

杨红拖着儿子朝幼儿园去。

他们在幼儿园门口被一个母亲和一个孩子拦住了。

儿子上去叫那个小孩："沈川。"

沈川的母亲横上来拦住杨红的孩子，气愤地说："韩平，你昨天为什么咬我们沈川？"

韩平说："他先打我，我才咬他的。"

沈川的母亲说："他打你，打在哪里，你拿出来看看。"

韩平当然拿不出，小孩打小孩，还能留下什么伤痕么，咬倒是能咬出伤痕来。

沈川的母亲把沈川的手臂抬到杨红面前，说："你看看，你看看，你的儿子，多么辣手，把我们小孩咬成这样，你说怎么办吧？"

这是常有的事，为了儿子向人家低头认错，赔礼道歉，从儿子两岁开始就是杨红生活中不可少的一部分。她总是责骂自己的儿子，甚至打他，把责任揽到自己身上，这是做人的最起码的道德和规矩。可是今天，她好像迷失了本性，不晓得是沈川母亲过分地小题大做、气势汹汹引起她的反感，还是儿子的可怜相牵动了她深藏的爱子之情，或者是其他什么原因，她竟然以少有的强硬的口气，对沈川的母亲说："怎么办？你说怎么办？"

沈川的母亲倒被她问住了，怎么办，她也不晓得怎么办，总不能法庭上见吧，还是让她的儿子再回咬一口呢？

有了杨红的态度，儿子居然也强硬起来，叽叽喳喳对沈川的母亲说："就是，就是，是你们先打我的，你说怎么办吧？"一边说一边对沈川瞪眼，做举枪射击的动作。

沈川的母亲指着他大声说："你这个小人，强横霸道。"

沈川配合母亲，立即就哇哇地哭起来，引来好多人看，许多是送小孩的家长，自然最关心小孩的事。

有几个熟悉的，晓得韩平在幼儿园的名气，也指责说："这个小人是不讲道理的。"

沈川母亲就势说："好像没有爷娘教的。"

杨红心里气，把儿子拉进幼儿园，交给老师，说一声"麻烦了"，转身就走。

她回出来，沈川的母亲还在门口，看样子是在向别的家长控诉，看见她出来，面孔上立即显出战斗的神情。杨红只作不知，偏偏头匆匆走过，她听见沈川的母亲说："哼，有什么了不起，做法官，就不讲理。"

另外有人附和："哎呀，现在越是这样的，越是不讲理的。"

又说："全无良心。"

又说："搭进去统统吃生活①，当贼拷，心肠硬得不得了。"

杨红不晓得从什么时候起大家开始讨厌穿制服的人，她觉得委屈。当然，小孩子除外，小孩子是最服帖警察的，问他们长大了做什么，十有八九是要做警察的。所以韩平要欺侮小朋友。

---

① 吴中方言，挨打的意思。

　　不管别人怎么说，杨红决不承认做公安政法工作的人都是铁石心肠，她自己就不是。

　　杨红踏进办公室，庭长就说："哎呀，你才来，等你呢，有个现场，因果巷，走吧，车子在门口等。"

　　是一个杀人现场。

　　杀人现场，一般来说，法院和检查部门不是非看不可的；但如果时间凑巧，赶得上，他们都是要赶去看一看的，对以后的工作会有帮助。

　　这个案子，是早晨七点发现的，公安局自然是要捷足先登。不过也早不到哪儿去，这时候，大概才开始工作，所以法院的人就有可能赶过去看一看，眼见为实。

　　杨红他们到达因果巷，巷口围得人山人海，看见他们车子，自动让出一条道，十分严肃，又十分兴奋。

　　尸体是在自己家里的床上发现的，是这家人家的男主人。这家的女主人发现了男人的尸体。女主人一夜未归，早晨回家看见男人死在床上，就捂住脸哭起来，然后她就跑出去对邻居说，我把我男人杀了，你们去报告公安局呀。

　　邻居们都为繁乱的早晨忙得稀里糊涂，看她披头散发的样子，以为她疯了，都盯住她看，也听不清她说的什么。于是她就拉了一个不上班的家庭妇女到她家里去看，那个神经坚强的女人走出来的时候，就死命地大喊："啊！"

　　然后就传开去了，人都过来看，也不急着上班，班是每天都要上，杀人却不是每天都杀的，他们不愿意错过这个机会。有几个小青年就对大家说不要乱来，要保护现场，大概是电影电视上看来的；

有人说去打电话，但是不晓得公安局的电话号码，后来很快惊动了地段派出所。

杨红他们到的时候，自认杀人的女人已被押在警车上，专门有两个人看住。

现场处理，都是公安局的事，杨红走进那间房子，死者脸上已盖了一块白布。杨红把白布掀起来，看见一张被痛苦扭歪的脸，他是在击昏后被掐死的。

她听见窗外有人在说："女的，你看这个女的胆子好大。"

别的人说："哎呀，叫我我是吓也要吓煞了，她怎么敢？"

又有人说："人家是吃这碗饭的。"

又说："喔哟，这碗饭，难吃死了，叫我做叫花子也不吃。这碗饭，腻心死了。"

杨红忍不住朝窗外看，是很腻心的。她第一次看现场，把隔夜饭都呕出来了；第一次验明正身，腿抖得站不住；现在都过来了，但还是腻心，看这张恐怖的脸孔，实在是倒胃口。她希望不要让她来接这个案子，虽然看上去这个案子不难办，因为有了凶手，像这种情况，即使那个女人没有杀她的丈夫，真正的凶手离她一定不远。当然这更主要的是刑侦人员要考虑的，杨红的丈夫就是搞刑侦的。有熟悉的朋友曾经开他们的玩笑，说你们一个抓，一个判，小心因果报应。

杨红以后常常要想起这句话，想起来了，心里就不舒服。实际上，这么些年，他负责抓的人，没有一个是由她判的，也许是巧合，也许是谁在有意安排。

杨红觉得屋里很闷，就一个人先走了出来。她走到警车边上，朝里看看，那个女人恐慌绝望地朝她看，杨红突然想起了李慧芬。

这个女人长得和李慧芬很像。

二

脚手架搭起来，修塔的事就正式开始了。

每天有一群农民工，穿着很破很脏又很厚的衣服，手里拿着各种工具，粗野地唱"哥哥妹妹"的歌，流里流气地吹口哨，碰见女人就盯住看，然后莫名其妙地大笑；然后穿过塔前巷，走到巷底，一屁股坐下来，抽过烟，就爬脚手架。做活的时候，他们就收拢了心思。

杨红家住的是老式房子，塔前巷房子都是老式房子，一个小天井，二层楼。杨红住在楼上，推开窗子，就看见瑞光塔，很近。现在，瑞光塔四周搭了密密的脚手架，杨红开窗，就常常有一种被捆住的感觉。

这是一个天气和心情都比较好的星期天，杨红早上开窗，看见塔的最上面几层脚手架拆了，塔的上部已经修好，焕然一新，黛瓦青砖，红檐褐梁，十分的清楚。

有喜鹊在什么地方叫，杨红吸了些新鲜空气。就是过夏天了，对一个家庭主妇来说，换季是很麻烦的，该把被子洗一洗，盖了一秋一冬一春，说出来别人要笑话。她回头看看床上的丈夫，天大亮了还在打鼾，真能睡，她想了想，没有叫醒他。儿子倒已经醒了。这个小孩就是怪，平时要上学，早上爬不起来，星期天希望他多睡一会儿，他却早早地爬起来，跟你烦，跟你缠。

儿子起来就直奔窗口，看见脚手架拆了，"哎呀"一声，说："拆了。"又说："噢，还没有拆光。"

杨红没有听他说什么，她把钱、粮票和一只篮子往儿子手里一塞，说："去买油条吧。"

面条吃厌了，星期天有时间等，就等吧。

吃过早饭，杨红就开始拆被子，丈夫突然睁开眼睛，叹口气说："难得一个星期天。"

杨红没有说话，去开了洗衣机。洗衣机也算是名牌，但噪声很大，轰隆轰隆的。她坐在灶屋里拣菜，好像听见有人敲门，她开了门，果真有人，是丈夫公安学校的同学，他们叫他小刘，杨红和他也熟。

小刘进来，见韩小和还赖在床上，就喊起来："好福气啊！"

韩小和说："见鬼，这么早来，作死啊。"

小刘说："怕你们夫妻双双去游玩，叫我扑个空，早点来，挡住你们。"

韩小和说："双双游玩个屁，劳碌命，洗被子！哎，你还没有吃吧。"

小刘也是个怪人，三十大几了，还不找老婆，单身汉，走到哪里混到哪里。

韩小和对杨红说："你再去买点大饼、油条来。"

杨红想叫儿子去，儿子却溜走了，饱餐一顿油条、稀粥加煎鸡蛋，报了面条的仇，杀了馋瘾，拍拍屁股走了。

杨红就去买点心。

星期天大家起得晚，这时候人正多。杨红看见一个老男人立在门口，讨好地对姜兰娣笑。

姜兰娣一手叉着腰，说："喔哟，是老张，你难得来。"

老张就走进去坐下。

姜兰娣问他要不要吃茶，老张说不要。姜兰娣就没有去泡茶，说："你怎么有空？"

老张支支吾吾，好像有什么事情要说，又不好开口。姜兰娣晓得他的脾气，就说："你讲呀。"

姜兰娣催了几次，老张才开口，说是店里的牌子挂不牢了，大家骂山门，主要是面发酵发不好，以前姜兰娣在店里做的时候，发酵是她弄的。

姜兰娣"哼哼"笑了几声，看看老张，说："你们不是说死了张屠夫，不吃带毛猪么。"

老张连忙说："不是我说的，我没有说过，我是一直不舍得你走的，我是一直对他们讲姜师傅是走到哪里哪里就会发的。"

老张的马屁拍得没有什么水平，不过姜兰娣也吃。她笑起来，指着老张的面孔说："你喏，你这个人，不识好人心，狗咬吕洞宾。"她是说原先她在店里提出过建议，老张是店主，那时候老张不理睬她，背底里还讲她"女人花头多"。

老张尴尬地笑，说："唉唉，我这个人，我这个人。"

姜兰娣一年前退出饼馒店，但毕竟在原先的店里做了有年数了，总归是有点牵记的。

老张告诉姜兰娣，店里现在变了样子，是租赁制了，上面一刀切的，不想租赁也不行，只好租赁。

姜兰娣叹口气，心想摆老张在这个位子上变七十二变也变不出名堂来。她一边想就一边说出来。老张也不动气，说："是的，是的，店里现在不是我当家了。"

姜兰娣朝他看看，说："你这个人，真是蜡烛①，叫你当家，你不好好当家，不要你当家，你出来瞎起劲。"

老张面孔苦了，说："我不是瞎起劲呀，我不出来不来事，你不晓得，现在是我们家瑞华在弄呀。"

姜兰娣说："瑞华，怎么瑞华，你叫你们家老二在弄呀？"

老张说："不是老二，是老三，瑞华呀，老二是瑞林。"

姜兰娣不响了，老张面孔上也不好看。

老张家的瑞华捉进去两次，放出来，工作自然没有着落。老张把自己的位子让给儿子，也是应该，反正老张也老了，老了总归是要做不动的。不过也不晓得公司里怎么会同意让瑞华这样的人出来做，大概也是缠得没有办法了。再说这许多年，店摆在老张手里，也没有弄出什么名堂来，索性换换血，死马当作活马医，也是有可能的。

老张看姜兰娣不响，哀求苦恼地说："姜师傅，帮帮忙，他们发酵总归发不好，你教一教吧。"

姜兰娣说："你叫汤师傅教好了，你不是说汤师傅的酵头比我做得好么。"

老张说："汤师傅也走了，你不晓得，现在店里那班老人全走了，招了一批苏北乡下出来的农民，做临时工，在那里瞎搅。"

姜兰娣心里就软下来，嘴巴还是不肯饶人，说老张："你这个人，真是会做人，白脸黑脸全会做。"一边说，一边觉得把老张也钝得差

---

① 方言，不知好歹，不识抬举，讨厌。

不多了。

老张好脾气，仍旧讨好地看着姜兰娣。姜兰娣只好说："好吧好吧，我几时去看看，不过这几日没有空啊。"

老张恨不得姜兰娣拔脚就跟他走，所以还坐在那里嗯哩嗯哩不肯走。姜兰娣说："你这个人，腻得来，我答应的事，几时办不到，跟你讲这几日我没有工夫。"

老张总算立起来，出了门。临走又是三回头。

老张走了，大家都笑老张，因为老张那爿店，也不算远，平时也都是熟悉的，姜兰娣笑得最得意。

可是突然有人说："姜阿姨，你不要开心啊！我听人家讲，张瑞华那小子，要把店搬过来，同你唱对台戏呢。老张老甲鱼，滑头戏啊，你捧他个热屁，当真呢。"

姜兰娣的面孔马上就变了，问："啥人说的？"又说："不会的，这里死角落，不会的。"

人家说："什么死角落，瑞光塔修好了，开放起来，就不是死角落了。你想想，张瑞华，什么角色，他怎么会拣死角落钻进来。"

姜兰娣的面孔发白。

姜兰娣的老男人老吴，不识时务地从灶间里跑出来，一头大汗急吼吼地说："我不弄了，我要来不及了，今朝礼拜日，浴堂开得早，我要早去的。"

老吴在浴室里做事，浴室一般是中午十二点开的，姜兰娣叫他早上在店里相帮，做过早市，正好去上班。

老吴也不等姜兰娣说什么，端出一碗面条，稀里呼噜地吃。

姜兰娣因为听了张瑞华要搬场的消息，心里不快活，看男人不入眼，就说："这种腔调，饿煞鬼呀。"

老吴一边吃一边说："你自己看看，几点钟了，也不叫我一声。自己在外头吹牛皮，倒惬意，叫我急煞，我要迟到了。"

姜兰娣虎个白眼，说："喔哟，你积极煞了，送你做劳动模范了。"

其实姜兰娣从前在公家店里做的时候，上班也是很积极的，不肯迟到的。

排队买大饼、油条的人都笑起来，说："你这个老太婆，要拿老老头做煞了。"

另外的人就打棚，说："老吴做不煞的，老吴力道粗，不相信你问姜兰娣。"

大家又笑，姜兰娣也忍不住笑了一下，老头力道粗不粗，她心里有数，毛六十的人了，再粗也粗不到哪里去了。本来她是有打算的，等到瑞光塔修好开放，生意忙了，总是要想办法的。老头子一心要顾虑自己的工作，儿子、女儿是不好指望的，现在的小人，钞票最好多要点，事情最好少做点，说说他们，总归有话来反驳，拿他们没有办法。她要增加两个伙计，也好把老头子解放出来。可是，如果张瑞华真的要来轧一脚，抢她的饭碗，就很伤脑筋，要凭本事，她不见得做不过张家里，可是张瑞华歪门邪道，姜兰娣弄不过他的。

杨红买了点心回家，韩小和也不招呼小刘吃，就对杨红说："他是为因果巷的案子来的。"

杨红"哦"了一声。

因果巷的案子，真相大白，真正的凶手抓住了，正如当初杨红预料的，是奸夫。线索都是奸妇提供的，是因为害怕，还是良心发现，还是别的原因，办案人就管不了那么多了。一桩典型的杀人案，可以放到教材里去。唯一不够典型的，就是被害者是一名精神病患者。

杨红问小刘："怎么啦？"

小刘说："他是我师兄。"

杨红一惊："谁？"

韩小和沉闷地说："还有谁。"

小刘公安学校毕业后，没有归口，别出心裁去报了心理学研究生；读完研究生，就留在学校了。那个犯了杀人罪的人，和小刘是一个导师带出来的，他毕业后分到了经济研究室。

小刘说："我和他，是擦肩过的，他毕业，我进去，没有什么交情，是导师叫我来的。"

杨红说："这是大案。"

小刘和韩小和都不作声。

杨红又说："这个案子还没有过来，不会叫我接的，我手上的这个还没有结束。"

小刘顿了顿说："是叫你接的。"

口气十分肯定，杨红狐疑地看看小刘，又看看丈夫，韩小和点点头。

杨红嘴上说："消息真灵通。"心里就打隔顿。

大家又沉默了。

后来小刘说："他是个书呆子，这个，有点那个……"他指指自己的太阳穴，没有往下再说。

杨红当然明白他要说什么，但这时决不能点头，也不能说话，决不能。

韩小和也不能说话。

小刘走了，特意为他买的点心没有吃，油条受了潮，软绵绵地瘫在桌上。

韩小和"咳"了一声，站起来，说："算了算了，公事公办。"

杨红说："当然公事公办。"

韩小和不作声了，过了一会儿，莫名其妙地说："女人呀，就是不吃吓。"

杨红朝他看看，她想起了那个和李慧芬长得很像的女人，便又想到了李慧芬。她说过，过几日要去看她，已经几个"几日"过去了。

她对丈夫说："你晾被子吧，我到李慧芬那里去看看。"

韩小和"哼"了一声，不明不白。

杨红去看李慧芬，李慧芬正在喂儿子吃饭，见杨红来，她苦笑了一下。

陈王氏老太太从屋里走出来，看看杨红，总算没有对她说什么难听的话，但照样训斥媳妇："手脚这样慢，到这时候还在吃断命早饭，要是老法里，这种媳妇，老早被休掉了，我那时候……"一边说一边走出去，到门口还回头拿眼瞠瞠李慧芬，拿拐杖顿得嗵嗵响。

杨红看看李慧芬，李慧芬含着眼泪，也不说什么。

李慧芬是十年前陈家落实政策，扬眉吐气的时候嫁过去的。陈小本不是陈王氏的亲生，是抱来的；但是既姓了陈，便是要为陈家传宗接代的。陈王氏老太太自己不会生养，但照她的想法，儿子虽是抱的，孙子却是亲的，可是李慧芬却生下一个白痴。老太太的心伤透了，她恨儿媳妇，她天天看着李慧芬的脸，说她是克子相，她要叫儿子把她休了。可是陈小本不愿意，李慧芬漂亮、温和，这样的女人，许多男人都会喜欢的，陈小本不愿意放她走，他心里明白，他一放手，她立即就会被别人抢走，他受不了。

李慧芬陷在陈家的大坑里，陈王氏那张嘴是能杀死人的。李慧芬被她杀得死活不得，比死还难受，有时候急了，她也说，是你儿子有毛病，可是老太太听不见。丈夫对她，是不错的，但他对她更多的不是爱，而是霸占；从一开始就是这样，冷漠还是热情，完全要由他的情绪决定。怀孕的时候，李慧芬曾经把希望寄托在孩子身上，可是命运却赐给她一个白痴，把她的最后一点希望也打掉了。

李慧芬有时候跑回娘家，跟娘家的人说要离婚，就被母亲骂没良心，骂骚货，被几个哥哥骂作死；他们说陈家是有恩于李家的，叫她不要忘恩负义。

李慧芬只好又回来，她明白，她到陈家，是来还债的，她有永远还不清的债。

杨红说："那桩事情，你怎么想，决定了么？"

李慧芬点点头，但随即又摇摇头。

杨红说："你和那个……陆工，怎么样？"

李慧芬眼睛亮了一下，她没有说话，杨红当然明白。

杨红说："倘是你要提出来，你估计陈小本会不会同意？"

李慧芬摇摇头。

杨红说："这就要法院判，但是你的理由呢？如果只说感情不好，性格不合，恐怕判不下来，至少第一次不会判；调解，至少要等半年以后，吃苦的还是你。"

李慧芬说："我不怕吃苦，只要有希望。"

希望也很难说。

憨大突然把吃进嘴里的东西吐出来，吐在李慧芬脸上。李慧芬没有怪他，擦擦脸，继续喂他吃饭。

杨红刚要开口说话，憨大一口饭又吐到她的脸上，李慧芬连忙拿毛巾给她擦，连连说对不起，却仍然没有责怪儿子。

门"砰"的一声打开了，陈王氏走进来，说："有工夫瞎嚼舌头呀，小本关照的事情，你忘记了呀？"

李慧芬说："我怎么会忘记，我不是在喂小孩吃饭吗？"

陈王氏说："你这个货，嘴巴这么凶，你要气死我，是不是？气死我，你就称心了，就没有眼睛盯住你了。"

李慧芬说："我先死。"

杨红坐不下去，就告辞了。

李慧芬送她出来，杨红想，只要有可能，一定要帮她一下。但是帮了她，这个老太婆会怎么样呢？

到下午，杨红拿个菜篮子去买菜，就看见庭长和他的老婆在街上转。庭长老婆正在更年期，不准男人和任何女人接触。庭长虽然十分威严，但在这一点上，是常要被大家笑话。庭里大家把怕老婆的人排排队，庭长是一号种子选手，大家笑，他也跟着笑，也承认。

杨红怕惹麻烦，想避开，却被庭长看见了，老远就喊过来："小杨，正好遇见你，你过来我有话跟你说。"

杨红走过去，庭长老婆朝她笑笑。她问庭长："什么事？"

庭长说："因果巷案子下来了，昨天你不在，我们研究过，由你接。"

杨红张了张嘴。

庭长说:"怎么?"

杨红说:"没有什么。"

庭长笑起来:"你们小青年,现在都是这样,有话不说,口是心非。"

杨红问:"什么时候?"

庭长说:"就是要告诉你么,明天早一点来,不要又迟到,又找借口,明天约好了。"

杨红说:"好吧,早一点。"

庭长和老婆走了,杨红买了点菜。回家,在巷子里看见儿子奔来奔去。儿子看见她,举着玩具冲锋枪对准她"哒哒哒哒"扫了一阵;头往篮子里探一探,抓起一块油饼咬一口,又扔回篮子里,把手在裤管上擦擦。然后说:"哎,憨大不见了呀,憨大不见掉了,憨大他妈妈在哭,聋子老太婆在骂人,好看得来,有劲得来。"

憨大走失是常有的事,憨大虽然痴笨无比,什么也不懂,但是每次走失他都会自己回来。大家就说鸟啦猪啦都晓得回自己家,憨大总比鸟啦猪啦强一点;也有人说憨大是不如鸟啦猪啦的。杨红看儿子高兴的样子,教训他:"你自己小心,到处乱跑,当心拐子拐掉。"

儿子说:"拐子来,我就打死他,把他斩斩碎。"

杨红不跟他啰唆,往前走,就听见有人喊:"看憨大,憨大在塔上。"

大家都抬头朝塔上看,看见憨大爬在脚手架上,大家惊叫起来。李慧芬跑出来,说:"怎么办?怎么办?帮帮我,帮帮我。"

几个男人说："只有从塔里边的楼梯上去。"

塔门是锁住的，陆工有钥匙，可是星期天陆工不来。

有人在下面对憨大喊："嗯，憨大，你不要动。"

另外的人说："你喊有什么用，他不懂。"

下面的人又喊："哎呀，憨大动了，憨大动了。"

朝上看，就见憨大拉下裤子，把一泡尿撒了下来，下面的人四散逃开，骂起来："憨棺材，作死。"

憨大撒了尿，就在脚手架上面对着天"噢噢"地叫，很威风的样子。下面的人一颗心被他吊着，一边笑骂："憨杀胚。"

好像没过几分钟，陈小本不知从什么地方找来了钥匙，他开了塔门，爬上楼去，从第七层上，探出身子，把憨大抱住了。

大家松了一口气，继续骂"憨棺材"。后来就看见父子俩一前一后从塔底下钻出来。陈小本揪出儿子就打，儿子拼命大叫，别人就去劝："算了算了，他又不懂，你打他也是白打。"

陈小本说："不打不行，爬到上面去，作死啊。"

憨大突然说："里面有。"

憨大平时很少说话，除了哭笑和叫喊，他基本上不说话，现在他说出这句话来，大家都觉得很惊讶，连忙问："里面有什么？憨大你在塔上看见什么？"

憨大却不再说话，也不再理睬大家，自顾去玩了。

三

杨红犯了一个过失，现在她为这个过失而难堪。

今天的提审，会把她的这个过失推到顶点，结果会怎么样呢，她十分不安。

杨红到的时候，其他几个人都坐在自己的位置上了，她走进法庭，在自己的位子上坐下，略微镇定了一下，就叫带人。

被告进来了，他一进来就朝杨红看，他一定想从杨红脸上看出自己的结果。

杨红避开被告的注视，她不敢正视他的眼睛。他的眼睛虽然在镜片后面，却毫无掩饰地表达了他的愿望——他想活。

他是一个知识分子，做学问的，据说是出类拔萃、博学多才的。他瘦瘦高高，白皙的皮肤，戴一副质量很好的金丝眼镜，温文尔雅，书生气十足。

可是现在，他是一个杀人犯。

他是一个杀人犯，他曾经用极为残忍的手段，杀了一个精神病人。

案情很简单，他和一个有夫之妇发生了关系。在十七八岁的时候，他和她也许有过一段朦胧的恋情，也许还不能算作恋爱，只是互相吸引互相好感而已，后来由于种种原因，这段情没有发展，他们分手了，各走各的路。二十年后的重逢，却又把他们拉到一起，这也许就是缘分。可是她的丈夫成了阻碍，那是一个有偏执狂的人，妻子也确实无法和他一起生活。她曾提出离婚，但法院没有准离，理由是夫妻感情并未破裂。

后来他就把她的丈夫杀了，然后逃走，然后被抓获。

审问他的时候，问他：“你为什么杀人？”

他答非所问说：“生命有什么价值？”

他不肯讲，但是案情很清楚，证据确凿，所以接下来检察院起诉，法院受理。

杨红接了这个案子。

她看了前几次审讯记录，觉得罪证确凿，但口供不足。提审了一次，他总是答非所问，他的眼睛不看任何人，在喊他名字的时候，他抬一下眼，杨红看出来他是准备死的。

杨红心里刺了一下，于是她说了一句不应该说的话。她在法院工作了十年，她知道什么话该说，什么话不该说，可是她还是说了一句不该说的话。

她说："你应该全讲出来，老老实实讲出来，这个案子，还是有希望的。"

他像触电一样地抖了一下，抬起眼睛。杨红立即发现，他变了，他的眼睛告诉她，他想活。

杨红报了一个"死缓"。

但在第一次核议的时候，没有通过死缓，通过了死刑。

现在是第三次提审，也是最后一次提审，杨红以例行公事的口气说："杀人抵命，你知道不知道？"

他十分敏感，一个再迟钝的人，在这种情况下，在生命的关键时刻，也会变得敏感起来。

他说："是不是没有希望？"

杨红不说话。

书记员插嘴说："这不是你问的问题，你要老老实实交代你的罪行。"

他说："我已经全讲清楚了。"

书记员说："你再想想。"

他不再想，只是盯住杨红看。

杨红只有避开他的盯注。

最后他说了一句："他虐待她，他是虐待狂，他很残忍。"

书记员插嘴训斥："你不残忍？"

他不再说话。

杨红说了一句最无力的话："这不是你杀人的理由。"

他迅速地瞥了杨红一眼，用最低的声音说了一句话："你骗了我。"

杨红听见了。

他被带下去以后，杨红很沮丧。后来她想，谁叫你杀人呢，你杀了人，我不能不杀你。

回到办公室，她心神不定，把审讯记录拿来看，却看不进去，索性不看了。

她听书记员小苏说："这个人，一点看不出他啊，文绉绉的。"

老张说："人不可貌相。"

小苏一声叹息，她是不是在为这个人惋惜呢。杨红看了小苏一眼，说："小苏，你把今天的记录整理一下，我再看一看。"

小苏说："没有什么花头了，大局已定，是不是？"

另一个书记员小袁走进来，看小苏埋头整理记录，说："小苏你这么认真做什么？"

小苏做个鬼脸，说："做积极分子呢！"

后来小苏把整理好的记录交给杨红，杨红想看，却仍然看不进去。

有她的电话，一听，是丈夫打来的。说早上送儿子去幼儿园，老师说了，今天起放暑假，只能上半天，中午没饭吃，叫家长吃饭前来领小孩。

杨红看看日历，说："怎么今天就放了，六月三十号还有三天。"

丈夫说："幼儿园修房子，提早两天放，人家老师说，反正要放两个月，还在乎两天么。"

杨红说："你怎么不早说？"

丈夫说："我早打电话来了，你在忙，不能接电话。"

杨红反问："你在做什么？"

丈夫说："值班。"

杨红说："值班你找个人代一下，我这里走不开。"

丈夫说："我值班也走不开。"

杨红急了，说："你执行任务走不开，值班也走不开，你什么时候走得开？你要干什么？"

丈夫也急："我也不晓得什么时候走得开，我也不晓得我要干什么，我他妈的比犯人还不自由。"

杨红说："你这种人，儿子好像不是你的。"

丈夫说："你发火，我也没有办法。"

杨红说："大家没有办法，算了。"她把电话挂了。

书记员小苏说："你去吧。"

杨红憋气："不去。"

她又拿审讯记录来看，还是看不下去，坐立不安，就请了假去接儿子。

到幼儿园，见丈夫也来了。两人见了，相视苦笑一下，看见儿子正在滑梯上爬来爬去。

老师见他们来了，就批评，说："你们这种父母，哼！你们的儿子，怎么这样皮，这样皮的小人，少有少见！叫他不要爬了，你们看他爬来爬去，像只猢狲，好了好了，领回去吧。"

杨红拉了儿子，问，丈夫："怎么办？"

韩小和看看表："先回去吃饭。"

杨红说："吃饭急什么，这样吧，你骑车子把你娘接过来吧。"

韩小和说："说好七月一号去接的，现在去，他们那边恐怕没有安排好呢。"

韩小和的母亲是跟大儿子住在一起，那个家庭也是少不了一个老人的，哥嫂上班，两个小孩上学，韩小和的嫂子是做教师的，要等放了假，母亲才可以到小儿子这边来住。

杨红又急了："你不去接，下午你带他去上班啊。"

这个儿子放他一个人在家里，必闯祸无疑。

韩小和唉声叹气，说："好吧，我过去，不过我跟你说啊，每次我娘来都是你叫她来的，来了你们又要闹矛盾，你们要是再闹，她要走，我不管啊。"

杨红这时候只好不作声。

到吃饭时候，韩小和把母亲接过来了，自己又走了。杨红心里一块石头落地，多烧了几个菜，招待婆婆。

吃过饭，儿子闹着要出去，婆婆就带着他去了。

杨红洗了碗，觉得很累，往沙发上一靠，想休息一下，就听见儿子在外面喊："妈妈，你快来。"

杨红不想动，儿子奔进来，说："妈妈，妈妈，婆婆和聋子老太婆相骂了，你快去帮婆婆呀。"

不等杨红有所反应，儿子又奔出去。等杨红追出来，就看见几个人站在塔前，儿子站在陈王氏老太太面前，往地上吐唾沫，用脚踩，又画圈，又翘小拇指。

陈王氏在骂人。

婆婆见杨红出来，婆婆急吼吼地对她说："我和平平出来，到塔这边来看，平平不当心碰了她一下，她就骂人，骂平平野种。我就戳戳自己的嘴巴，叫她嘴巴里干净点，她还要骂人，真是见鬼，瘟老太婆聋了耳朵，还这么凶。"

陈王氏老太太往前冲了一步。

杨红的婆婆也是个角色，迎上去，说了一连串的难以入耳的粗话。后来她意识到尽管自己唾沫四射，可是聋子听不见。她变换了斗骂方式，改用手语，因为邻居里有聋子，附近的人家，居然也学会了一些简单的手语，或者叫手势。杨红婆婆指指陈家的门，用手做了一个乌龟的形状，然后又翻自己的下眼皮，又是吐唾沫。

陈王氏明白，她愣了一会儿，就回家去，把李慧芬拉出来，推到杨红婆婆面前，说："你自己说，偷了男人没有？这个老太婆，骂我儿子做乌龟，你跟她说，要是没有这种事？你看怎么办，瞎说人家要吃耳光的。"

李慧芬的脸变得雪白。

杨红连忙去拉婆婆，叫她回家，婆婆一甩手，说："怕什么，我看她家敢把我怎么样，敢不敢请我吃耳光。"

杨红的儿子躲在一边十分快活，跳上跳下，说："就是，看你敢。就是，看你敢。"

杨红打了他一巴掌，骂："你个闯祸胚，你个害人精。"

儿子跳开，但没有再回嘴，他大概看杨红脸上的神色不对，有点怕了。

杨红去劝李慧芬回去，却被陈王氏拦住，李慧芬不说话，瞥了她一眼。杨红立即感觉到了她的隔阂和怨艾，自从那个星期天杨红和她说过，说她理由不充足以后，李慧芬一直在回避杨红，不想见到她，不想再和她说话。

杨红真是莫名其妙的冤枉。

杨红只好说自己的婆婆："你这么大年纪了，不要瞎说人家，瞎说人家不好。"

于是婆婆又生气了，说："好啊，你手臂肘子往外面拐，我来帮你领小人，还要听你教训啊。"

杨红愣了一会儿，叹口气说："你们吵吧。"她就去上班了。

到她下班回来，婆婆带着儿子在做面饼，一老一小倒是蛮配合的。儿子拿做好的面饼先给杨红吃，杨红是饿了，就吃，儿子在边上咽口唾沫，问："好吃吗？这一个是我做的。"

婆婆说："这个小鬼，手艺蛮好。我教他一遍，就会做了。"

杨红说："他是新鲜，凑热闹，没有长心的。"

婆婆不满意地说："你们总是拿他看得不好，我看他是蛮好的。虽然老古话讲三岁看到老，七岁定终生，这种话不准的。小和小时候，野得不得了，挖屎丢烂泥，什么事情做不出，现在不是蛮好的么。"

杨红看婆婆好像根本忘了中午和人家吵架的事，她倒是想听听事情怎么结果，又怕惹是生非，就没有问。

　　丈夫难得没有任务，早回来了。四个人吃过晚饭，婆婆带着韩平看电视。杨红在写字台前面坐下，神经松弛，浑身疲惫，论文写不下去，搁浅了，要不是为了评职称，她是不会写什么论文的。她选了一个吃力不讨好的题目：相学与犯罪学。

　　还在政法学院培训的时候，上心理学课，老师顺带讲了面相和心理学的一些关系，引起许多同学的兴趣。有一阵，全班同学看相入迷成风。杨红也不例外，她买了许多关于面相、手相、星相一类的书，认认真真地研究过，还请教过几位国内颇有名望的大师。后来回到原单位，她给同事看相，镇得大家一愣一愣的。可是当大家知道她拿这种东西来写论文，都劝她放弃这个题目，可是她舍不得放弃。她积累了很多素材，都是她的心血，她硬着头皮坚持下来。可是越写越觉得难以自圆其说，不堪一击；办案的实际经验也一次次地给她的未写成的文章泼冷水，她难以为继，弃之又不舍，骑虎难下。

　　因果巷的杀人犯，从他的脸上看得出他会杀人么？杨红一想到这个就十分沮丧，心灰意懒，实在没有情绪再往下写。虽然她手里同样有很多的材料可以证明她的观点。

　　她坐在窗前，不晓得要干什么，朝外面看，外面很静，月亮出来了，虽然是新月，但很亮，很清爽。月光下，瑞光塔也很清爽。

　　修复瑞光塔的工程已经完成。随着脚手架一层一层拆除，塔的新面目一天一天地清楚；而从前的塔呢，没有了，过去的那种神秘，古怪的外罩被一层一层扒去了；它原来就是一座很普通的塔，什么也没有。

　　鸟儿飞走了，鸟窝拆了。

　　修好了的塔，很快就要开放。以后许许多多的游人会把这座塔的里里外外、前前后后、角角落落都看遍，看得仔仔细细，一点一滴都不会放过。

　　杨红叹了口气，也不晓得为什么要叹气，这时候寂静的夜里突然发生一声尖利凄惨的叫喊声："啊——"

　　初夏，天还不很热，乘凉的人不多，但窗子都开着。听见叫喊声，大家探出头来，紧张地到处看，互相打听声音是哪里发出来的。后来大家都认为声音是从塔里传出来的。

　　大家走出家门，聚在一起，年纪轻的就过去敲门。修塔开始，就有人值班看门。敲了门，值班的老头就开了门，问什么事。

　　大家奇怪他怎么会没有听见叫喊声，告诉他塔上有人叫喊。老头子瞪着眼睛看看大家，说："见鬼，我看住门的，又没有放人进去，塔上怎么会有人？"

　　有人说："你让我们上去看一看么？"

　　老头坚决地摇摇头，这是他的职责，也是他的权力。

　　有人就吓他："你不放我们进去，要是出了人命案怎么办？"

　　老头子突然幽幽地一笑，说："我放你进去，你敢上去？"

　　要面子的就说："敢，怎么不敢，你开。"

　　老头子阴幽幽地开了门，说："走呀，你上呀。"

　　说敢上去的那个人硬着头皮走进黑咕隆咚的塔内。在外面的人都提心吊胆，又很兴奋。可是那个人很快退出来，说："黑咕隆咚，怎么上去？"

　　有人笑起来，看门老头也笑，说："我来上去看看吧，省得你的心里发痒，一夜困不着觉。"

老头拿一个手电筒，就爬上去了。

大家在下面等，看着一层一层稍有一点亮光，尾光到了第七层，就没有了；然后又往下一层一层下来。老头子走出来，有点气喘，好像七十岁的样子，说："鬼也没有。"

大家不相信，说他："你是不是胆小了，怎么走到七层就下来了？"

老头子说："七层上面是不好上去的，到时候开放也只放到七层。"

又问为什么，老头子说："我怎么晓得为什么，我又不是什么专家。听陆工说，七层以上有危险。"

大家有点泄气，老头子说："好了好了，回去吧，没有事情，告诉你们，七层以上，不要说人，鬼也钻不进的。"

有小伙子仍不甘心，说："你这么快就走完了七层呀，肯定没有四处看看，没有看清吧。"

老头子生气地说："你说我没有看清，你自己去。"

小伙子不去，有人就说："哎，去叫韩家里，韩小和胆子大的。"

韩小和被叫出来，十分不情愿。他难得夜里有空在家，正在看一本侦探书，看得津津有味。外面的叫喊和吵闹，他却没有听见，走出来问什么事。人家说了，他笑起来，说："你们这种人，见鬼啊。"

他不肯到塔上去。

但是几个小青年，有和他熟悉的，一激将就把他激上去了。

韩小和说："上去看看有什么了不起啊，我怕什么，我怕鬼啊。"

他从别人手里拿过手电筒，进了塔。下面大家又看着手电筒的光，一层一层往上爬，到了七层就没有了，大家心里很紧张。杨红也捏了一把汗。

过了一会儿，手电筒的光又往下来，却是从第九层开始的，八层、七层、六层，终于下来了。

韩小和出来，抱了一个小孩，是憨大。

大家叫起来："怎么又是憨大？"

憨大怎么又到塔上去了呢？

有人问他："刚才是不是你叫的？"

憨大听不懂，只是傻笑，说一些叫大家莫名其妙的话。

大家就问韩小和："你上去的时候，憨大在上面做什么？"

韩小和说："不做什么，他倚在角落里睡觉。"

再没有什么可以问的了，憨大被陈小本领回去了，大家就散了。

一场虚惊过去，杨红回到屋里，重新坐下来，对着塔的黑影，她耳朵里老是回响着那一声凄厉的叫喊。

四

从开庭宣判到执行枪决有三天的期限，这是他的生命的最后三天。当然，如果上诉，如果上诉不被驳回，如果改判，他的生命就有可能超越过三天的期限，从而或无限或有限地延续下去。

但是他没有上诉，三天过去了。现在是第三天的下午，如果不发生什么意外，明天上午执行枪决是不可能改变了。

确实没有发生什么意外。

杨红当然不希望发生什么意外。

　　在他的生命的最后一天将过去的时候，一切都很平静。大家准备下班，正在谈各种各样的闲话。这时候工作上的事已经不再作为谈话的中心，他们当然也多次谈过明天将要被枪毙的人，因为那是他们的工作。现在他们已经谈够了，他们结束自己的任务，而他结束自己的生命，一切都要过去了。这个人你为他惋惜也好，你对他愤恨也好，一切都是自作自受，咎由自取。

　　据说这三天里犯人表现得很正常，照吃照喝照睡，杨红听到这样的消息应该放心了。

　　但是她其实是不能放心的，她心里很沉重，明天她要去法场，亲眼看着他的生命结束；然后验明正身，然后她负责的这个案子就结束了。杨红办过不少案子，其中被告被判死刑的也有好几起，她应该是泰然处之的，所以明天她应该泰然处之。谁叫你杀人呢，杀人抵命，这是常识；不懂法的人也懂杀人抵命，所以我不能不杀你。这样想，她就泰然了。

　　但是他说的那句话，他说"你骗了我"，她永远也不能忘记。

　　所以杨红知道明天她其实是不大可能泰然处之的。

　　但是，不管杨红泰然处之，还是不泰然处之，明天终究要来到。枪毙杀人犯，这天经地义，合情合理合法的事终究要发生。杨红作为一名法官，执法如山，她终究要完成她执办的这个案子的最后一项任务。

　　杨红从文件柜里拿出夏天穿的制服，明天必须穿制服以振国威。这套服装是新发的，还没有穿过，杨红套在身上试试，书记员小苏就说："不行不行，太大了，不好看，叫他们去换。"

　　杨红拉拉下襟，说："算了，不换了，省得烦。大就大一点，反正要发胖。"

小苏说："我看你肯定在练什么健美操，不然怎么越来越苗条。"

杨红笑笑，说："见鬼，练什么操呢，哪有心思呀，一天到晚烦也烦死了。"

审判员老张说："那天碰到你们小韩，说是你儿子上学的事情，怎么，实验小学报不进？我们孙女儿明年也轮到了，也想进实小呢。"

杨红苦笑一下，说："都想进实小，要一千块赞助，哪里来噢？"

老张说："一千块也太黑心了，我听人家说一般二百块就行了。"

杨红说："实小呀，王牌，教育质量好，小人放进去大人放心呀。所以大家要进去，我们只好算了，挤不进！报了地段上的蹩脚小学，赞助两百块，近一点，安全一点。"

老张说："倒也是的，你们那里到实小，要穿几条大马路，你们这个宝贝儿子，是要当心点的。"

杨红点点头。

他们又瞎扯了几句，下班时间一到，就回去了。

杨红绕到小菜场买了菜，走进塔前巷，巷子里还十分热闹，现在这条巷已经非同以往了。瑞光塔院开放以后，果真游人很多，塔院不大，地面都是用方石板铺成的。人来很多，踩来踩去，就把一块大方石踩得松动了，翘起一边，恢复不了原样，人走过，就容易绊跟斗。管理人员就想办法把翘起来一边压下去，可是怎么压也压不下去，就觉得奇怪。挖开来看看，下面倒是没有什么，却发现这块石头和其他石头不一样，特别厚，石块的反面，刻了许多字；因为长期埋在泥里，已经被烂泥涂得看不清了；并且这几个管理人员，也看不出名堂，但晓得石块上刻了字，就认为不是一般的石块了，就要称作石碑、碑刻，说不定很有价值呢。就去告诉陆工，陆工是负责建筑维修方面的工作，也只能勉强认出一些字来，比如有"慕王""清军""降军"这一类的字眼。后来又惊动了博物馆的老先生，老先生来的时候，石碑上的泥已经洗干净，但字迹的磨损还是很厉害。老先生戴了眼镜，在那里弄了半天，终于抄下了一篇残缺不齐的碑文。

碑文记载的是，公元 1863 年 12 月 2 日，在太平军和清军的激战中，有一方（此处看不清是太平军还是清军）且战且败，退入塔院内，死守不住，最终被攻破大门，数千人死于塔院内，尸体相叠，血流遍地，数日之内，四周血腥味不散。

偶尔现这篇碑文，引起一片哗然，史学界大为震惊。

历史真是什么玩笑都能开。

现在这块石碑经过洗刷，已经竖在塔院内，供游人参观。

塔前巷的人都去看了这块石碑，逐字逐句地辨认过了。杨红下班回来走过的时候，他们又在辩论，争论的中心就是那几个模糊不清的字，他们弄不清究竟死的是官兵还是太平军。

杨红听见姜兰娣说："喔哟，吵什么呀，反正死的都是人，不会是赤佬，不会是畜生，反正这块地皮，浸的全是人血。"

大家觉得晦气，走开去了。有人十分气愤地说："莫名其妙，杀人说成救人，什么光呀，血光。"

杨红听他们说话，心里有一种不安的感觉。当然杨红的心情并不会因为瑞光塔而烦躁，也不会因为一个历史误会而激愤或者沮丧，这个误会毕竟和她现在的生活没有更多的关系。

　　杨红绕到塔院门前，她也想去看一看那块石碑，没有什么目的，只是想看一看。塔院快要关门了，售票窗口已经不卖票了，游人只出不进。杨红有点失望，她在门口站了一会儿，看门的老头认识她，说："进去吧，你们都是忙人，要到关门才来，进去看看吧，快点啊，要关门了。"

　　杨红朝他笑笑，进了门，石碑就在院内。杨红把残缺的碑文看了一遍，有好些古体字她不认识，但大意还是能看懂的。正如大家说的，碑文记载了在这座塔院内发生的血案，从历史事实来看，死的肯定是太平军，但那都是历史上的事情了，所以究竟死的是哪一方，这似乎已不怎么重要了。

　　杨红立时有点阴森森的感觉。夕阳照过来，照在塔上，反射下来的光，又照在塔院的地上，红隐隐的。

　　她转身想出去，突然发现身后塔下阴暗处，站着一个人，瘦瘦高高，白皙的皮肤，戴一副质量很好的金丝眼镜，很文气很沉重的样子。杨红一看见他，不由失声叫了起来："你！"然后她才悟到她认错人了，他不是明天将要被处决的杀人犯，但她确实以为他就是。她甚至以为他从看守所逃了出来，一定是发生了什么意外；但是没有，没有发生什么意外，他不是。

　　他对杨红笑了一下，说："我认识你，你就住在对面对吧。李慧芬给我说起过你，我姓陆，就在这里工作。"

　　杨红想起来他就是那个陆工。杨红心里突然有一种十分奇特的感觉，怎么会有这样巧的事，不仅李慧芬和那个女人像。陆工和那个男人也很像。杨红看着陆工，心里不由悸动了一下，似有一种不祥的预感袭上心来。

她勉强地笑了一下，说："要关门了吧，我走了。"

陆工又强调说："李慧芬和我说起过你。"

他说李慧芬的时候，一点也没有不自在的样子，好像在说他的妻子。

杨红不知说什么好。

陆工走过来，说："我和慧芬，想请教你一件事。"

杨红说："李慧芬，她怎么？"

陆工指指塔院后面的几间平房，那是办公室。陆工说："她在里边。"

说完陆工就往那边走，杨红跟着他，她好像并不明白自己在干什么。

李慧芬一个人坐在办公室里，杨红走进去，她看李慧芬和陆工的神态，就明白这件事情已经不可挽回或者应该说已经不可改变了。不等李慧芬开口，杨红就说："慧芬，我晓得你的意思，不过，我上次跟你讲过的，你也晓得的，理由是不是……"她突然停下来，她想起提审那个杀人犯时，他说过的话，理由，是一个多么空洞的名词，一个人倘若要干坏事，是可以不考虑理由的。反过来，即使你有很充足的理由，不一定你就能胜利，不是这样吗。

李慧芬却摇摇头说："不是要你帮忙办离婚，离婚的事，他已经答应了。"

杨红吃了一惊。

李慧芬接着说："主要是小孩问题。他只要我带走小孩，就答应离婚，也是老太婆的意思。"

杨红问："孩子你也不要，是不是？"

李慧芬也没有说话，她是默认了。杨红更加吃惊。李慧芬对这个痴呆儿子的疼爱，是有目共睹的，李慧芬决不是那种会作假的女人，她爱儿子是真的，李慧芬没有理由不要孩子。

杨红冷冷地说："不要孩子，为什么，因为他痴呆？"

李慧芬哭起来。

陆工有点尴尬，支支吾吾地说："不是她不要小孩，这个小孩，和我，他对我，他看见我就……"

李慧芬抹着眼泪说："他看见他就吐唾沫，还……拿刀子戳他……"

杨红本来有点鄙视李慧芬，这时候她的心又软下来。李慧芬真是命苦，杨红同情她也好，不同情她也好，在这桩婚姻中的真正受害者李慧芬，恰恰不可能站在受害者的位置。离婚必然由她提出；而陈小本，他同样也是真正的受害者，他就站到自己的位置上，能博取绝大部分的同情，包括法院方面的。这样在孩子归属的问题上，在其他许多问题上，将会更多地尊重陈小本的意见。

陆工和李慧芬看杨红不说话，都有点难堪，陆工说："我们想请问一下，这种情况……"

杨红不能多说什么，她能说什么呢，她只能说："我知道了，你们该怎么办就怎么办吧。"

当然她又一次看到李慧芬的失望。杨红走出办公室，走出塔院，走回家去，这种失望的眼神一直追着她，使她心里愈发烦躁。

到晚上八九点钟，杨红把儿子哄上床，听见有人敲门，敲得很奇怪，一下轻一下重，儿子立即兴奋起来，喊："谁敲门？来啦！"

杨红叫他不要起来，他不听，跳下床就去开门，开了门，儿子

"啊哈"一声叫起来。

杨红回头一看，竟然是李慧芬的憨大儿子。

憨大嘴角吐着白沫，一脸惊恐的样子，盯住杨红。

杨红刚要说你怎么来了，但一想又把话咽下去了。这是个痴呆小孩，跟他说话等于白说。

但是儿子不一样，他正寂寞无聊，现在有个玩物送上门来，他岂能放过，他拉住憨大的手说："来呀来呀，我给你看我的玩具。"

憨大不动，只是盯住杨红看。杨红被他看得有点发怵，不由自主还是问了他一句：

"你怎么来了，有事吗？"

憨大仍然不响，他也许根本听不懂杨红说的话。

杨红说："要是没有事，就回去吧，你妈妈要找你的。"

憨大一动不动，还是死死地盯住杨红。

婆婆这时候也追出来，见了憨大，说："哎呀呀，这么晚了，把一个憨小人放在外面乱跑，这家人家，真是做得出。"

杨红对儿子说："你不要拉他，你看他的样子，不要发起病来，吓煞人的。你叫他回去，他会听你的。"

儿子大概看憨大的样子是有点可怕，就不再缠住他，说："你回去吧，明天我跟你玩，明天去找你。"

憨大忽然摇摇头。

杨红觉得这个孩子并不像大家想象的那样，她总觉得他的内心隐藏着什么，一想到这点，杨红有一种莫名其妙的恐惧感。

婆婆对杨红说："你弄平平睡觉，我送他回去，这个小人，作孽兮兮。"

她搀了憨大走出去，憨大先不肯走，后来还是跟着她走了。

很快一会儿，婆婆就回来了，说在路上遇到陈小本，把儿子领回去了。

杨红虽然松了一口气，但心中总是觉得不踏实，后来她睡了，正在做梦，梦见丈夫满脸血污，对她说，出事情了。杨红惊醒的时候，就听见一阵敲门声。

杨红披了衣服起来，听见敲门人在喊："杨红，杨红，我是李慧芬。"

杨红开门，见李慧芬披头散发，失魂落魄的样子，一见杨红就哭着说："小韩在家吗？小人又到塔上去了。"

杨红说："怎么会？深更半夜的。"

李慧芬说："想请小韩帮帮忙，抱他下来。"

杨红说："他没有回来，出差了。"

李慧芬眼泪簌簌地往下流。

杨红说："陈小本呢？"

李慧芬说："陈小本吃过晚饭出去就没有回来。"

这时候，巷子里已经闹起来，陈王氏老太太大喊大叫，把大家吵醒了。

杨红和李慧芬一起赶到塔院前，已经围了不少人。有人用手电筒往上照，电筒的光不强，照到第七层就很暗了，当然什么也看不见。但是很快就断定，憨大确实在塔上，因为憨大在上面发出种种怪声。

杨红心里突然一惊，她问李慧芬："你怎么晓得他上塔去了？"

李慧芬一愣，说不出话来。

杨红盯着她看，问："今天吃过晚饭你在哪里？"

李慧芬说："我到他那里去的。"

这时候有人大喊："看见了看见了。"

大家往上看，就隐约地看见憨大头探在外面，手里还捧着一个黑乎乎的东西，看不清是什么。

去找看门老头拿钥匙的人还没有来。

杨红心里涌起一片疑云，憨大为什么一次次往塔上爬，一个痴呆小孩，他自己能爬上去吗？会不会有人把他带上去呢，把憨大带到塔上是什么目的；如果真有人把他带上去，这个人又是谁呢。杨红不愿往下想，事实上杨红也不可能再往下想，因为这时候，她听见旁边的一阵惊呼："掉下来了！"

掉下来了，不是憨大，而是憨大手里的东西。大家见有东西下来，立即四散逃开。杨红慢了一步，她正在做一个可怕的推想，所以她慢了一步，那个东西就打在她的头上。

杨红倒下来，她最后的感觉是，脑袋上炸了一个雷。她，想，终于发生了意外。

终于发生了意外。

但也可以说终于没有发生什么意外。

第二天上午，杨红躺在医院的病床上。对杀人犯的处决照常执行，只是法院方面换了一个人做验明正身的工作。